U0585686

2023 年度佛山市文化广电旅游体育局原创文艺扶持作品

何以万亿

高质量发展的"顺德经验"

HEYI WANYI

GAOZHILIANG FAZHAN DE

SHUNDE JINGYAN

SPM 南方传媒 | 广东人民出版社

·广州·

图书在版编目（CIP）数据

何以万亿：高质量发展的"顺德经验" / 吴国霖，王茂浪著. —广州：广东人民出版社，2023.11

ISBN 978-7-218-17093-0

Ⅰ. ①何…　Ⅱ. ①吴…②王…　Ⅲ. ①报告文学—中国—当代　Ⅳ. ①I25

中国国家版本馆CIP数据核字(2023)第211740号

HEYI WANYI：GAOZHILIANG FAZHAN DE SHUNDE JINGYAN

何以万亿——高质量发展的"顺德经验"

吴国霖　王茂浪　著

版权所有　翻印必究

出　版　人：肖风华

选题策划：江　泉
责任编辑：汪　泉　李幼萍
装帧设计：梁紫冰
责任技编：吴彦斌　周星奎

出版发行：广东人民出版社
地　　址：广州市越秀区大沙头四马路10号（邮政编码：510199）
电　　话：（020）85716809（总编室）
传　　真：（020）83289585
网　　址：http://www.gdpph.com
印　　刷：佛山市迎高彩印有限公司
开　　本：787毫米×1092毫米　1/16
印　　张：17.375　字　数：230千
版　　次：2023年11月第1版
印　　次：2023年11月第1次印刷
定　　价：86.00元

如发现印装质量问题，影响阅读，请与出版社（020-85716849）联系调换。
售书热线：020-87716172

目　录

专利持有量的跃升

每天新增两家高新技术企业

建成智能化高端生态产业园

第三篇 又是一年春草绿

前言

顺德的经验在于激发民间创造力

顺德，在卫星地图上要用放大镜才能找到的一个县域，也是粤港澳大湾区面朝浩瀚大海、持久焕发活力的一方热土。

在中国改革开放的进程中，"可怕的顺德人"与"顺德"，成为中国县域经济发展史上反复出现的高频词语。从家电品牌重镇到中国家电之都，从中国家具第一镇到中国家具商贸之都，从中国全面小康示范县市到世界美食之都，从全国综合实力百强区之首到高质量发展先行示范区，顺德现象、顺德模式、顺德样本、顺德攻略、顺德经验，带着滚烫的温度成为关注的热点、重点与焦点。

顺德位于珠江入海口西岸，仅有806平方公里，却拥有940条水道、河涌，地方似乎不"抢眼"，位置其实很"标青"（粤语词，意为非常出众。——编注），从粤港澳大湾区的版图上来看，顺德虽然是弹丸之地，却是一块得天独厚的"试验田"，俯瞰广远，大气磅礴，多种激流在这里撞合、喧哗、卷成巨澜。无论是对接香港、澳门，还是接轨广州、深圳，都具有天时、地利的优势。

从顺德到广州，无论是水路或陆路，历史上两地早已相互往来，同根同源，血脉相连。改革开放之初，顺德政府派人骑自行车到广州，接送"星期天工程师"到顺德指导企业生产，协助攻克技术难关。而今，从顺德行政中心到广州天河仅需45分钟。顺德的地铁站、轻轨站和广州南站只是相差一站，成为名副其实的"广州下一站"，"顺德北、广州南"。

从顺德开车到深圳，许多人驾轻就熟。约70分钟，就可以抵达深圳地王大厦。待到深中通道建成后，顺德到深圳的时间，将会缩短到42分钟，届时从顺德出发，在一小时内，几乎可以通达大湾区任何一座城市。

顺德与南沙自贸区的一些村落自然融为一体，抬脚就可以彼此来往，情同手足，自古一家。顺德的一些企业紧随南沙自贸区开发步伐，布局设点，早就与广州、南沙同频共振。

2023年，顺德连续12年位居全国高质量发展和综合实力百强区首位，是全国首个工业总产值超万亿元的市辖区。现有千亿级企业2家、百亿级企业11家、十亿级（工业）企业63家、亿元以上（工业）企业614家，上市企业42家，世界500强企业2家，分别为美的集团和碧桂园。即使放在北上广深来看，顺德仍可排位在上海"第二区"、广州"第三区"、北京"第四区"、深圳"核心区"。

为什么顺德能开风气之先，总是快人一步？

这离不开粤港澳大湾区这片开放的土地，离不开这片土地四季如春的温润。顺德人精神与岭南文化特质一脉相承，属于岭南文化不可或缺的一部分，有自成一格的表现。他们有一股精气神，有一种大局观，有一颗自信心。顺德今天取得的一切成就，与顺德人敢为人先、脚踏实地、敬业奉献的精神是分不开的。

在顺德，有许多事情是依靠民间和企业去推动的，而政府善于深入基层调研，广泛吸纳民间与企业的建议和智慧。民间与企业有什么好的想法、要求，政府马上了解到，很快做出判断、做出抉择、做出决策，从而激发民间与企业的创造力和原动力。

40多年来，顺德发生了翻天覆地的变化，为国家建设做出重要的贡献，而其在改革过程中摸索到的宝贵经验则尤具价值。这是令人怦然心动、铮铮作响的撞击，这是炽热烫人的蓬勃铿锵的脉动。

顺德经验的核心体现就是：改革开放精神，政府开门决策，企业凝聚人才，民间创造活力。

改革开放以来，顺德在经济发展和改革探索方面引领风骚，迅速从一个农业小县一跃成为工业重镇，涌现了一大批在国内外享有盛誉的企业和企业家群体，孕育了坚韧执着、奋发向上的商业秉性。这些企业家的言行举止往往温婉内敛、平和低调，他们睿智豁达的气质更体现了一种乐观豪爽的情怀；他们敢于创新，曾经朝夕成功也曾经瞬间失败，他们在暗流汹涌的市场大潮面前也难免千虑一失、伤筋动骨。他们坚韧不拔、百折不挠，在哪里摔倒就从哪里爬起，总在不同时期演绎令人瞩目的传奇。

任何一个关注着顺德发展历程的人都不会不动容！

任何一个领悟了顺德精神风貌的人都不能不动容！

关于顺德人的精神，在反映顺德综合改革的长篇小说《石破天惊》①中就有一种草根的说法，说得扎实而清晰，那就是：悭俭、肯捱、识做。

何谓"悭俭"？悭俭，既是俭约、朴实的传统美德，也是顺德人一直以来倡导与坚守的生活态度。在过往时代，关于顺德人为儿女择偶的条件有一句口头语：悭俭勤力，细食大力。自始至终把悭俭放在第一位。悭俭，并非吝啬，它可以理解为积谷防饥、防患于未然，也可以说是原始积累、勤俭起家的一种劳动致富本能。它与大手大脚、铺张浪费的作风水火不容，如果从办企业的角度来看，它的含义是精打细算，开源节流。很多年前，笔者到

---

① 吴国霖：《石破天惊》，花城出版社，2014。

万和集团公司办事，因为考虑到老总很忙，特意约了早上上班时间赶到公司。当笔者到达老总办公室时，看到老总一边在啃食早餐，一边在专注地翻看生产报表。作为一个成功的企业家，他简朴专注的形象给笔者留下了深刻的印象。2023年3月23日，在顺德容桂举行的"制造业当家，高质量发展"大会上，万和老总发表了一番激情洋溢的讲话，强调无论企业如何发展壮大，无论何时何地，都不能忘记创业的艰辛，不能忘记做人的准则，不能忘记企业肩负的社会责任。他希望"顺二代"脚踏实地，保持定力，沉下心来做好企业的事情，努力争当高质量发展的新一代。万和老总的言行生动阐释了何谓悭俭。

何谓"肯捱"？肯捱，用现代的话语来说就是拼搏，但拼搏给人的印象似乎是咬紧牙关拼一下、搏一回。而肯捱的意义更加形象，一个"肯"字，将甘愿吃苦耐劳的精神表达得清清楚楚，而"捱"字的意思是经受得住艰苦、忍受得住困难、抵挡得住压力。许多企业家脚下的路曲曲折折、坎坎坷坷，他们有过摔倒，有过伤痛，却没有停歇和退缩。一些企业倒下去了，痛定思痛，又顽强地挣扎着站起来，绝处逢生，直至迈向成功。坚毅、执着、刻苦、倔强，是他们引以为傲的天性。格兰仕集团的创始人梁庆德，55岁时开始二次创业，从轻纺业转向家电业。面对一无资金、二无厂房、三无设备的现实，梁庆德没有气馁，他与员工一起抬钢架、扛水泥、打木桩，一门心思扑在工地上。没有技术，他们三顾茅庐，组织技术人员攻关，夜以继日地工作，吃住在工地，累得实在受不了，就躺在模板上打个盹。当时的梁庆德只有一个信念：一定要干出名堂来。关于过往，梁庆德曾经说："我有几句上不了台面的话：笨就笨得彻底，傻就傻得可爱，懂得选择，学会放弃，耐得住寂寞，经得起诱惑。自己要有主心骨，在产业里苦心修为，只要能守得住企业的核心竞争力，格兰仕做50年苦行僧都不怕。"

何谓"识做"？识做，首先是能做，其次是肯做，最后是敢做。一方面是指精工巧做、精益求精，懂得分析前因后果，巧妙地破解难题、善于创新和敢于创新；另一方面是指广义上的思维方面，识微知著、识时达务、识才尊贤、识多见广、识时通变。不仅是指生产线上的操作、敲打和制作方面的要求，更是指办事风格、做事行为、工作举措方面的要求。何享健是美的集团创始人，他凭借自己的努力一步步走到今天的地位。在美的发展的关键时刻，他没有选择让自己的儿子接班，而是力排众议，主动退位让贤，将美的交给职业经理人管理。何享健的决定，其实就是"识做"，也是一种明智的抉择。如今的创业之路不如当年好走，但飞速变化的市场也带来巨大的发展机遇。这是一个机遇与挑战并存的时代，需要将企业交给更加年轻、更有才华的人去管理,激扬自信心,振作精气神。

曾经拼搏的"顺一代"终将老去,"顺二代"以及新的一代正茁壮成长,每个今天都在为明天的美好而努力。

2021年,顺德工业总产值突破万亿大关,成为全国首个万亿元工业强区,为"十四五"开局之年带来可喜的开端,使天南地北的整个制造业对顺德刮目相看。

这份亮丽的成绩单是汗水和心血的结晶。尤其是2020年以来,全球疫情肆虐,国际社会风云变幻、错综复杂,面对危急存亡的严峻挑战,要创造历史新高,谈何容易?顺德人冷静地审视自己面临的困境,找准自己的位置,选定自己的突破点,一步一步砥砺前行。

这份亮丽的成绩单,让人看到浩浩荡荡的民营企业方队正精神抖擞地走在制造业前列,象征着持久爆发的力量,象征着战胜困难的意志,象征着齐心合力的胸怀,象征着勇往直前的毅力。

2023年3月,春暖花开,万物峥嵘,大地绽放新一年的勃勃生机,梦想、希望、憧憬都在春风细雨中孕育。

3月31日这一天,顺德高规格召开城市品质提升大会。顺德区委书记刘智勇说,这是从顺德发展危机感出发的一个统一思想的动员会和学习会,区域城市之间的竞争,本质上是人才的竞争,高质量发展需要高层次人才,高层次人才需要高品质环境。"如果顺德不能吸引人才,顺德就没有未来，城市品质提升是事关顺德未来发展的大事。"

顺德人具有浓厚的忧患意识，上至领导，下至企业家、普通百姓，不管在哪一个阶层，大家都习惯查找顺德的不足，直言不讳地议论顺德面临的困难与压力。这样的文化氛围，对顺德的发展具有深刻影响。事实证明，能够觉察到发展危机的人，不被表面的繁荣所蒙蔽，总是时刻保持着高度的警惕，尚能常常处于主动。

这是一种天性、一种特质。它在顺德改革开放发展过程中起着关键性作用，具有鲜明的地域文化特点。居安思危，审时度势，反映的是企业家、商业群体、市民大众对顺德具有延续性的人文环境、历史底蕴的传承与发展。

这是一种襟怀、一种气量。顺德人做任何事情，心中都有一份敬畏之心，尊重实际，不尚空谈，认认真真、老老实实把事情做好。他们崇尚敬业乐业、筚路蓝缕的企业精神，他们坚守刚健有为、自强不息的文化自信。

这是一种感召，一种凝聚。一座城市的品质环境，直接影响到市民大众的生活质量和幸福感、自豪感，更直接关系到城市的凝聚力、吸引力和竞争力。

把顺德打造成为一个滨水相依、秀外慧中的品质之城，一个近悦远来、安居乐业的最友好制造业强区，是人们的共同期盼。

正是基于这样的格局，顺德站在更高层面上发力，计划用三年时间，立足城市设计、城市建设、城市管理三个维度，实施城市设计提升、建筑风貌提升、自建房提升、公共建筑提升、交通设施提升、滨水空间提升、市容市貌提升、乡村环境提升八大专项行动。

这个实施方案如此宏大，如此有气概。从城市设计、城市建设、城市管理入手，从自建房、公共建筑、交通设施起步，在建筑风貌的谋划里，在滨水空间的改造中，在市容市貌的提升上，在乡村环境与城市建筑之间，进一步擦亮顺德的城市名片，更生动描绘了顺德开展"百县千镇万村高质量发展工程"的实践路径。

在全面贯彻党的二十大精神开局之年，习近平总书记首次地方考察选择了广东。习近平总书记强调："广东是改革开放的排头兵、先行地、实验区，在中国式现代化建设的大局中地位重要、作用突出。要锚定强国建设、民族复兴目标，围绕高质量发展这个首要任务和构建新发展格局这个战略任务，在全面深化改革、扩大高水平对外开放、提升科技自立自强能力、建设现代化产业体系、促进城乡区域协调发展等方面继续走在全国前列，在推进中国式现代化建设中走在前列。"习近平总书记的殷切期待和重要要求，不仅为广东在推进中国式现代化建设中走在前列指明了方向，也为全国推动中国式现代化取得新进展、新突破提供了根本遵循。

2023年7月17日，顺德区委十四届四次全会召开。全会提出，顺德有着"走在前列"的雄厚基础、责任担当和行动自觉，顺德完全有条件、有基础、有信心，围绕贯彻落实总书记视察广东"坚持以制造业立省"重要指示精神，继续练好制造业当家内功，提出全力打造最友好的制造业强区，让"最友好"成为顺德制造业发展生态最鲜明的特征，在推进中国式现代化建设中走在前列，为广东、佛山发展大局多做贡献，落实省委"1310"部署。

在高质量发展的道路上，顺德需要有"路漫漫其修远兮，吾将上下而求索"的气势，需要有"长风破浪会有时，直挂云帆济沧海"的气概，需要有"雄关漫道真如铁，而今迈步从头越"的气魄。

向未来，征途漫漫，惟有奋斗。

向未来，只争朝夕，不负韶华。

向未来，踔厉奋发，勇毅前行。

第一篇

精业笃行，臻于至善

顺德的工业化进程，离不开缫丝业的铺垫。

中国蚕丝业历史悠久，是世界缫丝业（蚕茧缫丝）最早的发源地，同时也是世界丝绸业（纺织丝绸）最主要的生产国家。

中国蚕丝生产技术较早东传朝鲜和日本，到了6世纪中叶（南北朝时期），又西传至中东及欧洲，缫丝织绸技术一直领先于世界。然而，这种局面在第一次工业革命时发生了明显的变化。

1805年，意大利率先采用蒸汽煮茧缫丝。

1828年，法国发明共拈式缫丝装置，开始采用蒸汽动力缫丝。

19世纪中叶，随着蒸汽机被广泛使用，法国在里昂建立许多大型机器制造厂，丝绸业首次超越中国。

而中国的缫丝业、丝绸业长期以家庭作坊为主，有规模的手工工场始终没有形成气候。一直到19世纪70年代，上海与广东近代缫丝工业才开始发轫，比西欧先进国家落后了半个多世纪。

也许，历史脚步的前行本来就是前后交错的，作茧自缚的思维一直在等待着破茧成蝶……

据《中国近代缫丝工业史》记载：

近代缫丝业是中国近代工业中最早发生和形成的行业之一，早于近代棉纺织业的出现10余年。以后到1894年，广东各地丝厂发展到75家，26356部丝车；上海蒸汽动力丝厂12家，4076部丝车。但上海丝厂设备远较广东先进，劳动生产率亦高。甲午之前，中国近代缫丝工业，无论在家数、资本总额和雇佣工人数上，都是在中国近代工业中占有最大比重的行业。①

顺德是广东缫丝业的主要生产基地，被誉为南国丝都。据《顺德县志》载：清宣统年间，顺德拥有较大型的机器缫丝厂142家，产业工人6万多人，超过上海、苏州、杭州缫丝业人数的总和。令人遗憾的是，顺德人当时还未具备近代眼光和技术条件，只停留在蚕丝原材料的粗加工上，未曾及时、全面提升缫丝机械水平，包括纺织丝绸的深加工。与上海、苏州、杭州相比，无论是土丝、厂丝还是丝绸，质量与口碑都逊色不少。

规模做到最大，效益却没有做到最好，顺德人为此憋了一口气，一憋就是数十年。

佛山知名诗人郭杰广在《缫丝引》这首诗里，感慨万千：

从岁月的茧，索理绪，引出故事
就像寻找一条道路的起点与终点
煮熟生活吧，再走近一些
你能听见春蚕吐出的心声
浩荡东风，泛起飞白。将混茧
解密，足可以剥离人世间的冷

---

① 上海社会科学院经济研究所、上海市丝绸进出口公司编写，徐新吾主编：《中国近代缫丝工业史》，上海人民出版社，1990，第4页。

八股蚕丝，从水中抽出
缫成一条海上丝绸之路

深夜归来，蚕泛出孩子般的光泽
通体透亮。蚕宝宝操着不同的口音
我从《蚕桑谱》抽出蛛丝马迹
万家灯火已在波光灵动中走失……
顺着繁体字复摇起来的老式缫车呵
我听见时代，踏着车轮温暖的喊叫

一个地方能否保持长盛不衰，必然取决于其产业的发展。产业强，则经济强；经济强，地方发展才有潜力。而承载产业的基石，取决于不断进取、追求卓越的精神和底气。唯有博学而不穷，笃行而不倦，才能熟练掌握自己要做的事情；唯有掌握核心技术、掌握先进知识产权，才能培养出适应时代变化的核心竞争力，才能在瞬息万变的世界指点江山，挥斥方遒。

"旧巢共是衔泥燕，飞上枝头变凤凰。"顺德是从蚕丝业孵化而来的"土凤凰"，面对百年未有之大变局，迫切需要一次浴火重生的"涅槃"，从陈旧的窠臼里破茧而出，化蛹为蝶，化蝶为凤，化为真正的金凤凰，不畏风雨，迎风而上，翱翔于浩瀚的天空。

第一章　一场势在必得的战役

1898年，清光绪二十四年。

这一年，在地球的东方，一个叫薛广森的人开办了顺德第一家机械修造厂——顺成隆机械厂。

这一年，在世界的西方，库卡公司在德国奥格斯堡建立，专注于室内及城市照明，此后涉足工业生产的各个领域。

1973年。这一年，顺德县农机一厂试制成功立式单缸水冷式柴油机。

这一年，库卡公司研发其第一台工业机器人，公司在法兰克福证券交易所上市。

1981年。这一年，北滘公社的塑料生产组在经历塑料、金属、汽车配件、电器零件生产后，转行生产电风扇，改名为顺德县美的风扇厂，此后，发展成为世界500强企业——美的集团。

收购德国库卡

2000年，日本发那科、日本安川电机、瑞士ABB和德国库卡成为全球四大工业机器人制造商。同时，德国库卡在全球开设上百家分公司，实力雄厚，跨界涉及物资运输、工业等多个领域，具有明显优势地位。

在位于巴塞罗那的西班牙西亚特汽车公司的工厂，安装了2000台机器人，它们只需短短68秒就能完成汽车的车身组装，配合相当默契。作为德国大众公司旗下的子公司，西亚特汽车公司所用的组装机器人均来自德国库卡。

而此时，西亚特汽车公司位于马尔托雷尔的工厂则仍使用人力组装汽车，所需员工超过7000人。

西亚特两家工厂相较，显然，使用了库卡机器人的工厂代表了更先进的工业文明，也代表了未来走向。

在汽车行业，使用库卡机器人已是非常普遍的事，奔驰、宝马、保时捷、奥迪、大众的生产线上，都能找到库卡机器人的身影，在中国的大部分汽车工厂也在使用这一机器人。

德国库卡，在汽车机器人领域是世界上顶尖的企业，拥有百年的历史，是全球工业机器人四大家族之一。

2013年至2016年，中国企业跨国并购的企业数量呈上升趋势，2016年的跨国并购交易金额达到2210亿美元，在当时为历史最高值。美的集团就是在这期间展开收购德国库卡股份的行动。

美的集团在海内外拥有约200家子公司、60多个海外分支机构及10个战略业务单位。站在制造业前列的美的集团，已经不满足于产品"走出去"，开始在资本层面展开跨国并购。美的集团收购库卡，应该算是众多收购案中最为引人注目，同时也是给公众留下最多疑问的跨境收购。

德国库卡，德国制造，而德国人的严谨，地球人都知道。我们熟知的德国品牌，如奔驰、宝马、阿迪达斯等，都是家喻户晓的大品牌，"德国品质"可以说是"靠谱"的代名词。

举一个夸张的例子，德国制造的一口锅，能用几十年，很多德国年轻家庭用的锅都是祖辈传下来的。

而在此之前，美的集团在机器人产业布局上可谓动作频频。

首先，与全球四大工业机器人制造商之一的日本安川电机合资，成立两家机器人公司，分别生产服务机器人和工业机器人。

接着，收购安徽埃夫特智能装备股份有限公司17.8%股权。埃夫特是一家专注从事工业机器人设计、研发、制造与系统应用的公司，在意大利设有智能喷涂机器人研发中心和智能机器人应用中心，负责奇瑞汽车生产线的主要设计与集成实施。

显然，美的集团对收购库卡机器人更有兴趣。

但是，这场收购的路并不平坦。

首先，媒体关于美的集团收购库卡的报道没有停止，但这些报道都有一个共同的指向：这桩收购，因为德国乃至欧盟政府的关注而变得复杂。

时任德国总理默克尔，在2016年来华访问的新闻发布会上，被问及对美的集团收购库卡的看法。她说，没有排除中国企业收购库卡集团的可能性，但她又说："德国的任何人都可参与库卡交易。"

在发布会上，时任国务院总理李克强也表达了对该收购案的官方关注。他说，对于两国企业在法律框架内按照市场原则和国际通行惯例开展互利合作，中德双方都秉持支持和开放态度。

与此同时，一个来自德国政府的消息称，中国家电制造商美的集团希望收购德国工业机器人制造商库卡不超过49%的股份。

这是一个新的变化，此前，大多数媒体的报道是，美的集团希望持股权增加至30%以上。

风谲云诡，一切尽在变化中。与海尔收购美国GE家电业务，以及美的集团收购日本东芝白色家电业务明显不同，在美的集团对德国库卡集团的要约收购中，众人多次看到德国政府乃至欧盟官员的身影。

而这恰恰是美的集团收购库卡案变得山重水复的原因。

最早是欧盟官员表达了对收购案的看法。彭博社2016年5月30日报道称，欧盟数字经济专员冈瑟·厄廷格说，为了防止关键技术的流失，德国工业机器人制造商库卡最好把自己更多的股权留在欧洲投资人的手里。

随后是时任德国经济部长加布里尔的表态："德国政府正在安排其他公司对库卡集团提出另一个收购要约，以对抗中国美的集团的收购。"

加布里尔和默克尔的表态相似，尽管对出售库卡股权耿耿于怀，但政界无法阻止这个交易的进行，因为这并不涉及安全利益问题，施加影响仅限于在口头层面。

德国联邦政府副发言人维尔茨则说，这归根结底是一个企业自身的决定，德国政府将尊重企业的决定。

然而，库卡集团第一大股东福伊特集团直接反对该收购案。该集团拥有库卡至少25%的股份，其总裁兼首席执行官休伯特·林哈德说："库卡回复这一控股提案的方式，让我很惊讶，令我很震惊。"

正在这时，一个转机、一个意外出现了。

库卡管理层对这桩收购持十分积极的态度。库卡首席执行官蒂尔·劳伊特说，他非常欢迎中国家电制造商美的集团发出的收购要约。关于这桩收购他挂在嘴边的一句话就是："我们完全不认为这是一次敌意兼并。"

美的集团要收购一个机器人企业，这本身没有多大争议，在一般工业自动化领域，中国是全球最大的市场，也是最大的制造业国家。那时候，中国每万名工人仅有17台机器人，远远低于韩国的365台和日本的211台。伴随着我国人口红利的衰减，"机器换人"、走向工业自动化是必然的趋势。如此一个庞大的市场，美的集团怎么会熟视无睹呢。

可是，外人很难理解的是，面对各种困难，美的集团为何坚持选择库卡作为自己的收购目标呢？

其实，库卡当时正处在一个相对动荡时期，新的股东与管理层就今后库卡的发展设想还没有达成完全一致。而作为美的集团供应商的库卡一直想在中国市场大有作为，几次与美的集团接触后，他们意识到美的集团在中国市场的影响力和资源调配能力，更认同美的集团今后的发展战略。库卡管理层欢迎美的集团作为股东参与到库卡的发展中去，双方达成广泛共识，美的集团开始参股库卡。

看见目标就不怕障碍。

说干就干！美的集团分多次在二级市场上收购了总计13.5%的库卡股份，成为库卡第二大股东。此时，国际市场已经开始炒作库卡，股价开始快速上涨。这样一来，美的集团就面临一个选择：是仅仅把这次收购当作一次财务投资（这样的结果也是不错的），还是继续增加股权？如果选择后者，又会有怎样的连锁反应？

2016年5月26日，美的集团正式向德国库卡发出收购要约，收购公告称本次收购股份不低于30%，且全部采用现金支付。由于中德两国所遵循的会计准则不同，财务系统严谨完善的美的集团决定聘请会计师事务所协助本次跨国并购的进行。

美的集团进入库卡，绝不会一帆风顺。为阻止收购，德国经济部长加布里尔甚至公开呼吁欧洲设立安全条款，阻止外商收购拥有战略性技术的企业。

一雷惊蛰始，微雨众卉新。美的集团对收购库卡的不确定性做了充分的准备。在要约收购期间，美的集团不断承诺，要约收购库卡，不以库卡退市为目标，并将尽力维持库卡在德国的上市公司地位、业务独立性和管理团队的稳定性；同时，库卡管理层全力支持美的集团要约收购，库卡集团董事会和监事会向公司股东做出向中国家电巨头美的集团出售其股份的建议，全力促成此次交易。

经过半年多的时间，美的集团在2016年12月30日通过审查，完成了对德国库卡的并购案，最终成为占有德国库卡94.55%股份的控股股东，合计持有库卡集团3760万股股份。

美的集团在公告中，对收购库卡股权给出了四点理由：

一是深入全面布局机器人产业，将与库卡集团联合开拓广阔的中国机器人市场。

二是库卡将帮助美的集团进一步升级生产制造与系统自动化，成为中国制造业先进生产的典范。公司与库卡合作将促进行业一流的自动化制造解决方案，向全国相关工业企业推广，并拓展B2B的产业空间。

三是美的集团子公司安得物流将极大受益于库卡集团子公司瑞仕格领先的物流设备和系统解决方案，提升物流效率，拓展第三方物流业务。

四是与库卡集团共同发掘服务机器人的巨大市场，提供更加丰富的、多样化、专业化的服务机器人产品。

尽管如此，美的集团也知道，这是一次并不便宜的收购。收购前一年，库卡的股价不到70欧元，收购时是115欧元。过去十年间，库卡的市盈率在5—20倍之间徘徊，这次收购价每股115欧元，市盈率达到48倍！

这样的市盈率在欧洲制造业来说是罕见的，况且在全球四大工业机器人企业中，库卡还不是排名最前的。

让股东们满意的是收购成本昂贵，但美的集团没有打小算盘，也没有在乎成本，而是要引领中国资本撬动整个世界。

跨界收购，也就是跨界制造。

收购库卡是美的集团的最大战略投资，回报周期也许会很漫长，但美的集团瞄准的是未来。

有了库卡，美的集团将全面布局机器人产业，特别是开拓广阔的中国机器人市场。

有了库卡，美的集团将进一步升级生产制造与系统自动化，发展智能制造。

有了库卡，美的集团未来还将进入服务机器人的巨大市场。

一个库卡，是中国资本在海外收购的缩影。美的集团的蜕变，则是一部壮阔的中国制造业发展史，是中国机器人产业史无前例的非凡体现。

迈向"科技集团"

2018年3月28日，广东省智能制造创新示范园、中德智能制造国际合作示范区正式启动。作为示范园重点项目的美的库卡智能制造产业基地正式动工。

美的集团在入主全球四大工业机器人巨头之一的德国库卡集团后，仅用一年时间，便亮出大招，打响"中德合资"争霸机器人市场的新战役。

"机器人学院多了一位好邻居，将带来直接的资源聚集效应。"时任佛山中德机器人学院有限责任公司执行董事何建东说，美的库卡基地就在广东潭洲国际会展中心旁边，可谓"前店后厂"，研发、生产、展示、培训一体化，打通了智能制造产业链条上下游。

将规划变成现实的步骤之一，就是美的集团拉开了完善库卡产业链的第一步。

美的集团要整合全球资源，在美的集团内部形成完整的机器人和工业自动化业务，涵盖软件开发、硬件制造和关键零部件研发等，以及今后继续发展的人工智能……或许，美的集团不仅是一家单纯的家电企业，它正以机器人和工业自动化为起点，以库卡为载体，健步迈向"科技集团"。

转变的成效需要时间来检验。

美的集团2021年中报数据显示，暖通空调营收占比为43.96%、消费电器营收占比为37.38%，机器人及自动化系统营收占比为7.24%，美的集团正处于多元化深度布局的局面。

库卡集团于1898年成立，从它发展的历程与其具有代表性的机器人来看，其最有特色的机型就是泰坦和伊娃。

泰坦被誉为最可靠的机器人，载重力能达到1.3吨。在2007年，它作为当时最强大的六轴工业机器人被载入吉尼斯世界纪录。它最大的特点就是高动态性和强负载能力，可以精确地搬运较重的部件和组件，速度快、加速度灵活，可以确保节拍落在最佳的时间节点。在上海迪士尼公园，这台机器人的臂上装载了两套座椅，能灵活地和小朋友们玩耍。

伊娃被誉为最灵活的机器人，是库卡独有的七轴机器人。与其他"兄弟姐妹"的"高大壮"不同，伊娃身姿优雅且超级灵敏，较之前型号的机器人有了很多的改进。首先它的材质使用了铝材，不但减轻了重量，方便转场移动，而且在各个展会中展现了超凡的技巧——为客人倒啤酒、端咖啡等等。其次，在各个舵机中加入了扭矩传感器，使得机器人在受到外力冲击的时候，能够感应到并尽快地停止运作。再次，伊娃圆润的外观增加了亲切感和美誉度，有助于实现人机互动的完美融合。

库卡工厂的核心区域生产车间面积共9000平方米，大约有150名工人，主要负责完成机器的清洗、组装、喷涂以及检测。其中最核心的区域就是质检车间，在这间透明房间里，有六台不同型号、不同载重量的机器人在机械臂末端悬挂"铁饼"，变换不同角度来进行"托举运动"，因此这里也被戏称为"机器人健身房"。

从"十年更新"到"更新十年"

在美的创业的历程里，不仅有历史性成就、历史性变革的宏大叙事，更有每一个美的人触手可及的成长故事。

2020年11月9日，福布斯中国发布了2020年度30岁以下精英榜，美的集团中央研究院院长助理兼流体力学研究所所长胡斯特赫然在列。

胡斯特于北京大学博士毕业后，加入美的集团仅两年，便成为美的集团中央研究院院长助理兼流体力学研究所所长，是美的集团中央研究院目前最年轻的所长。

正是"胡斯特们"的加入，使美的集团加快了从传统产业迈向科技产业的步伐。在美的集团研发体系中，处处呈现年轻人奋斗的身影，其中博士超过500人、硕士3000余人，他们都是跨界进入美的集团的专业人才。

美的集团创始人何享健曾经说过："美的20世纪60年代用北滘人、70年代用顺德人、80年代用广东人、90年代用中国人，21世纪用全世界的人才。"

这句话不是一般的感悟，而是看待、看懂人才的认知视角！

正是这句朴素而不一般的用人理念，点亮了美的集团一个个发展阶段的光荣与梦想，给了无数奋斗者、产业工人施展自我的舞台与机会。

库卡中国营运与人力资源总监陈峰说，此前库卡集团所有产品研发均集中在德国。近几年，随着中国市场需求快速增长，中国研发人员队伍也不断壮大。在库卡顺德园区，研发队伍已从2019年的40余人扩展到300人，并设有中国最大的机器人实验室，可完成产品所有实验测试。

从2020年的6000台，到2021年的1.8万台，库卡顺德园区一年产量增幅达200%，但是还远远不能满足市场需求。

库卡中国资深研发经理沈毅说，库卡中国已在工艺技术、控制器软件、机器人规划认证及数字化服务上进一步提升，打造应用场景生态圈。

不只国产化，更要本地化。从2020年开始，库卡启动华南专项供应链布局，优先与华南地区相关厂家接洽。

随着库卡顺德园区二期项目的启动，项目除了满足库卡自身的研发生产需求外，更结合企业的采购额承诺，以及佛山市、顺德区的招商政策，引进华东乃至海外的上下游企业进驻。如今，已有电子物料、电缆物料、本体铸件等领域的七家供应商签署入园意向协议，美的库卡智能制造科技园现有的厂房空间利用率已接近100%。

2023年1月6日，2022中国十大经济年度人物颁奖盛典隆重召开，美的集团董事长兼总裁方洪波当选"2022中国经济年度人物"。2022年，在数字化转型十周年之际，方洪波推动美的从"十年更新"迈向"更新十年"，持续优化智能家居、工业技术、楼宇科技、机器人与自动化及数字化创新业务五大业务板块，在专注ToC业务存量升级的同时，点燃第二引擎向ToB转型创造增量，推动美的从全球领先家电企业向创新驱动的科技集团升级蜕变。

在人们的印象中，方洪波做事朴实，心思细密。他虽然是安徽人，但他与大多数顺德企业家较为合拍，善于实干，其业绩有目共睹。

方洪波从感恩时代、推行中国方案、发挥中国智慧的经历，发表了获奖感言："美的是伴随中国改革开放不断成长、发展壮大起来的，1990年，美的销售收入仅1亿元人民币，到2022年前三季度，销售收入已经突破2700亿元，应该说，感谢中国改革开放的时代背景，是这个大的时代背景，给了我们非常好的发展机遇。现在，我们站在一个新的起点上，也面临很多的困难和挑战，如何在下一轮的竞争和博弈中，持续性地成长，是我们现在面临的巨大的挑战。但是，我们并不惧怕，我们志存高远，我们还有更大的目标，转型的方向已经清晰地确定了，我们要从家电的2C业务向2B业务启动第二增长引擎，经营区域从中国走向更多的海外市场，成为一个真正意义上的全球化的企业。在竞争的能力上，我们从效率优势向技术优势、产品优势和创新驱动转变。前路漫漫，但是我们有信心和目标实现我们的理想和愿景。在整个国家科技强国、制造强国的大的时代背景下，我们会抓住下一个周期的良好发展机遇，我们要接续奋斗，不辜负这个伟大的时代，去实现我们的目标。"

机器人生产机器人

美的顺德马龙生产基地入选首批工信部"5G＋工业互联网"试点示范项目。经过5G改造后，库卡机器人网络接入的端到端时延从100ms以上降到10ms以下，满足了生产现场"令行禁止"的需求。美的正携手华为、中国电信在该生产基地孵化可商用落地的11个5G应用场景。

2021年11月23日，美的集团发布公告称，拟通过全资子公司全面收购公司控股的德国法兰克福交易所上市公司库卡的股权并私有化。

此时，剩余少数股东还持有库卡约216.8万股股份，占总股本的比例为5.45%。在此次收购完成后，库卡将成为美的集团全资控制的境外子公司，并从法兰克福交易所退市。

此刻，正好是库卡集团成立123周年。

......

2018年，美的成立了汽车零部件公司——美的威灵汽车部件产品公司。这是美的集团旗下第一个挂上了"汽车"两字的子公司。

2020年，美的拿下合康新能的控股权，成为合康新能的控股股东，这也意味着美的直接打通了与一汽、江淮等国内多家主流车厂的配套合作。

2020年12月，美的对整体业务架构进行了调整，新成立了机电事业群，开始大规模进行汽车零部件的研发生产。

2021年5月，美的威灵正式官宣其驱动系统、热管理系统和辅助/自动驾驶系统的三大产品线全线投产，并正式发布五款汽车零部件产品：驱动电机、电子水泵、电子油泵、电动压缩机和EPS电机。

2022年初，美的旗下汽车零部件产品线销售规模达到了千万元量级。美的集团旗下的零部件以及智能化平台已经为一汽-大众、东风集团、长城汽车以及比亚迪等整车制造企业提供了支持。

2022年2月，由美的集团总投资的新能源汽车零部件战略新基地在安徽安庆市奠基开工，这是美的集团有史以来投资总金额最大的项目之一。

如今，当工业机器人逐步在智能制造领域中开拓更多的应用场景之时，另一个颠覆制造的"图景"正拉开帷幕，在美的库卡智能制造科技园中，一条"机器人生产机器人"的全自动化产线已"跑起来"。

这是广东首条"机器人生产机器人"产线，也是国内第一条生产重载机器人的全自动化产线。

整线长度为35米，全线采用了12台库卡机器人、6台库卡生产的AGV小车、5条库卡的第七轴轨道。现场，橙色的库卡机器人正努力"上岗"，组装灰色的半成品机器人，为机器人底盘扭上一个个螺丝，十分智能、精准且高效。

这条自动化产线从机器人组装的第一道工序开始，到最终生产出一个成品，都实现了"无人化"的目标。从仓库配料开始，到生产过程中工位间的移动、下线后的成品运输等环节，都采用库卡自主研发的AGV小车。

这条自动化生产线效率高，可以24小时工作。根据园区测得的数据，对比传统的人力，单班产能提升50%，工时效率提升超过30%。人在这里的工作，变成了辅助，劳动强度也极大地降低了。

这是真正意义上的一个"黑灯工厂"，即便是工人们下班了，"机器人生产机器人"不会停，还会继续作业、组装。

传统行业边界不断被打破，行业间的界限正在消失，每一天每一件事情都是新的。

第二章　湾区的机器人之城

2022年2月9日，农历正月初九。

中国北京。

第24届冬季奥林匹克运动会，正在如火如荼举行。

国际奥委会主席巴赫来到冬奥村的"网红"打卡点——智慧餐厅，兴致勃勃地向餐厅工作人员问好，与大家合影留念，现场就餐。

在中餐云轨体验区，巴赫点了一份北京烤鸭和一份饺子。

智能炒锅先将菜品装盘上传至空中云轨处，然后系统智能调度云轨小车接应菜品，智能规划最优路径，自动送达对应餐桌上空，再通过下菜机，让美食"从天而降"来到了巴赫面前。

餐后，巴赫竖起大拇指说："我为中国的智慧机器人点赞，我为充满科技感的就餐体验和可口的食品味道点赞。"

巴赫的点赞，是对中国综合科技实力以及中国味道的最大肯定。

吸引巴赫慕名而来的北京冬奥会智慧餐厅，是由顺德的千玺机器人集团打造。

作为世界美食之都的顺德，正是我国科技创新的前沿，是粤港澳大湾区的机器人之城。

以每年20%的速度增长

东平河畔，佛山一环高速公路旁，明亮高耸的现代化车间里，电子信息屏幕上显示着每个工位的变化。一台台安装调试好的机器人，精神抖擞，整装待发，正准备"奔赴"世界各地。

每一座人杰地灵的城市，都离不开与之相伴的河流。那些古老的河流，被视为人类生命延续的脐带。东平河源于粤北的北江支流，其给人留下的最深刻的历史印象，是沿岸一座座堆积如山的木柴，是河堤一排排烟囱林立的陶窑。

沧桑的历史演绎了多少故事，洗去了多少铅华。随着改革开放蓝图的不断描绘，现代制造业在东平河，在三龙湾，在大湾区正徐徐展开一幅壮丽的画卷。

从2010年发轫以来，顺德机器人产业从无到有、从集成应用到本体组装乃至核心零部件制造、从巨头抢滩到本土企业崛起，一个国内机器人产业的高地加快崛起。

机器人产业崛起的背后，是一个工业总产值超10000亿元的制造业重镇的数字化新征程。

数字化是大潮。

全球制造行业正面临新一轮产业变革。

"以融合信息技术与制造业的智能制造为基础，工业数字化成为发展趋势。"这是西门子数字化工业软件集团大中华区副总裁兼CTO方志刚，在库卡项目二期动工现场说的。

机器人之所以与传统的机器、自动化设备不同，关键的一点就在于机器人有一个更加强大的"大脑"，其运作是以数字化为基础的。

一个新的产业的开启，有其必然的轨迹。

时间回溯到17年前。

2005年，还在五金家具行业奋斗的嘉腾公司，意外接到一个研制搬运机器人（AGV）的需求，因而成为最早进入机器人行业的顺德企业之一。

在很大程度上，机器人是数字化转型的"硬核"力量。

如果说数字化是一场大潮，那么机器人就是其中的弄潮儿。

对于顺德来说，工业总产值已超万亿，数字化转型的规模极其庞大。

在库卡科技园，生产制造的流程已经深度数字化，每个环节的实时状态、数据都能够通过电子信息屏幕被监测和掌握，但这还不是数字化的高级形态。

顺德现有300多家规模以上工业企业实施"机器代人"，累计应用逾5000台机器人，这个数字，在以每年20%的速度增长。

"劳动密集型"已经向"技术密集型"转型升级，规模庞大的本土制造业转型需求，成为顺德机器人产业发展壮大的重要推手。

时间是忠实的记录者，镌刻着创业者奋进的步伐。2013年在顺德成立的隆深机器人，正是通过首先为美的等顺德家电企业提供服务，再将其应用经验向全国复制，从而迅速成为全国白色家电领域机器人应用排名第一的服务商。

关键密钥

水有源，故其流不穷；德有本，故其行不穷。

从"顺德制造"到"顺德智造"，一字之变、一字定音、一字千钧，顺德工业发展由此迈入一个全新的发展时期。

作为顺德重点打造的战略性新兴产业之一，机器人产业与顺德其他产业形成了相互流动、相互融合、相互助力的"微循环"。

在广东省、佛山市的相关扶持政策基础上，顺德出台了一系列直接针对机器人产业、数字化的扶持政策。

顺德出台推进5G＋工业互联网创新发展的若干政策措施，是其最新的举措。在支持机器人企业研发创新上，核心技术攻关单项最高奖励5000万元；在推广机器人应用，提供技改、5G＋工业互联网应用等方面，单个企业最高可享受一亿元扶持；在引进研发技术人才方面，顺德力争未来五年内规模达一万人。

在北滘，除了库卡科技园所在的广东智能制造创新示范园外，顺德还打造了以机器人命名的专业化主题园区，包括博智林机器人、盈合机器人、大族机器人等重点项目在内的机器人小镇产业园的建设进入加速期。

顺德还为企业提供多样化的活动，开阔其数字化视野。顺德专门组织"百企进华为"参观学习、现场体验等活动，包括格兰仕集团董事长梁昭贤等在内的顺德区重点企业负责人悉数参与。

走出去，还要请进来。顺德区政府和华为公司在顺德职业技术学院携手筹办数字化转型培训学院和华为信息与网络技术学院，首期"总裁班"就吸引了近百人参加。

数字化转型不可能只是政府的努力，企业的努力也至关重要。

有的企业自身就走在了政府的前面，有的企业则是在政府的推动下积极参与，但无论先后，大家都是在同一个方向上前行。从美的、格兰仕、新宝、小熊、万和、万家乐、康宝、容声等龙头企业，到各个领域的细分龙头、中小企业，各企业纷纷开展了数字化的应用。

与此同时，从美云智数、赛意信息到精工智能，一批数字化转型的服务商扎根顺德制造业。美云智数脱胎于美的集团，是美的五家灯塔工厂的"幕后推手"，并以美的经验对外赋能。美云智数旗下的"美擎工业互联网平台"在2022年获评"国家级"跨行业跨领域工业互联网平台，是佛山唯一入选的平台。

在百舸争流的顺德机器人产业行列，不仅有美的、碧桂园斥巨资跨界布局，也有世界机器人排名前五名的行业巨头抢滩入驻，涌现了一大批聚焦细分领域的隐形冠军，逐渐形成多层次的机器人产业梯队和链式发展的新趋势。

"投产一年多以来，美的库卡智能制造科技园已累计生产1万多台机械臂。"美的集团2020年财报介绍了库卡机器人业务。

在龙头引领之下，顺德本土机器人企业顺势而起开拓产业版图。

当全球机器人产业的目光大多聚焦在机械手上时，嘉腾机器人却把全部精力放在研发携带视觉识别系统的"机器脚"上。现在，嘉腾机器人不仅研发出"小白豚""大黄蜂"等高度智能的AGV，还首次在行业内将"心跳"系统植入仓储机器人，大幅提升了AGV的稳定性。

顺德机器人企业瞄准细分领域，并逐渐获得行业"话语权"：

· 科凯达高压巡检机器人填补国内空白，完成了100多公里的高压线路巡检；

· 盈峰环境专注于5G环卫机器人、智能小型环卫机器人等领域，环卫装备销售额连续20年位居全国第一；

· 利迅达机器人聚焦研发打磨抛光机器人集成技术，成为专注细分领域的系统集成商。

数据显示，顺德机器人本体及上下游产业链配套企业数量已扩容到180多家，整个产业版图逐渐形成快速发展的格局。

最强外脑

从最初的系统集成，扩展到本体制造，再深入到减速机、控制器等核心零部件；从最早的工业机器人，延展到特种、服务机器人领域，顺德机器人一步一阶梯，踏踏实实向前走。

一个不容否认的事实是，中国工业机器人市场这块诱人的蛋糕，大约三分之二被国外品牌分走，国产机器人的稳定性、技术性亟待提升。

从机器人产业链来看，上游是核心零部件，控制器、伺服电机和精密减速器，分别占据成本的12%、22%和32%；中游是机器人本体，也就是机器人的整体架构，包括机座和执行机构，占成本的22%左右。

顺德机器人协会秘书长陶渊明说，仔细观察国外成熟的机器人展会，就会发现最为核心的部分是机器人本体，假如没有强大的机器人本体研发制造带动，很难拉动整个产业链的跃升。

也就是说，顺德机器人产业要在未来激烈的市场竞争中杀出重围，就必须抓住本体这一关键环节。

令人欣慰的就是，库卡、发那科、ABB、安川、川崎等世界机器人排名位于前列的行业巨头均以落户和合作形式进驻顺德，成为顺德机器人产业"最强外脑"，并吸引上下游企业汇聚。

具体而言，可以通过鼓励本地企业优先采购本地机器人产品，将本体做大做强，进而带动生态链上本土生产、集成应用、核心零部件研发等整体跃升。

对此，隆深机器人有限公司董事长赵伟峰十分认同。隆深与川崎成立合资工厂，以SCARA机器人、四轴冲压等机器人的研发、生产与销售作为主营业务，加上美的库卡、博智林机器人、盈合机器人都是主攻机器人本体研发制造，未来顺德机器人本体产能必将释放出来。

在顺德作家工业文学采风的作品中，有一首《顺德智能制造生产线》的诗歌，作者是这样描述的：

像音乐家弹奏的旋律

机器人挥动神奇的臂膀

把智慧嵌入产品的芯片

用编码链接未来希望

融合、冶炼、淬火、奔放

从南国丝都走过来

留下凹凸深浅的脚印

洗脚上田农民的子孙

运筹着云数据库

坐地日行八万里

巡天遥看一千河

有万千重气概

有五百强畅想

新产品源源运往异国他乡

在顺德，机器人产业应用场景丰富，企业转型升级需求迫切，产业配套能力强大，为机器人产业发展提供了土壤和根基。

2020年，顺德机器人的产值增速高达206%，工业机器人年产量达1.2万台，约占全国工业机器人总产量的5%。

在库卡落地投产第一年，媒体报道中就算了一笔账，全国每50台工业机器人就有一台是顺德造。而前不久的数据显示，全国每20台工业机器人，就有一台产自佛山顺德。预计，未来全国每3台工业机器人就有一台是顺德造。

工业机器人是制造业不可或缺的角色，工业机器人技术涵盖了视觉识别、技能学习、利用人工智能进行故障预测、人机协作及简单编程等领域，是传统制造业数字化转型的关键一步。

捷瞬机器人与康宝、美的集团等达成合作，为它们分别打造消毒柜智能工厂和空调压缩机壳体智能工厂。

捷瞬机器人董事长谢传海告诉笔者，改造后的消毒柜智能工厂实现了从产品前沿开发到模具设计制造，再到冲压、焊接、装配、包装等流程的机器人自动化生产，用人规模缩减一半，企业生产效率却提高80%以上。

如何引导产业集聚、链式发展，是顺德面临的课题。对此，顺德区委区政府已然有了清晰的规划，聚力打造"一核引领、一区支撑、多点集聚"的发展空间格局。

一花引得百花开，百花捧出盛景来。中央电视台《新闻联播》节目在"新征程开局'十四五'"的系列报道中，以"高技术制造业增速加快助力高质量发展"为题，报道了佛山顺德机器人产业梯队发展新态势，展现了顺德在高技术制造业带动作用持续增强的同时，更多新投资不断涌入的良好局面。

顺德乘着浩荡春风，以更大气魄描绘着新时代的壮丽篇章。

速度走在全国前列

"今天从深圳福永来到顺德北滘，一小时车程，一天内轻松几个来回。"2021年，顺德机器人产业招商大会在顺德海创大族机器人智造城举行，深圳大族机器人有限公司副总经理王献礼在大会上分享了深圳企业选择顺德的几个重要因素——除了高质量发展空间和高效的交通互联，还有顺德完善齐备的产业配套与区域一流的营商环境，"从摘地到现在，仅仅

9个月，智造城初具规模，这个进度我认为在全国都可以排在前列。"

2017年，深圳市大族机器人有限公司成立，总部设在中国广东。海创大族机器人智造城，也就是位于顺德北滘的大族村改产业园。

1900年，德利康集团成立，总部设在德国赫福德市。赫福德市是德国厨房家具制造商主要集中地，集中了德国乃至全球知名的品牌，其中一些已有100多年的历史。2005年以来，赫福德市自称为"世界厨房之城"。

有谁会想到，120年后的2020年，120周岁的德利康集团，与3周岁的深圳市大族机器人有限公司在顺德牵手"联姻"。

2020年11月28日，是值得纪念的日子。

上午9时8分，大族机器人官方发布了《记住今天！大族机器人先进制造集中示范园动工仪式顺利启动！》的推文。

顺德官方当天发布的消息称，大族机器人是机器人自动化、人工智能领域技术领先的"新星"企业，大族机器人先进制造集中示范园正式动工，也标志着大族机器人全球总部"落地"顺德。

该示范园项目是佛山市为落实省委省政府对顺德提出的"高质量发展"要求，以机器人产业为核心突破口而引进的重点项目，也是顺德区"中国机器人小镇产业园"的重要组成部分。

大族激光科技产业集团股份有限公司副董事长张建群告诉笔者，因为深圳土地资源紧缺，公司发展空间"捉襟见肘"，而顺德地处大湾区核心区域，优势突出，因此选择了顺德，"经过了一年多的洽谈，在政府的支持下，项目在北滘'落地'了。"

王献礼说，大族机器人要在顺德打造一个机器人生态圈，并孵化欧洲顶尖研发团队的尖端研发成果，实现机器人所有核心技术、全部关键零部件的自主研发。

大族机器人所入驻的区域——北滘机器人小镇产业园西海二支地块，是北滘2020年推进的超千亩现代主题产业园地块之一。这里毗邻顺德机器人谷项目，随后建成为中国机器人小镇产业园重要片区，定位为机器人产业示范基地。

示范园规划建设的高标准厂房及相关配套，会全面适配创新企业研发、试制、生产、检测、组装、展示、卸货与仓储物流等功能需求。

2020年11月10日，在2020佛山三龙湾城市品牌推介会（深圳站）上，大族机器人的创始人王光能作为三龙湾体验官，现场分享了企业选择三龙湾的理由以及与三龙湾邂逅的故事。

在此之前，大族机器人已在德国斯图加特成立德国子公司，核心技术团队来自弗劳恩霍夫协会、德国人工智能研究中心和汉堡工业大学，并聚集了来自中国、德国、美国、英国、瑞士、意大利等国家的机器人和人工智能领域世界顶级专家。大族机器人德国子公司已与大众、宝马、奔驰、空客等十几家世界高科技巨头达成合作意向。

选择佛山之前，王光能和德国团队多次调研、讨论，相信大族机器人先进制造集中示范园项目能为未来中德合作提供更好的样板。

还有一点让王光能念念不忘：2016年，佛山牵头筹组中德工业城市联盟，秘书处设在顺德，联盟成员包括47座中、德城市；2017年，德国汉诺威机器人学院成立其海外唯一品牌授权使用机构——佛山机器人学院。

王光能知道，这些优质智能制造企业与服务提供商，在"德国经验"与"佛山制造"的帮助下，已经形成了互补互益的有机生态圈。

选择一座城，其中有很多机缘巧合。有时，是因在一场展会中，品读到一座城的人文，感受到它的性格；有时，是因在一次旅途中，加深了对一座城的认识，积淀了对它的感情；有时，则因在一次洽谈中，发现了真诚合作的意向，从此扎下根来，与它共同成长，直到它成为第二故乡……

瞄准全产业链生态集群

栽下梧桐树，引得凤凰来。

2021年9月1日，顺德机器人产业招商大会在北滘西海二支海创大族机器人智造城内举行。国产机器人龙头埃斯顿大湾区总部、中设华南智能制造产业基地等一批项目签约落地顺德。

同时，海创大族机器人智造城一期封顶，二期正式动工。

埃斯顿是中国运动控制领域具有影响力的企业之一，在核心部件、工业机器人、机器人智能系统工程等方面有全产业链优势。埃斯顿规划在顺德设立华南区总部，并与德国百年焊接巨头CLOOS（克鲁斯）共同成立研发中心，利用CLOOS的焊接技术优势和埃斯顿标准化机器人方面的优势，布局华南区工业机器人及智能制造系统、伺服及运动控制产品等市场。

埃斯顿曾收到国内多个城市的邀请，但最终还是选择顺德，选择了有着570多年历史的水韵凤城，原因在于这里是大湾区的中心区域，有广泛的机器人应用场景。

三天后，海创大族机器人智造城又与德国德利康集团举行签约仪式。

德利康集团是德国百年企业，120年来，德利康集团一直是医疗护理用床行业的技术先驱，在全球处于领先地位。

在德国，德利康集团拥有工业4.0数字化、智能化生产工厂，使得其产品和技术一直保持领先的地位。

2022年2月24日，中央电视台财经频道《正点财经》栏目播出《工业机器人产业调查》。王光能出现在镜头里，他举棋若定，沉着地说："大族机器人正在进行核心零部件的开发，要让整机的成本降低。只要整机的成本可以降到国外进口的一半以上，直接的结果就是带来量的提升。"

2022年9月2日，海创大族机器人智造城迎来了德国隐形冠军企业落地投产。

这一天，德国德利康集团在中国设立的首家分公司德利康医疗器械（佛山）有限公司正式开业。

德利康集团在德国已拥有120多年的历史，在医疗健康领域积累了丰富的经验。德利康集团首席财务官司徒润告诉笔者，在德国医院有三分之二的护理床是由德利康集团生产制造，"德利康在德国处于市场领先地位，产品出口到全球60多个国家，现在想再进一步跻身行业全球第四，成立德利康医疗器械（佛山）有限公司正是达成这一目标的关键。"

2023年1月8日，射频行业国家标准制定者——深圳可信华成通信科技有限公司正式落户海创大族机器人智造城。

在机器人制造业数字化智能化转型的发力点上，北滘的定位是"核中核"，在孕育美的、碧桂园的同时，不断吸引国内外龙头机器人企业先后落户。

据统计，北滘机器人及关联企业达到41家，其中2018年至2021年引进机器人企业33家，产值每年增长超过100%。

2022年12月15日，中国共产党佛山市顺德区智能机器人产业链委员会揭牌成立，并召开第一次产业链党群联席会议。顺德区智能机器人产业链党委，将以党建凝聚智能机器人产业链上企业，激发自强不息的创造力，让"红色引擎"赋能产业高质量发展。

产业链发展到哪里，党建就覆盖到哪里。顺德五家机器人龙头企业拥有近350名党员，成立了党组织，为产业链党建工作奠定了坚实的基础。

顺德区智能机器人产业链党建工作重点，在于真正发挥实效，以"党建＋产业"提升产业凝聚力，强化智能机器人产业链企业党组织建设，鼓励企业抱团发展，实现"引来一个新项目、带来一条产业链、造就一个新产业、催生一个新基地"的链式效应。

瞄准引链育链，着力建链聚链，环环相扣；

创新强链固链，加强谋链拓链，丝丝合缝。

一个个出自机器人之城的策划、谋略、方案，赢得越来越多理解、尊重与支持。

第三章　赋能中国家电之都

2022年，工程师罗彬被评为第三季度"敬业奉献佛山好人"。作为外来工，他感受到了鼓励与鞭策，这像是一股涌潮，激活了他前进的动力。

顺德有数百万外来工，既有打工人，也有创业者、企业家。他们在不同的时间、不同的地方来到顺德，面对波涛壮阔的工业化浪潮，他们既是旁观者又是参与者，任劳任怨在这里工作、生活、扎根。他们生活在热火朝天的环境中，被热火朝天的生活所裹挟，也被热火朝天的生活所感染。他们在这里立足、生根、置业、兴家，对这里生机蓬勃的人文环境充满敬佩，对这里开放包容的风土人情无限叹服，对这里敢为人先的进取精神表示敬意。为此，他们对生活、对工作、对创业产生一种强烈的期待。

十年获授权专利144件

2004年，罗彬从大连理工大学机械设计制造及其自动化专业本科毕业，之后一直从事空调研发工作。2013年，罗彬加入美的集团，至今刚好10年，他先后获授权专利144件，其中获授权发明专利82件，获授权海外发明专利11件；作为第一发明人获授权专利73件，作为第一发明人获授权发明专利59件。

在罗彬的带领下，团队不遗余力做好中央空调多联机研发工作，让美的成为中国首家拥有同时制冷制热两管热回收多联机核心技术的企业，突破三菱的技术封锁并实现超越。2021年，广东美的暖通设备有限公司实现年销售收入158.7亿元，实际上缴税额约4亿元。

在加入美的集团前，罗彬有9年在国外从事空调研发的工作经历。罗彬说，当时看到国内家电制造行业的迅速发展，不少中国企业和国产尖端产品在国际市场上初露锋芒，回国发展成了他新的选择。但这也意味着要放弃此前积累的事业基础，一切从零开始，对他来说是一次大胆的尝试，也是充满未知的考验。

美的集团当时处于整体上市关键时期，正需要更多行业人才的加入。在同学的引荐下，罗彬与美的集团高管有了深度交流。"其实，当时对美的也没有太多了解，但经过交流后，我感受到了顺德企业务实低调的风格以及对人才的渴望。"罗彬说，2013年他毅然回国，进入美的集团深耕暖通空调和热泵领域研发工作，从此便在顺德定居下来。10年努力，10年研发，10年积累，沉淀出丰硕的成果。

2015年至2017年，罗彬作为项目经理及技术专家，主持完成了集团重大战略项目两管制热回收技术研究及其在多联机中的应用，项目通过了专家的鉴定，成果已形成产业化应用，产品具有高效节能、运行范围宽、易安装等特点，经用户使用，效果良好，取得了显著的经济效益和社会效益，整体技术达到了国际领先水平。

关于热回收多联机的技术，当时只有日本三菱电机掌握了两管式技术，其在美国的市场占有率高达40%，其他厂家均采用三管式技术。相比三管式技术，两管式技术复杂、壁垒高。罗彬与他的团队经过努力后突破三菱电机技术重围，使美的成为全球第二家、国内第一家拥有同时制冷制热两管热回收多联机核心技术的企业，这对促进我国空调行业技术发展具有重大意义。

"当时，客户不允许买样机进行研发，开始时是摸着石头过河，我们不断地探索与尝试，历经3年，最终让产品问世，并交付给客户。"罗彬说，这款产品已经进入北美市场6年，技术品质与市场口碑都没有问题。

一晚一度电

春夏之交的岭南，时而暴雨，时而阳光，小雨还会在阳光里淅沥沥地飘下。

美的集团北滘工厂生产线员工履秀军，从车间走到饭堂，经过风雨长廊、员工驿站，哪怕不打雨伞也不会淋到雨，在饭堂这里有100多种天南地北的风味美食供他选择，每餐的花费也是自己做主。知道笔者是来采访的，履秀军就说："你还是去问我们的工程师吧，他们才是企业发展的主心骨。"

履秀军心中的主心骨包括美的集团研发测试工程师金桦。金桦从东北大学毕业后，从我国工业重地辽宁沈阳来到了坚持工业立区的顺德区，入职美的集团。面对时代召唤，面对党和企业的期盼，她把所学知识在岗位上发挥到极致，从学校的中国共产党预备党员转为正式党员，成了美的集团研发的中流砥柱。

花季，雨季，奋斗季。

金桦热情地向笔者介绍了研发实验室、生产车间的幕后英雄、劳动者的事迹。

美的集团家用空调研发工程师朱良红45岁了，在技术骨干行列中风华正茂。他每天在零下20℃低温与50℃高温之间，不断变换实验室，他的高频速冷热技术被国家知识产权局和世界知识产权组织联合评为中国专利金奖，这是佛山市历史上第一次获得这一奖项。

知识来自积累，才能在于实践。1977年出生的朱良红，有着超出同龄人的干劲，做事严谨、一丝不苟，追求极致。凭借着这股子韧劲，朱良红的技能得到了快速提升，他带头攻关了很多技术难题，成了美的集团家用空调研发工程师。一次，朱良红接到"满足用户对空调产品速冷速热的使用需求"的研发任务，这是一道极难突破的世界行业难题，一旦突破，将会解决空调行业快速启动容易失速的技术难题，属于变频空调领域的重大技术创新。

为此，朱良红无数次地修改编程代码、调整材料，变换变频器轨迹和软件开发。

经过近两年的时间，朱良红终于找到了一种最优方式，创造性地将压缩机启动模式设置为普通启动模式和高频快速启动模式，采用高频控制信号，能在6秒内使压缩机的运行频率从20赫兹快速提升到65赫兹左右，把启动时间突破到秒级，速冷速热速度提升9倍。

应用高频速冷热技术的产品上市以来，累计销售额达819亿人民币，产品远销200多个国家，累计海外销售额达260亿人民币，为智造家电产品在海外市场的推广发展发挥了重大作用。

这些年来，凭借着一身真本领，朱良红获得了无数荣誉。而朱良红感到最自豪的事情，还是能用自己精湛的技术参与到我国高频速冷热技术事业中，为人民追求美好生活提供服务。

朱良红是湖北荆州人，研究生毕业后落户深圳。一次偶然机会，他进入了美的集团。看到老板何享健身价千亿，却还在加班加点、没日没夜地工作，这名理工男被折服了。"何老板就是典型的吃苦耐劳、勤奋务实顺德人。"朱良红被何享健的创业精神感动而爱上顺德，2009年，他把人们挤破头都想要的深圳户口迁到了北滘，娶了北滘镇上僚村的姑娘为妻，爱上了顺德的风土人情，爱上了顺德的生活。

让朱良红没想到的是，他的岳母家虽然家境殷实、富裕，但一家人依然在努力工作、勤恳劳作，他的岳母从事环卫工作，经常在风吹雨打、头顶烈日的环境下劳动，这让他很感动，这也使得他这么多年来都能做到一会穿着厚厚的棉袄在零下20℃测试，一会又穿着短袖在50℃高温里试验。

一晚一度电。对于朱良红来讲，这是一段刻骨铭心的经历。

这段经历不是发生在研发阶段，而是发生在美的集团空调"一晚一度电"新节能系列产品正式上市之前的广告宣传阶段。

当时，很多人，甚至包括一些业界人士，都在质疑"一晚一度电"广告是虚假宣传。

朱良红是"一晚一度电"系列空调的发明人，看到、听到质疑后，他在很长一段时间都吃不好、睡不好。"一晚一度电"是美的集团2013年第一主打的"新节能"系列空调的超级节能效果。该系列产品以"高能效全直流制冷系统"和"0.1Hz精控科技"为支撑，依据一个夜晚8小时睡眠周期内所需的制冷耗电量以最经济模式运行，最低耗电量控制在1度电以内。一台空调，一度电，就可以让用户享受一个清凉舒适的夜晚。

实践是检验真理的唯一标准。

经过两年的用户体验，朱良红的"一晚一度电"定名为《房间空气调节器节能关键技术研究及产业化》，获得了"国家科技进步奖"二等奖。

美国百年企业成顺德新成员

1910年，美国人路易斯·汉密尔顿和切斯特·美驰联手创立汉美驰公司，同一年，一名叫香奈儿的设计师首次开设品牌配饰店。就像香奈儿后来成为世界时尚界"风向标"一样，经历百余年发展，汉美驰也成了西式厨电的标杆品牌，在北美每三个家庭就有一个使用汉美驰家电，每年产品全球销量超过3000万台。

2023年2月14日，这一天是西方情人节。汉美驰中国总部推出一张海报，文案是："214汉美驰，这一世，爱你113年。"

汉美驰公司和顺德正式"牵手"前，其中国总部设在上海。而今，汉美驰公司又将目光投射到粤港澳大湾区，在"世界美食之都""中国家电之都"顺德设立企业中国总部，成了顺德家电新成员。

2012年，作为全球家电引领者的汉美驰开始进入中国市场，却遭遇到不小的阻力。汉美驰公司中国总部总经理李枭雄说，由于西式家电与中国消费者的使用习惯并不完全契合，这就需要汉美驰放下"身段"，重新从用户出发，对产品进行因地制宜的改良，"我们需要从年轻消费者的视野出发，主动融入年轻消费群体的生活，了解他们的喜好，用原创的高品质设计打动他们"。

追求品质、精益求精，注定是一条充满艰辛与汗水的道路，但汉美驰毅然决然选择踏上征程。以研发一款Halo光环空气炸锅为例，汉美驰克服传统空气炸锅温度不足的弊端，改良出一款能将烹饪温度升至230℃的全新空气炸锅，并且采用智能按钮、灯带配置等现代化设计，让消费者在烤制肉类时获得更加美味的口感。

为了使产品设计更加完美，汉美驰在该产品不具备生产条件的情况下，用4个月的时间对产品细节进行不断"打磨"。李枭雄笑道："我们对产品品质有着过分执着的追求，这甚至让供应商都直呼受不了。"好饭不怕晚，这款Halo光环空气炸锅在2022年"双11"前成功上市，并获得广大消费者的青睐，取得月销售过千台的好成绩。

与此同时，汉美驰在产品设计中也兼顾绿色、环保，减少泡沫材料的使用，所有产品必须经过BSCI国际社会责任体系等多项权威认证，消费者享有最少2年的产品质保服务。"我们宁愿牺牲一些销售量，也不能假冒伪劣，品质与口碑才是最重要的。"李枭雄说。

坚持顾客至上、创新引领、品质优先，这便是对汉美驰"Good Thinking（想你所享）"企业核心理念的最好诠释。做品牌是一项长期的事业，需要几十年甚至上百年的默默耕耘，以工匠精神树立品牌，这也是汉美驰能成为百年品牌的一大"秘诀"。

2021年3月，汉美驰中国总部从上海正式搬迁至"中国家电之都"顺德，而顺德深厚的家电产业基础与完备的产业配套链条，更是让这家百年品牌"如鱼得水"。

在李枭雄看来，顺德产业优势明显、区位条件优越，毗邻广州、深圳等大都市，有利于吸纳企业发展所需的各类人才。此外，政府十分关心实体经济发展，一系列惠企扶企政策相继出台，为顺德打造了一流的营商环境，这不仅成就了千亿级本土企业，也吸引众多的国际品牌到来。

牢牢把握产业发展平台优势的同时，汉美驰也不断修炼"内功"，依托在全球范围内的强大研发能力，每年推出创新产品平台超60个，并统筹全球供应商资源，为推出更多适合中国消费者的本土化产品增添创新动力。而今，汉美驰中国总部已成为集企业文化传播、品牌运营、产品质量管控与全球总部资源协同等功能为一体的总部经济主体。

人才是推动企业发展的核心要素。在人才引进与培育工作中，汉美驰逐渐构建由企业战略专家、研发与制造专家、品质管理专家、运营专家、营销专家组成的核心团队，打造成熟的人才梯队培育体系。

面对国际经济形势复杂多变、行业竞争白热化等挑战，李枭雄显得信心满满，"汉美驰将把握新时期下的新机遇，继续精心研发，专注产品品质，精益求精，着力建成国际级全品类家电企业。未来，汉美驰也将投资建设中国研发中心及现代化生产经营基地，为企业在中国市场进一步深耕打下坚实基础。"

在顺德，汉美驰如何振翅腾飞？李枭雄说，关键是要深度传承汉美驰的"Good Thinking"企业核心理念，"那就是'想用户所享'和'想用户所想'"。

到顺德后，汉美驰进入企业发展的新阶段，称之为承启时期。其中，"承"即传承汉美驰百年品牌的核心理念，始终如一做到"Good Thinking"，"启"即中国总部再启航，以新的发展战略迈出新步伐。

如何启航？前些年，汉美驰在中国市场的所有经营动作，都是接受美国总部的指令而行，包括产品品类、产品价格、供应链等，对市场需求的反应速度较慢。

而汉美驰中国总部，则是一个以中国"家电科班"为核心的团队，拥有完全的经营自主权，包括人、财、物、事各项决策权，都由团队自主"话事"，因此，能够对市场需求做出高效的反应。

如此，汉美驰中国总部既能够整合美国总部的研发创新资源、已有的优秀供应商资源、庞大的产品资源，又能够结合中国市场的现状开展经营活动。比如，他们既注重维护好汉美驰原有的中国经销商体系，又不断进入电商、直播等新零售渠道，还拓展了特渠等，构建起更全面、更立体的销售体系。

在汉美驰经营的变与不变中，不变的是对"Good Thinking"这一理念的坚持，变的是适应新环境、拥抱新趋势。对李枭雄而言，这是他和团队要做的。

李枭雄说，顺德对人才重视，办事方便，营商环境好，"前些天，顺德有关部门领导来公司调研，了解我们在经营过程中是否遇到什么问题，哪些需要政府协调解决等等，当时我们都很感动，这种服务理念和营商环境，一定会吸引更多优秀的人才、团队、企业家来这里创新创业。"

2023年3月6日，美国百年家电品牌汉美驰在顺德举行新品发布会，一款名为"AI牛排机"的产品对外首发，成为全球第一个将ChatGPT应用于家电产品的案例。

一句"你好，小驰"，便可唤醒这款AI牛排机来开始使用。AI牛排机实现完全语音操控，用户可以与AI牛排机进行各种对话，AI牛排机会分析用户意图，整理后经由ChatGPT能力获得响应，并以语音反馈给用户。

用户在使用AI牛排机的过程中，可以通过语音对话精准设置温度和时间，如果此前没有设定温度和时间，AI牛排机还会自动提示用户完成相关设置。用户可以在人际交流中随时暂停机器，查询烹饪剩余时间，查询火力，暂停后也可以恢复工作，并中途提醒将牛排翻面。

"烤五成熟的牛排，要多长时间？"用户问。

"一般来说，烤五成熟的牛排大约需要4—5分钟。"AI牛排机经过几秒钟的思考后，便可快速进行语音解答。

用户与家电可以流利对话

利用手机App远程与语音控制，就能实现空调开机、关机、调温等操作，这是meipont空调带来的智能家居体验。美邦（广东）电器有限公司加入华为鸿蒙生态链，推出了meipont鸿蒙智联空调，以满足用户对智能、舒适生活的需求。

在市场新增需求减少、消费需求不断变化的大背景下，空调行业已进入存量化博弈周期。面对经济发展转变方式、优化经济结构、转换增长动力的重要关口，美邦电器坚定拥抱数字化机遇，以技术创新提升产品影响力，在空调行业抢占先机、赢得主动。

瞄准前沿科技，美邦电器凭借过硬的产品力、优质的品控体系获得华为生态产品技术认证证书，成功加入华为鸿蒙生态链，推出了meipont鸿蒙智联空调，推动从传统空调向智能应用产品的转变。

meipont空调通过与鸿蒙生态系统的无缝融合，可以利用手机远程与语音控制，调节空调温度，进行开机、关机等一系列操作，实现全屋智联。甚至用户在驾驶华为生态汽车时，也能通过汽车里的鸿蒙生态系统，控制家里的meipont空调。

"美邦电器加入华为鸿蒙生态链后，对自身的产品质量、智能化水平提出更高的标准和要求。"美邦（广东）电器有限公司执行董事甘建国说，美邦电器严格把控产品设计、生产、质量管控、成品检测等制造流程，持续深化与鸿蒙生态系统的合作，构建全屋智联生态体系，力求给用户带去更加优质的智慧家居体验。

品牌与产品是企业的内核，美邦电器在完善产品之余，将不断夯实在渠道布局上的优势。甘建国说，美邦电器接下来会把鸿蒙智联控制技术应用到更高效、更节能的meipont新一代热泵空调上，通过开辟全渠道和多元消费场景，深耕高端智联热泵空调细分领域市场，力争迅速树立品牌领先地位。

在美邦、美博创新突破的同时，美的集团宣布成为百度文心一言（英文名：ERNIE Bot）首批生态合作伙伴，携手百度推进智能家居领域人机对话能力的进一步升级，通过前沿的生成式AI技术，助力用户实现智能家居场景下自然流利的对话。

在AI技术合作中，美的集团将结合占据主流市场的智能家居产品和业务的创新能力，将百度文心一言的智能对话技术成果应用在智能家居、家庭服务机器人等领域，此举意味着美的集团优先获得前沿AI技术的加持，标志着新一代对话式AI技术在国内智能家居场景的首次落地。

文心一言是百度基于文心大模型技术推出的生成式对话产品。百度在人工智能领域深耕十余年，拥有产业级知识增强文心大模型ERNIE，具备跨模态、跨语言的深度语义理解与生成能力，在搜索问答、内容创作生成、智能办公等众多领域都有更广阔的想象空间。此外，文心一言将全面接入百度智能云，未来企业通过百度智能云就可以调度文心一言的服务，通过人工智能产品逐步落地到生产的实际场景中。

走自己的路

2023年春节刚过，顺德区酷福电器有限公司创始人程晓就忙个不停，既要与客户洽谈业务，又要商讨产品研发细节，一整天的行程都安排得满满当当。

"我们熬过了最艰难的时间，2023年对我们来说，将会是一个爆发年。"程晓信心十足地告诉笔者，作为一家国家级高新技术企业、广东省专精特新企业——酷福电器新春开局势头强劲，1—2月销售额超额达标，并且主动出击国外市场，定下了13个海外展会摊位，全力展示自身的产品和技术优势，抢占更多的市场份额。

近半年的时间，程晓的足迹将遍布北美、南美、欧洲等国家，把握时机，开拓更多的海外市场。"酷福电器要积极进取，走出去开疆拓土"，程晓形容这是一次"探路"、一次"主动出击"。

为何要主动出击？在程晓看来，酷福电器的业务结构非常健康，国内市场和国外市场的比例为六四开，生产的产品远销全球30多个国家和地区。程晓说，有了前期的基础，无论市场发生什么变化，酷福电器都要不断扩大客户群体，争取拿到更多的市场份额。

以土耳其为例，酷福电器2022年7月在土耳其拿到第一张订单后，来自土耳其的订单量逐渐增大，据估计，2023年来自土耳其的订单额将达到

1亿元。

与开拓国外市场同步的是，酷福电器的产品策略随之发生变化，一改以往全球卖什么就做什么的局面，更加看重市场需求，以消费需求为导向去推动产品研发、生产，走自己的路。程晓说："酷福电器要从粗放式发展向精细化方向走，做高品质的产品，将每一款好的产品推向市场。"

进入酷福电器生产车间，生产线加足马力忙生产，一台台烤箱、空气炸锅完成打包后，将被运往国内和海外。2023年，酷福电器要在抓好空气炸锅、烤箱等龙头业务的基础上，瞄向母婴这一新赛道进行产品研发，给企业发展注入新活力。

程晓认为，母婴产品具有广阔的市场空间，"这会成为酷福电器未来新的发力点"。为此，酷福电器专门建设了一条母婴产品生产线、无尘生产车间，并且针对冲奶容易产生奶泡、兑水温度不容易把握等痛点问题，研发了温奶机、自动调奶器等11款产品。

"这些母婴产品会在2023年第二季度上市，个别产品最迟会在9月推出。"程晓笃定地说，这些产品将能进一步打开企业的市场，形成酷福电器的品牌。

2023年，酷福电器将投入占总营收的4.8%的研发资金，加大产品研发力度。企业拥有技术研发团队超50人，拥有2项发明专利、42项实用新型专利、23项外观设计专利，将争取成为国家级专精特新企业。

"做制造业没有捷径可走。走自己的路，往前走，不回头。"程晓的话音铿锵有力，恒久地回旋在具有使命感的人们心头。

勇闯"潮经济"新赛道

大众视野中，传统意义上的厨房应在室内，柴米油盐酱醋茶，锅碗瓢盆碗筷刷。随着年轻消费群体对精致化、仪式感的需求增长，户外露营、房车出行等"潮经济"方兴未艾，让厨电突破空间限制，有了更多的应用场景，走出传统厨房，走进露营场地里，走到大自然里。只需一个外接电源，就可以用多功能料理锅在户外打火锅、享受电烤盘出品，让户外野炊变得轻松简单。

《珠江商报》报道，2023年3月，佛山市艾燊电器有限公司旗下电车小厨品牌系列产品正式上线，给消费者带去不一样的户外露营体验。从创立新品牌到产品研发落地，艾燊电器用不到一年半的时间就做到了。速度之快，得益于企业在厨电制造领域十年深耕的积累。艾燊电器把研发创新和品牌化作为企业可持续发展的王牌，不断探索多元化品牌发展模式。

在佛山市艾燊电器有限公司创始人、董事长曾小伟看来，国内家电行业发展至今，市场竞争已进入白热化，"企业要想赢得更多市场主动权，就必须要在创新上下功夫"。

作为料理锅隐形冠军，艾燊电器成立于2013年，始终专注于研发制造高颜值、高品质的多功能料理锅，ODM产品已出口全球30多个国家，拥有全球一半的市场占有率。"我们在料理锅领域做精做专，积累了自身的产品力和研发实力。"曾小伟说，这也给予艾燊电器勇于探索的底气。

缺乏自主品牌，始终受制于人。2017年，曾小伟萌发了做户外厨电的想法。但受限于户外电源问题无法解决，这个想法一直被搁置。2021年，随着新能源汽车产业发展加速，以及消费者对精致露营的需求升级，曾小伟看到了开拓户外露营家电品类的可能性。

当机立断，说了就做。艾燊电器一头扎进新能源露营厨电产品研发中去。其间，研发团队不断克服产品防水难度大、户外用电焦虑等难题。

新能源汽车的普及，让"汽车成为厨房"不再是梦。只需接上汽车电源，户外厨电便有了"澎湃动力"。但对于车主来说，外接电源使用电器产品会影响电池使用寿命以及危及人身安全的担忧仍挥之不去。艾燊电器充分考虑使用需求，设计产品时应用了漏电阻隔技术，一旦电器设备发生故障就能自动切断电源，避免电流冲击到汽车电池，从而确保安全性。同时，产品还设有极速模式和节能模式，提升热能转换效率，降低能耗。

报道说，2023年3月，电车小厨品牌系列产品正式对外发售，涵盖烤盘、多功能料理箱、智能料理炉等品类，给消费者带去安全、低碳的户外烹饪体验。新品也引来蔚来、小鹏等新能源汽车品牌的关注，未来有望成为其配件用品。

瞄准电动汽车户外露营厨电新赛道，艾燊电器雄心勃勃。曾小伟说，这是一个全新的品类，艾燊电器的目标是要占领全国60%的户外露营厨电市场份额。想要做赛道"常青树"的艾燊电器依旧保持旺盛的创新力和充足的研发投入，不断攻克难题、推陈出新。

艾燊电器每年的研发投入占总营收的10%。历经十年沉淀，企业已拥有300项专利技术，用知识产权打造其产品"护城河"，同步配齐各类研发设备，引进及培养研发人才，推动企业往专精特新、国家级高新技术企业的方向前进。

品牌是企业竞争力的综合体现，代表着供给结构和需求结构的升级方向。艾燊电器探索多元化品牌的发展模式，重新定义了消费者对户外厨房的认知，升级户外烹饪体验，拓宽户外文化交流，让品牌引领消费、引领市场。《珠江商报》介绍，在研发电车小厨品牌的同时，艾燊电器还孵化了Hifood、艾薇薇两个品牌，针对不同的消费群体推出定位不同的产品，争取最大限度挖掘消费潜力，占据不同细分领域市场。

以Hifood品牌为例，艾燊电器看准消费者愿意为更高品质产品支付合理溢价的需求，推出了艺术类厨电产品。研发团队从产品设计、生产工艺着手，将艺术画作呈现在电炒锅上，让厨电产品变身为艺术品，更好融入到家居场景中去，同时满足消费者对美的追求。该品牌系列产品深受消费者青睐，一款电炒锅单品上市，两个月就进入天猫热卖榜前三甲。

做品牌好比耕种，需要耐心播种、施肥，静待种子生根发芽、茁壮成长。同时，作为初创型企业，首先要活下来，才能继而追求活得更好，艾燊电器在经营战略上选择"两条腿走路"，依靠过硬品质带来的稳定海外贴牌业务，可以为新品牌建设持续输送"血液"，从而有底气去研发具有市场竞争力的新品。

根植于顺德优渥的创业土壤，"艾燊电器要敢闯敢试，扎扎实实去拓展新业务"，曾小伟笃定地说，创新为本，产品为源，消费者为王，市场永远不会亏待进取者。

数智化转型

2023年3月24日，《人民日报》头版刊登了《数智化转型赋能制造业高质量发展》的报道。记者走进顺德企业格兰仕工业4.0数智化基地，报道顺德坚持以制造业当家，让企业家敢为、敢闯、敢干、敢创的优质营商环境。

在格兰仕车间，吊挂系统、监测系统有序前行，AGV小车自主穿梭，流水线上机械臂挥舞翻转，屏幕中记录产品信息的数字不断跳动……一个充满活力的数智化世界扑面而来：每条生产线有17个机器人，每6.7秒就能下线一台微波炉腔体，生产线由电脑数字化控制，可以瞬间切换不同的产品生产模式。

格兰仕全力推进数字化智能化改造，全产业链全面数智化转型提速，企业各个系统通过数智化有机整合起来，形成一个工业互联网生态，打通制造链条的各个环节。随着格兰仕集团新中台上线，各类数据在企业内部与伙伴、平台间对接与循环，完成全链路数字化"关键一跃"。格兰仕集团董事长兼总裁梁昭贤说，格兰仕通过新中台系统与售后系统、库存管理等系统数据串联，真正实现了产业链、供应链全系统数据闭环。

"格兰仕的数智化是市场倒逼着企业加快转型升级的结果。"梁昭贤说，过去从接单到出货需要人工、半人工协调沟通各车间部门，无法快速响应市场，加上海外客户对批量产品的个性化需求越来越多、越来越细，生产和运转流程难以提供个性化的定制服务。格兰仕抓住互联网机遇，探索数字化转型，自主研发了供应链系统供应商协同平台、制造执行系统等。在这个过程中，格兰仕通过数字赋能打通产业链的所有环节。一台微波炉从接到市场订单到完成生产，过去需要20天以上，现在，流程可以缩短到7天，劳动效率提升了40%，订单交付期缩短了67%。

穿越凛冽的寒冬，新的一年绽放了姹紫嫣红的景象。春回大地气象新，谋篇布局正当时。

在广东万和新电气股份有限公司生产车间，一批批空气源热泵热水器经过安装焊接组件、真空抽气、批量注入冷媒等工序，从自动化生产线上下线，之后将被陆续打包运往全球各地。在数智化升级过程中，万和电气推行"以销定产"，全力压缩库存，提高周转率，达到满负荷运转产能的80%以上。

工业革命的本质就是能源革命。美的工业技术旗下的合康新能在深耕集团业务的同时，也凭借丰富的项目经验，为更多工业园区带来"绿电"改造空间与收益。

以美的工业园西区为例，以iBUILDING美的楼宇数字化平台为底座的碳管理系统，实现了该工业园区能源系统和负荷系统的连接，工作人员线上即可完成园区碳排放的监测和管理。作为进军智慧楼宇、智慧工业的高端制造企业，这种模式正在美的内部以及多个制造业园区、工厂得到广泛推广。

2022年，美的集团组织了超1000家供应商参与绿色战略培训，涉及碳达峰与碳中和概念和政策宣贯、碳排查工具与方法等内容。美的集团组织供应商开展碳排查，已完成3669家供应商碳排查数据收集，包含了直接排放、能源间接温室气体排放等方面的积极排查。

其中，美云智数打造的美擎工业互联网平台累计打造超5000个工业模型、超1000个App、超200万台工业设备。美擎打造出75个有效解决方案，覆盖研发设计、生产制造、供应链管理等9大重点领域，服务超400家大型企业、超20万家中小型企业。

安得智联致力于为企业客户提供端到端数智化供应链解决方案，已发展成为国内屈指可数的能提供从原部件到工厂再到成品的全链路一体化的供应链服务商，其独特的"1"（全链路）＋"3"（生产物流、一盘货、送装一体）供应链服务模型既能够在物流环境里为企业提供系统与运营服务，又能在商流环境里助力企业转型升级及实现商业变革，已为家电家居、泛快消、3C电子等行业超3000家品牌企业提供专业服务。

未来，美的集团将以"低碳"和"零碳"为目标，对标国际最先进水平和标准，继续打造"超级能效工厂"和"零碳工厂"。在做好自身减碳基础上，美的集团也在大力构建全球绿色低碳供应链体系，对上下游企业开展减碳赋能，促进产业链绿色协同发展。

第四章　不拘一格降人材

顺德在水一方。水在平静中容纳成百上千条溪流，汇合成川流不息的江河。水具有无限宽广的胸怀，在宁静的包容中凝聚力量，在震撼的激流中爆发能量，这是水的特点，也是水给予我们的启示。

顺德人天性属水，这体现在他们水一样的包容性上，豁达大度，豪爽开朗。在处理企业与个体、地方与国家、眼前利益与长远利益、局部利益与全局利益等方方面面关系时，顺德人往往表现出一种深明大义的观念，不仅仅是包容，更是聚人气、接地气的开放，体现了他们浓缩了宽宏气度和浩气的精神格局。

清代诗人龚自珍有一首闻名遐迩的《己亥杂诗》，诗人以大气磅礴、雄浑深邃的艺术境界憧憬未来：

> 九州生气恃风雷，
> 万马齐喑究可哀。

> 我劝天公重抖擞，
>
> 不拘一格降人材。

顺德爱才正如时代充满朝气蓬勃的气息，滚滚春雷、浩浩风帆形成新的生机。万马齐喑的局面总是令人悲哀，诗人呼唤社会大众振作精神，不要局限于传统保守的思想去选择人才，对未来表示热炽的期待。

鸾翔凤集

2023年3月7日，梅勇与老婆起了个大早，两人食过早餐之后，便匆匆来到了机器人工地。他们先后换上洁白的婚纱、喜庆的秀禾服、整洁的西装，化上精致的妆容，摇身一变成为幸福的新郎新娘。看着镜子中的自己，王方云笑靥如花，结婚22年，她第一次穿上美妙绝伦的婚纱，与老公梅勇补拍一张婚纱照片，见证他们伉俪情深的青春生活。

梅勇、王方云于2001年结婚，夫妻俩都是四川泸州人。"登记结婚时只交了九元钱工本费，没有操办酒席，更别说拍婚纱照了。"梅勇说，当时家里条件不好，按登记结婚程序拍了一张黑白合照。20多年过去，照片已经泛黄，经过修复之后，梅勇一直把它设置为微信朋友圈封面珍藏着。补拍婚纱照，一直是梅勇夫妻期盼已久的愿望。结婚20周年时，他们也曾到照相馆咨询，想要弥补这一遗憾，但因为遇上疫情，计划再次搁置，没想到这次竟然能在建筑工地免费拍上婚纱照。

3月初，广东腾越建筑工程有限公司决定，为工地上计划结婚的建筑工人拍摄婚纱照。王方云开心地对党委副书记、执行总经理邓培初说："谢谢公司，让我们所有女工过上一个特别有意义的节日。"

拿到婚纱照片那刻，王方云眼眶湿润了，这不仅是一张珍贵的婚纱照片，还是夫妻俩在顺德工作生活的印记。顺德以极大的包容精神，接纳了来自五湖四海的人。这张婚纱照片以钢筋水泥和脚手架为背景，画面里有建筑机器人，有顺德最友好的情怀，定格了他们最真挚而又浪漫的爱情。

女博士从深圳来到顺德

春天，沿着碧江村满是常绿树木的村道而行，春意盎然，芳香怡人，一大片现代化厂房呈现在人们的面前。

在博智林机器人公司，工程师们正在研发以建筑机器人、新型装配式建筑、BIM技术为核心的智能建造体系，努力实现安全、质量、时间和效益的完美结合，引领建筑行业的变革。

在千玺机器人公司，工程师们正在打造国内外领先的机器人餐厅，以时尚、新颖的独特形式，以卫生、健康的烹饪程序，以美味实惠的诱人菜式为人们创造全新的餐饮体验。

在广东顺德机器人谷实验中心，碧桂园建筑机器人研发项目正在进行，三台机器人合作进行地砖铺贴，一台机器人做砂浆黏合剂的铺贴，还有三台机器人负责搬运物料……

此刻，研发人员心里清楚，我国工业机器人产业发展的一大短板是缺乏核心技术，工业机器人研发需要有实力的企业久久为功，而不能像过去一样，因为投入大、周期长、风险高，宁愿让给国外厂商，也不愿自己下苦功。

作为珠三角制造业重镇，顺德拥有大量家电、五金、芯片、通信设备等与机器人产业息息相关的制造业"生态园"，可以提供有力的发展支撑，为机器人产业提供优质土壤。

但是，碧桂园机器人研发项目，一路走来，一路坎坷。

碧桂园请来了沈岗。沈岗曾是全球工业机器人四大家族之一的发那科机器人研究所机器人事业本部的技师长，也就是总工程师。沈岗20岁时留学日本，博士毕业后顺利进入日本发那科，2014年回国后，沈岗在上海发那科担任机器人事业部部长。

沈岗担任碧桂园机器人的第一任执行总裁，然而，碧桂园项目进展不理想，沈岗加盟还不到一年就黯然离去。

周小天，碧桂园机器人的第二位领军人。

周小天博士毕业于德国卡尔斯鲁厄大学工程与制冷研究所，之后在德国博世西门子集团工作了13年。2008年，周小天加盟ST科龙，出任副总裁，负责旗下冰箱公司的产品生产、研发及整体运营工作。当年12月，周小天出任海信科龙总裁，并于2011年6月辞职，重回博世西门子集团。

周小天放弃西门子终身制高管的职位加入博智林，他说是为了实现梦想，但他对这份梦想的坚持时间还不如沈岗长。4个月后，周小天离开了碧桂园。

面对这一切，碧桂园为推进机器人业务进展，继续下大力气引进人才，团队规模一度接近900人，其中硕士以上学历的人才占比超过49%，拥有博士学位的研发人员超过41%。引进研发人员234名，其中80%以上是行业内的中高级研发工程师。

招人除了看学历、经历，还看重实践经验、实际能力。

这里有个小插曲：山东省临沂市临沭县农民胡尊云，因为手工打造了三款"阿特拉斯"机器人，被直接聘为博智林机器人公司的机械工程师。

志合者，不以山海为远。

智能机器人是顺德战略性新兴产业之一，而来到顺德研发建筑机器人，为传统工地注入"黑科技"，是张丹的人生转折点。

张丹，博士毕业于同济大学土木工程专业，广东博智林机器人有限公司部门总经理。谈到从事建筑机器人研发工作，张丹真挚而热情地说："建筑机器人如果能带来行业相关方面的变革，减少重复的、辛苦的体力劳动，那么这个事业对社会来说是非常有意义的。"

当融入顺德的工作环境后，张丹发现这里职场环境的文化氛围很浓厚，并且在营造公平氛围方面，顺德与广深等大城市相比别无二致，这里并不是传统意义的小城市。

顺德，是逐梦的热土。

但对张丹而言，建筑机器人是她涉足的新领域。为了迅速适应新的专业领域，更好地交出事业成绩单，张丹拿出读博期间搞科研的韧劲，自学PLC编程，大量翻阅书籍，学习相关知识，利用样机验证自己编写的程序，迅速自学了电气、机械、软件等以前尚未接触的新知识。

有一次，张丹团队接到任务，为了配合整体研发进展，必须在有限时间内研发出一款建筑机器人样机，验证前期设计方案的可行性。接到任务后，她召集团队进行任务分解，分组制定研发方案。方案选定后，又兵分几路细化方案、采购零件、协调横向部门、对接工厂生产……

最终，在张丹团队及运营管理多个部门的共同努力下，按时制成样机，在工地测试达到预期的效果。

张丹团队在实践中创下"48小时研发出首版样机"的记录，累计参与申请36项专利，其中张丹为第一作者的专利为4项。

小时候，张丹就对拆解组合玩具很感兴趣，她的玩具经常是和弟弟换着玩的，最常玩的是变形金刚。她的父母开放包容的教育理念，也使得她能迅速找到自己的定位。她对建筑本身有着很浓厚的兴趣，例如去博物馆，可能大家都对馆内的展品感兴趣，但她则会对博物馆建筑产生兴趣。

在成长过程中，张丹对部分人刻意制造的"学习性别论"感到困惑。有时我们会听到一些亲戚朋友说，男生学理科好，女生学文科好。其实这种基于性别而产生的学习误解，对孩子们的健康成长是不利的。

在顺德区妇女第十四次代表大会召开期间，张丹建议加强女生在校期间的思想培养，打破思维的"天花板"，例如引导她们正确看待文理科知识的差异，不要人为设定基于性别的学习差异，让她们享受学习的快乐，健康成长。

在机器人领域逐梦的她们

逐梦者中不只有张丹一名女性。

在顺德凤桐花园的一栋新建住宅楼内，神情专注的女工杨小娟在平板电脑上点击启动键后，一台高约1.8米的粉红色机器人便开始墙面油漆喷涂作业。

杨小娟以前在电子厂流水线工作，凤桐花园项目开工时进入工地。

杨小娟接受半天的培训后，就能够熟练运用平板电脑操作建筑机器人。而在传统的装修现场，腻子打磨、墙面油漆喷涂的操作过程会弥漫浓重的粉尘和有害气雾，许多装修职业病就与此有关，通常女性也会被排除在这类工作之外。

凤桐花园被列为智能建造试点，成为碧桂园旗下博智林建筑机器人首个商业化应用项目，一大批建筑机器人应用于工程建造过程，初步形成混凝土施工、混凝土修整、砌砖抹灰、内墙装饰等12个建筑机器人产品线。

"像生产汽车一样造房子"的愿景，在建筑工地上正在逐步成为现实。在智能随动布料机完成作业以后，混凝土整平机器人和喷淋养护机器人就会自主进入作业阶段。

你看，数十米高的脚手架上，机器人的身影仿佛在半空中飞舞，五颜六色的安全帽在跃动。

众人看到，外墙喷涂机器人模仿人工作业，在喷涂过程中能够识别出外墙的窗户和阳台。同时，它也配置了自动平衡系统，即便高空遇风，也能够自动调整后继续喷涂。

通过机器人替代人工，不仅大大降低了高空作业坠落的安全隐患，而且产品施工质量稳定、安全可靠，最大喷涂效率可达每小时300平方米。

世界机器人大赛是一场国内外影响广泛的机器人领域官方专业赛事，围绕科研类、技能类、科普类三大竞赛方向，设共融机器人挑战赛、

BCI脑控机器人大赛、机器人应用大赛、青少年机器人设计大赛，共四大赛事。自2015年起已成功举办了七届，共吸引20多个国家近20万名选手参赛，被媒体赞誉为机器人的"奥林匹克"。

北滘中学国华创新班的高二学生叶嘉妮参加了2022世界机器人大赛锦标赛。她参加的是 Super AI 超级轨迹虚拟机器人竞赛项目，该项目共有2500多人参加。竞争选手虽多，但叶嘉妮沉着冷静，从对机器人结构的设计与组装，到对程序代码的反复优化，克服一个个困难，经过初赛、复赛激烈的角逐，最终捧回了2022世界机器人大赛锦标赛Super Ai超级轨迹虚拟机器人赛项二等奖。

对于这次成绩的获得，叶嘉妮开心之余也稍显遗憾。"这次准备得有点仓促，如果能够有更充分的准备时间，我相信可以冲击一等奖。"实际上，从接触机器人领域到开始参加比赛，叶嘉妮仅用了短短几个月的时间，如果没有兴趣的加持，难以得到如此快速的成长。她说："大概还是喜欢吧，看着自己搭建起来的机器人能够完成任务，我就很有成就感。"

叶嘉妮的指导老师胡克新，是从北京大学硕士毕业加入北滘中学教师队伍。她认为，正是因为叶嘉妮对机器人领域的兴趣激发了她在该领域钻研和思考的热情，再加上不断的练习，她才会获得这么好的成绩。

叶嘉妮有一个很酷的梦想——未来想往芯片研究方面探索，目标大学是香港科技大学。

女研究生们与顺德的邂逅

余娟在校期间多次获得"学业优秀奖""专业优秀奖"，以及清华校友杨绛、钱锺书设立的校级"好读书"奖学金，本科毕业免试保送研究生，担任全校本科生课程助教，参与过庆祝中华人民共和国成立70周年群众游行和联欢活动……即使在人才济济的清华园，余娟的履历也是闪闪发亮的。

余娟在笔试前一晚，才从朋友那里获知招聘信息，她马上联系学校参加第二天的笔试；面试时她被校长一番话打动，放弃其他offer，决心到素未谋面的粤港澳大湾区一个县城执教……这是清华大学中文系研究生余娟与顺德的邂逅与相知经历。

庞岚尹曾经研究华北克拉通西南缘古元古代晚期A型流纹岩的成因，以及克拉通裂解，也曾钻研贺兰山中段古元古代黄旗口花岗质岩石的成因及其构造意义。从研究前寒武纪地质学转变为教授高中地理，作为中国科学院大学博士生，庞岚尹认为这不是屈就，而是挑战。

有人说，地质学是一个持续了46亿年的浪漫故事。在地球演化领域耕耘多年的庞岚尹对科普有着深情和浓厚的兴趣，她希望能带领更多学生穿越时空探索地球的奥秘，成为他们向着科技创新的星辰大海阔步前行的领路人。

如何将自己的科研经验转化为教学能力？庞岚尹认为，自己对地理这个学科钻研得比较深入，一方面能把有意思的科研成果转化成教学知识，提高学生的学习兴趣，另一方面能将科研的探究精神用于教学研究，提升教师的专业性。

余娟、庞岚尹要加盟的学校，正是与王方云、张丹、杨小娟、叶嘉妮有着密切关系的北滘中学。这是一所因为引入国强公益基金会、国华纪念中学管理和骨干教师团队进行教育改革而声名鹊起的公办性质学校。

在2022年北滘中学的教师招聘中，15名被录取的应聘者均来自国内外一流名校：3名清华北大硕士、2名中国科学院大学博士、2名中山大学博士、1名新加坡国立大学硕士、7名毕业于上海外国语大学等高校的高学历人才，他们共同组成北滘中学前所未有的新教师豪华阵容，是顺德高质量发展背后的保障力量。

实际上，大手笔揽才，北滘中学有备而来。

适度超前地引进优秀教师团队，是推动改革的重中之重，而这场面向全国的教师招聘活动就是一次改革宣言，更是一场必须抢占先机的人才争夺战。

此前，在不改变北滘中学公办性质的前提下，国强公益基金会每年投入2000万元设立专项发展经费。这次招聘中，北滘中学就利用基金会的奖教奖学优势，对标大湾区一流高中激励机制，提出在解决编制的前提下，给予博士年收入45万元以上、硕士年收入40万元以上的待遇。

2023年2月2日，中共中央政治局委员、广东省委书记黄坤明到佛山市调研，来到顺德区北滘镇，就深入学习贯彻党的二十大精神，推动省委十三届二次全会、省委经济工作会议和全省高质量发展大会部署落地落实，在新的一年加快高质量发展步伐进行调研，强调要锚定目标、铆足干劲，以强烈的责任感、使命感、紧迫感，把高质量发展各项工作谋在深处、干在实处，扎扎实实推动全年工作开好局、起好步，全面展现奋发进取、力争上游的良好势头。

在北滘镇，黄坤明先后来到库卡机器人（广东）有限公司、美的集团基础研究院和顺德大族村改产业园，走进企业生产车间、实验室、产业园区，就提升产品竞争力、培育核心专利、引育技能人才等，与企业经营者、技术研发人员和一线产业工人深入交流，详细了解企业技改投入、重点产品布局研发和海内外市场开拓等情况。黄坤明指出，顺德制造业积淀深厚、基础扎实，要守好这份厚实家当，不断增强制造业核心竞争力，提升产业发展能力，巩固拓展领先优势，更好地满足城市发展需要和人民群众对美好生活的向往。

第二篇

万亿是怎样炼成的

企业做大，需要魄力和实力；做强做优，需要活力和耐力。

万亿的炼成，是经过不懈努力取得的成果，是执着、刻苦、自信的成长，是风雨之后的彩虹，指引着未来的方向。

在国际形势错综复杂、不确定因素变化多端的环境下，顺德政企同心把握主动权、打好主动仗。这一份信心来源于改革开放精神的强大动力，来源于政府开门决策的战略眼光，来源于企业凝聚人才的加速融合，来源于民间创造活力的突出优势。

这是一个"逆水行舟，不进则退"的时代，一一个众声喧哗、矛盾凸显的时代，一个花团锦簇与风雨磨难并存的时代，一个创新发展、跨越赶超的时代。

第一章　上市军团的动员令

2023年1月10日，顺德区召开2023年企业上市工作大会，总结顺德推动企业上市工作经验，认定第三批八家上市后备企业。这是推动更多企业博弈资本市场的一次动员大会，也是打造资本市场顺德军团的重要举措。

顺德区企业上市工作大会作为全年首个企业服务工作大会，已连续7年在年初召开。这次工作大会，是在区委做出"坚定不移打造最友好的制造业强区"决定的背景下召开的。会上，顺德为符合条件的企业发放2022年促进企业利用资本市场扶持资金，大力支持企业股改上市。

顺德第三批上市后备企业名单也在会上出炉，包括国玉科技、邦盛北斗科技、亚数智能科技、华天成新能源科技、天太机器人、华运通达科技、科达液压、瀚秋智能装备这八家企业。在会议上，颁发了上市后备企业牌匾，强化企业上市目标，打造顺德上市后备企业培育梯队。

顺德深入实施上市企业倍增计划，在2022年，新增上市企业（含过会及境外GDR）五家。科达制造成为我国首批、广东省首家、佛山市唯一一家赴瑞士证券交易所（以下简称"瑞交所"）上市的企业；奔朗新材成为佛山首家在北京证券交易所成功上市的企业。

《珠江商报》报道，在当天会议上，顺德区上市企业公司协会揭牌成立，超百家企业成了协会的会员单位，包括上市企业、新三板企业、上市后备企业、上市培育企业等。其中，由顺控发展集团担任会长单位，联塑、美的、碧桂园等八家企业为荣誉会长单位，新宝电器、科顺防水、德美化工以及云米科技为副会长单位。

整合资源，共同发展。协会将发挥政府、企业、专业机构之间的桥梁和纽带作用，打造成为顺德最权威、最专业的资本市场服务平台，探索企业利用多层次资本市场快速健康发展的道路，服务和推动顺德上市企业高质量发展。

"上市倍增"攻坚战

顺德多年蝉联全国综合实力百强区榜首，顺德区委书记刘智勇认为：顺德企业向来有着实干的拼搏精神，推动企业上市就是推动企业发展，通过精细化管理吸引更多优质人才加盟，犹如"从慢车道转到了快车道，加满了油才能跑得更快""成功是逼出来的，伟大是熬出来的"。他勉励顺德企业要勇于走出"舒适区"，只有激流勇进才能在永恒的竞争中走得更远，"区委、区政府将一如既往做好贴心服务，为企业发展鼓与呼，随时随地以最高效率、最大力度为企业办好事情，顺德也将加大力度持续推出工业用地，希望企业上市增资扩产，投资在顺德，扎根顺德安心发展。"

顺德区委十四届三次全会提出，以企业发展需求为导向，力求集中最优资源，拿出精准举措，支持企业扎根实业、精耕制造，创新发展、走向全球。为此，顺德为符合条件的企业发放超3000万元扶持资金，鼓励企业股改上市、发债融资。

2022年，顺德上市企业增量继续领跑佛山——新增上市企业（含过会及境外GDR）5家，累计境内外上市（含过会）达40家，占佛山上市企业新增量和上市企业总量的半壁江山。

顺德深入实施上市倍增计划，全力支持企业上市，为企业提供"六个一"贴心服务，包括：一块地支持、一笔钱扶持、一站式服务、一条龙培训、一对一辅导、一体化培育。

抓住资本市场改革机遇，顺德开始修订出台新办法，促进企业利用资本市场高质量发展，其中包括奖励"专精特新"企业登陆北京证券交易所（以下简称"北交所"），上市公司购买董责险提升公司治理，赴境外发行全球存托凭证（GDR），让企业在顺德发展得顺心、舒心。

看顺德企业上市工作的成绩单，可谓亮点纷呈：广东奔朗新材料股份有限公司成为佛山首家在北交所成功上市的企业；科达制造在瑞交所上市，首次公开发行GDR，开创了佛山企业的先河……

在2023年企业上市工作大会现场，广东奔朗新材料股份有限公司董事长尹育航通过自身企业上市历程分享，带动更多专精特新企业"敲"开北交所大门。

一年前，广东奔朗新材料股份有限公司在这个大会上被认定为顺德区上市后备企业。"一年后，我有幸在这里分享上市经验，奔朗也成了佛山首家在北交所上市的企业。"董事长尹育航在会上感慨地说。

没有最快，只有更快。梳理奔朗新材上市历程的时间线可发现，从企业申请到获得批文仅用148天。尹育航说，北交所上市过程公开透明，企业过会率在67%左右，是企业进军资本市场的不错选择。

对于北交所激发市场活力、提升市场流动性的预期，以及释放的政策红利，奔朗新材坚定看好其未来的发展潜力。

尹育航说，上市之路离不开顺德区委、区政府的悉心指导和贴心服务。在上市过程中，奔朗新材遇到了一些需要异地解决的难题，得益于政府部门跟进奔走，奔朗新材上市进程才如此顺利。

作为全国首批进入瑞士资本市场的中国企业之一，科达制造上市之初仅有2亿元左右营收、2000多万元利润。如今，企业年度营收已超过百亿元，2021年更是收获了历年最佳业绩，截至2022年第三季度，净利润高达36亿元。

在会上，科达制造股份有限公司董事长边程与广大企业分享了如何利用国际资本市场做大做强的经验。他在谈到企业的成长过程时，认为上市是一股强大的动力。边程说："上市是企业成功与失败的放大器。当企业选择了上市这条路，不仅打通了融资渠道，也有利于高端人才集聚，树立企业品牌形象，带动企业各方面的快速成长。"

上市以来，科达制造累计融资了48亿多元，其中通过发行GDR募集资金达11.68亿元。借助上市融资，科达制造整合了国内外陶瓷机械行业资源，坚定不移开拓国外市场。科达制造占据了过半国内市场份额，全球市场份额超四分之一。

作为顺德经济增长的"动力源"，上市公司对区域整体经济发展贡献良多。2022年前三季度，顺德区境内上市公司合计实现营业总收入3824亿元、净利润320亿元，同比增长12.66%。

纵观顺德上市企业培育，已形成"培育一批、股改一批、辅导一批、申报一批、挂牌上市一批"的利用多层次资本市场企业梯队。

广东信兆朗精密科技股份有限公司总经理蔡朗明说，作为顺德区上市培育企业的一员，通过参会收获了满满的干货，以顺德上市企业为榜样，加强内部管理、优化资源配置，用好顺德的扶持政策，争取早日上市。

抓上市就是抓营商环境，就是抓政府为企业解决问题的速度和能力。2023年，顺德围绕上市企业倍增的目标，落实"六个一"支持体系，强化平台服务，力争到2025年前上市企业数量超过75家。

暴增94倍背后的秘密

顺德"上市军团"藏着怎样的生意经？

2021年年度，顺德上市企业陆续交出答卷：

- 科达制造营收逼近百亿，扣非净利润增长94倍；
- 海信家电营收增长40%，向世界一流智能电器企业加速奔跑

……

全球经济面临诸多挑战，不少企业承压前行，这份亮眼的成绩单，折射出很强的韧性和活力。

从敢为人先、走在风口，到布局多元化赛道，构建第二增长曲线，不难发现这些企业在不断自我变革中越走越稳。战略布局是每个企业最应该想明白的事情，扫描顺德上市企业群像，可以略窥高速成长背后的逻辑和生意经。

《珠江商报》报道，群星闪耀的上市企业版图，即将为顺德百亿企业俱乐部再添一员猛将。2021年，科达制造收获了历史最佳业绩，全年营收97.97亿元，归属上市公司股东净利润10.06亿元，增长近3倍；扣非净利润达到9.52亿元，增长94倍。

要知道，2002年刚上市时，科达制造的主营业务仅为2.17亿元，此后基本每5年实现翻倍增长的速度，净利润19年间大增26倍。2022年科达制

造的营收目标是120亿元，根据其一季度业绩预告，净利润预计为9亿元，这也意味着仅2022年第一季度就达到了2021年全年净利润的九成。

回看科达制造发展的历程，是不断多元化发展、寻找新增长点之路，形成了非洲建材业务、建材机械业务两大主营业务，以及锂电战略投资业务三大拳头业务线齐驱并进的格局。

在抛磨设备已占据市场绝对份额的时候，科达制造毅然决定做陶瓷机械的整厂整线，使公司具备无可取代的规模竞争优势，此外还吸收合并国内排名第二的陶瓷机械企业恒力泰，既奠定行业地位，又避免恶性竞争。

在进军非洲建陶市场方面，科达制造经过几年的耕耘，已在肯尼亚、加纳、坦桑尼亚、塞内加尔、赞比亚五国运营陶瓷厂，拥有共12条生产线，成为非洲最大的陶瓷生产制造企业，彰显了向下游延伸的魄力。此外，科达制造还战略投资蓝科锂业，并加大投入负极材料业务，完善"煅后焦—石墨化—人造石墨—硅碳负极"一体化产业链布局。

报道说，对于企业的运营管理，科达制造董事长边程有着自己独到的理论。"企业不能光着眼于现在，必须紧跟世界发展大势，与时俱进调整经营思路、战略。"边程认为，仍有很多企业家固守"规模做大、成本做低"的早期成功模式，陷于"宁丢利润，不丢市场"的传统经营信条，固守过去的成果与成功模式只能成为企业发展的拦路虎。

"世界在变，企业也必须变，扩张有风险，但不敢尝试就没有希望，如果企业明天还在走昨天走过的路，就只有死路一条。"在边程看来，企业不论大小，都要有向前走的胆略，在不同的发展阶段不断调整战略。

美的集团董事长方洪波在美的数字化转型十年的主题演讲中提到，在变幻莫测、市场加速的当下，按部就班意味着平庸，也意味着死亡。

当企业发展到一定规模时，多元化发展、多条腿走路的发展模式成了不少大型企业的共同选择。尤其是在从高速发展迈向高质量发展的阶段，如何找准多元化的路径成为一大课题。在不少顺德上市企业身上，可以看到新的赛道正在成为第二增长曲线。

在赛道中脱颖而出

2021年，面对原材料价格及海运费暴涨、核心物料供应紧缺等严峻考验，顺德上市企业勤练内功，以行业领先的技术，建立起自身优势。从年报中，也可以看到它们持续加码创新的厚积薄发。比如，海信家电持续加大研发的投入，尤其是在家电智能化方面投入持续提升，研发费用同比增长55%。

顺德上市企业将创新研发摆在越来越重要的战略位置，折射出高质量发展的底色。科技创新是一项久久为功的系统工程，往往也意味着要耐得住寂寞、坐得住冷板凳。创业板和科创板被视为新经济和科创企业"聚集地"，登陆这些板块的富信科技、莱尔科技、东箭科技等企业正是凭借在细分领域的技术创新，赢得了资本市场的青睐。

"中小企业更适合应用端的创新创意，而不太适合原创的发明创造，一定要认清自己的能力边界。"莱尔科技董事长范小平举例说，莱尔科技子公司施瑞科技研发出物理切割方式生产的LED柔性线路板，可以为下游客户节省80%的成本。然而，原计划三年替代传统污染产品，市场占有率却只有3%。在三年的苦熬中，莱尔科技从未放弃，随着"双碳"目标的提出，该产品获得市场热捧。2020年，在整个LED市场低迷的状态下，施瑞科技的营收增长50%以上，2022年计划是增长100%。"由此可见，创新是企业永恒的主题。"范小平说。

东箭科技总经理罗军则说，公司将上市作为头号项目，所有的战略优先级都围绕保障这个项目完成来设置。事实也证明，登陆科创板为东箭科技赢得了更多融资的渠道，带来了更多外延式发展的机会。在罗军看来，数字化也是未来企业能否在激烈的市场竞争中保持竞争力的关键，需要通过数字化驱动整个公司运营决策。

"数字化没有捷径可言，我们从2008年就开始了数字化建设，做好顶层设计，十多年来一步步积累。"罗军说，东箭科技已构建起"多品种、小批量、定制化"的柔性制造运营系统,不仅满足种类繁多的多样化品类生产,也满足客户大小订单的产量弹性需求。

开弓没有回头箭。把顶层设计作为第一推动力,通过一把手挂帅,一以贯之,这是很多顺德上市企业重要发展战略决策的选择。

在企业发展过程中,新宝电器所依托的是数字经济、创新技术和智能制造"三把钥匙"。从2010年开始,新宝电器开始普及各个模块的信息化。"我们把信息化建设列为'一把手工程',并且没有终极版本,不断进行更新迭代。"新宝电器总裁曾展晖说。如今,通过数字化赋能,新宝电器协调配套1000多家上下游供应商,与供应链合作伙伴共同优化成本,不断提质增效。

一边是老牌巨头已筑起铜墙铁壁,另一边是新入局的新锐品牌蓄势待发,行业格局基本已定,如此拥挤的赛道,新晋家电品牌是否还有机会?小熊电器董事长李一峰的答案是:有!

2006年,李一峰乘坐大巴来到顺德,坐着"摩的"四处寻找厂房,开始了他的创业之路。电磁炉、电饭煲等品类竞争激烈,小熊电器最终选择从酸奶机切入,从差异化的角度建立起竞争优势。"种不了大树,就种小草吧。商业社会其实就是一个生态,里面不仅有大树,也有花草,要在整个生态里面找准自己的位置。"回顾小熊电器的成长历程,李一峰感慨道,从酸奶机这样不起眼的"小草"起步,既避开大品牌的锋芒,又形成了差异化的竞争优势。

正是由于抓住了看似"小"的需求,小熊电器得以在"丛林法则"下的参天大树中脱颖而出,并在2019年成功上市。确实,对于没有太多资源的初创型企业来说,找到市场缝隙十分关键。而小熊电器的布局,也正好走在了风口到来之前。谁也没有预料到,在疫情"宅经济"刺激下,小家电在2020年迎来了一轮爆发。

新宝电器则提前预判到小家电风口的到来,成为网红小家电"爆款缔造者"。"无爆款不立项。"这是新宝电器总裁曾展晖对新设计产品立项时的要求，需要通过数据充分论证。

爆款策略的本质特征正是差异化。不过，曾展晖也意识到，想要持续打造爆款并不容易，小家电是一个发展十分迅速的类目，厨房电器、小家电几乎每隔10年都会出一个品牌，挑战和机遇并存。

一个不争的事实是，随着红利逐渐消退，火爆的小家电市场逐渐降温。风口来了又走，小家电的故事该如何继续讲下去？

造血是根本的出路。小熊电器在年报中说，公司将加强对市场需求的挖掘，增强产品设计能力，在提升研发、制造能力的同时，不断完善和改进现有产品种类及渠道布局，力争未来几年继续扩大在国内外市场的占有率，提升公司品牌影响力。

需要注意的是，并不是所有的小家电热度都在回退。根据中国电子信息产业发展研究院发布的《2021年上半年中国家电市场报告》，个护类、美容健康类、清洁类等新兴生活家电市场规模持续增长。小熊电器正着力调整产品矩阵和结构，寻求新增长，着力于拓展生活品类、健康品类、母婴品类等小家电。

百强军团的方阵

2022年11月8日，2022顺德企业100强、民营制造业100强这两个榜单双双发布。

100强榜囊括了顺德实力最强的企业，它们的创收能力超过了不少地级市的百强企业，从中可以看到千亿级企业加速领跑，百亿级企业持续扩容，"专精特新"企业不断涌现。

党的二十大报告提出，坚持把发展经济的着力点放在实体经济上。顺德因改革而兴、因产业而强，把高质量发展的最基本底盘落在实体经济升级发展基础上。

100强榜单的发布，不仅体现企业自身规模和成长，对于整个产业链也颇具示范带动作用。《珠江商报》报道，榜单由顺德区企业联合会、顺德区企业家协会编制，这是顺德第二次发布"顺德企业100强"榜单。该榜以2021年营业收入作为企业入选和排名依据，入围门槛为9.08亿元，总营收为14198.84亿元，同比上年提升明显。

2022年，在疫情持续冲击、全球经济增速放缓、外需市场减弱等超预期因素叠加影响下，顺德企业实现了逆势增长，与"2021顺德企业100强"同比，总营收净增2016.19亿元，增长16.54%；入围门槛提高1.2亿元，增长15.23%。从上榜企业来看，上市公司共27家，占比27%，合计营收9767.68亿元，占比80.15%。

从多个城市公布的2021年民营企业百强榜单来看，厦门民营企业100强总营收为5891亿元，青岛民营企业100强总营收为8331.21亿元，顺德的成绩单非常优秀。

此次，2022年顺德民营制造企业100强榜单首次发布，总营收为6110.87亿元，入榜门槛为4.34亿元。对比"2022顺德制造业100强"的营业收入总规模7063.86亿元，"顺德民营制造业100强"总营收占比高达86.5%。

对于把制造业作为安身立命之本的顺德而言，这一组数据展现了本土化民营企业的支撑力和发展力，也是"工业立区"发展战略的生动诠释。

综合榜单各项数据可以看出，顺德百强企业向大产业、大集群集中的趋势非常明显，并向经济强镇集中。北滘镇上榜企业总营收首次突破万亿元，整体具备"大、优、强"特征。

龙头骨干企业领航之下，顺德产业结构不断优化，形成了特色鲜明的产业集群。其中，家用电器、装备制造、建筑材料三个产业群体的优势最为明显，百强企业集中度也最高。机器人新材料、电子信息、精密仪器等产业也已呈现出集群化发展良好势头，有望成为顺德经济新的增长极。

跨越发展"新曲线"

创新造就活力，时间孕育成果。

"面对挑战，每个企业都在跨越寒冬，但要适应寒冬，甚至逆流而上，实际上取决于企业的前瞻性布局。"海信家电集团党委副书记、工会主席鲍一说，海信家电作为我国最早开始实施出海战略的家电企业之一，自1985年就开始海外市场的布局，多年来坚持自主品牌建设，持续加强海外终端开拓和升级，海外市场占比、海外市场自主品牌占比两大指标逐年提升。

长期且可持续的品牌出海，让海信家电与海外经销网络有了稳定的合作与连接。从产品的布局到营销渠道的开拓，帮助海信家电不断打开市场。海信集团在海外的营收占总营收的比例超过40%，其中自有品牌占比超过80%。

科达制造的爆发式增长，则得益于三个业务板块站在了风口上——传统建材机械业务迎来了岩板的风潮、非洲陶瓷市场释放出巨大的商机、战略投资蓝科锂业获得丰厚回报。

鲜为人知的是，为了"等风来"，科达制造经历了长期的探索。《珠江商报》报道，2007年前后，科达制造意识到如果不杀出陶瓷机械行业，公司的发展空间将十分有限。为了寻求突破，科达制造曾慎重考虑过盾构机、风电、工程机械、清洁煤气化等行业，其间试错成本高达20亿元。

20亿元是一笔不菲的"学费"，但如果没有这笔"学费"，今天的科达制造或许不可能成为新能源行业的重要参与者，更不可能进军非洲的陶瓷生产行业。"企业家应该有一种勇于思考、敢于试错的精神。"科达制造董事长边程坦言。

机遇，抢到了，便能先人一着；抓住了，便能踏上风口。这也是不少上榜顺德百强企业实现增长的秘诀。

从"隆声远播"的大企业，到"专精特新"的中小企业，数字经济时代，拥抱数智化转型成为企业跨越发展的"新曲线"。

报道说，顺德区顺达电脑厂有限公司是上榜企业之一。在这里，每年有数万种共计超过百万平方米的高精度、高密度、高品质的印制电路板（PCB）销往各地。

在5G和AI等技术和数据驱动下，顺达电脑实现了提质降本增效，营收、利润双增加，并发展为国际大厂及世界500强企业长期稳定的战略合作伙伴。

2022年，广东华润涂料有限公司营业收入总体持平。对于涂料行业和建材行业来说，原材料价格上涨是一个必须克服的难题。华润坚持自主创新研发，不断突破新技术、新应用，在工业涂料等方面寻求突破点，扬长避短，生产具有高科技含量的产品，推动企业稳健发展，在过去两年实现了稳步增长。

"顺德有着良好的营商环境，是企业发展的沃土。"广东华润涂料有限公司总经理方昕说，根植于顺德完善的产业链，华润涂料将始终把绿色环保作为企业发展的根基，不断增强自身的市场竞争力，与顺德共成长。

企业与城市共生共荣、相互成就。顺德推进企业服务制度化，不断优化创新审批模式，打造一流营商环境。企业本土发展意愿强烈，顺德民营制造业100强企业中，超过60%的企业近年来进一步增资扩产。

"优质的营商环境是我们扎根顺德的重要因素。"海信家电鲍一说，无论是惠企政策，还是政企日常的对接，都令人感受到顺德政府部门的用心，特别是企业发展过程中遇到难题时，总能及时响应，这恰好体现了企业发展与顺德厚植营商环境沃土的相辅相成。

第二章 压铸企业的"两化三精神"

曾继华是佛山市人大代表,广东伊之密精密机械股份有限公司(以下简称"伊之密")党委书记、总裁助理。在曾继华看来,制造业当家,要有"两化三精神"。要做好制造业当家,一定要推动智能化和国际化,如果不走这"两化",就很难说制造业当家,这"家"是当不稳的;与此同时,要有三种精神:一是工匠精神,二是企业家精神,三是劳模精神。

智能化和国际化是企业发展的加速器和连接器。人工智能、大数据、云计算、区块链、物联网的创新浪潮澎湃奔涌,在顺德,工匠精神、企业家精神、劳模精神汇合成为一股创新发展的洪流,吹响新时代、新征程的号角,雄壮激昂的声势辐射全球。

作为国内模压成型装备领域的头部企业,曾继华所在的伊之密深耕装备制造业20年,正朝着"再造一个伊之密"的目标迈进,瞄准注塑机行业全球前五、压铸机行业全球前三的"宝座",要打造成为装备领域世界级企业。

做引路者

伊之密剑指世界级企业的目标,是顺德装备制造业蓬勃发展的标杆。作为工业之母,装备制造是一个国家和地区工业化、现代化水平和竞争力的综合反映。顺德装备制造产业规模如今已突破2000亿元,成为顺德第二个千亿产业集群。

2022年12月15日,伊之密股份有限公司20周年庆典暨数字化工厂、重型压铸车间投产仪式在伊之密五沙第三工厂举行。伊之密董事长兼总经理甄荣辉说,伊之密五沙第三工厂建设是企业向智慧工厂、灯塔工厂迈进的一次探索,伊之密要致力成为成型装备领域数字化发展的引路者。

甄荣辉说："过去20年，伊之密是中国的伊之密，站在中国市场看世界。未来的伊之密是全球的伊之密，要用全球的视野来看世界，打造成型装备领域世界级企业。"

何谓世界级企业？甄荣辉解释，世界级企业要有能力在全球行业领域里面构建核心竞争力，同时具备全球经营的能力，能为全球客户提供一流的服务。剑指世界级企业，伊之密提出，要力争用3—5年时间实现"再造一个伊之密"的战略目标，未来力争在注塑机行业进入全球前五、在压铸机行业进入全球前三，进一步扩大全球市场份额。

新投产的伊之密五沙第三工厂正是伊之密进行智能制造4.0的有益探索。该工厂建有FMS柔性制造系统、智能中心仓储系统、机器人自动喷涂系统等智能产线，配有智能设备以及现代化的工业软件技术，将数字化技术贯穿在订单、产品设计、配置、生产、物流、总装、交付等整个机器生产环节。工厂数字化总装流水线可实现每15分钟下线一台注塑机，产量比批量式生产模式提高41.3%，生产周期缩短33.3%，月产量可达1000台。

伊之密五沙第三工厂主要生产高精度伺服节能注塑机，是一个可以24小时连续生产的"少人化"智慧工厂。甄荣辉透露，伊之密未来会将第三工厂建成一个真正意义的透明工厂、数据管理工厂，以数据驱动业务，有望大幅提升公司的核心竞争优势。

在伊之密规划的工业4.0阶段等级模型中，最初是标准化、流程化，随后是透明工厂、数据化，再是透明系统、智慧工厂，然后是全自动化的"黑灯工厂"，最终实现整个工业生态系统的数字化。

在升级生产、运营的同时，伊之密将加大研发投入，引进更多高层次人才。伊之密5年的研发费用超过5亿元，技术人员超过800人，占公司总人数的50%以上，这支年轻的技术队伍将是伊之密未来发展的重要力量。

目前，伊之密已在印度设立了生产基地，在北美收购了百年企业HPM，在德国设立了分公司和研发中心，服务中心遍布全球主要国家和经济体。随着伊之密五沙第三工厂投产，以及全球产业链布局进一步完善，伊之密将为中国制造业乃至全球制造业贡献力量。

首创注塑机之最

装备制造被称为工业之母，装备制造业的发展水平直接决定了制造业水平。伊之密壮阔的战略布局，是顺德装备制造业强劲实力的真实写照。

2022年2月，伊之密最新超大型注塑机研制成功，整机装配完毕，其最大锁模力可达9000T，吨位创国产注塑机之最，突破了西方国家超大型注塑机的核心技术。

"装备制造业是顺德制造业最具实力的体现，这有赖于以伊之密为代表的一大批龙头骨干企业的引领发展。"顺德区委常委、副区长梁伟沛说。顺德装备制造业跨越式发展的背后，既有顺德坚持工业立区、科技强区的战略定力，也有企业抓住数字化转型机遇，抢占新一轮发展先机的战术韧性。顺德积极打造珠江西岸先进装备制造产业带，不断提升先进装备制造业规模与质量，同时出台了机器代人、"两化"融合等一系列扶持政策，在企业扩能增效、智能化改造及智能制造等方面给予有力支持，给产业发展注入动力。

2021年，顺德在佛山率先出台首个区级"加强版"数字化政策——《顺德区率先加快制造业数字化智能化转型发展若干政策措施》，12项条款扶持力度高于市级政策要求，当年申报扶持资金项目超过1000个，奖补项目超600个、奖补金额超5亿元。2022年，制造业数智化转型扶持资金达3.4亿元，进一步引导制造企业享受数智化转型红利。

龙头企业嗅觉最敏锐，在数字化浪潮中捷足先登。由中国塑料机械工业协会组织国内行业内知名院士及专家，成立鉴定委员会，对伊之密自主研制的"超大型精密智能注塑成型装备研制及工艺开发"召开新产品、新成果鉴定会。

会上，专家组听取了产品研制、工艺及仿真和技术经济分析等汇报，审阅了专利证书、检测报告、用户报告和查新报告等相关技术资料，考察了设备生产现场，一致同意通过鉴定。

伊之密提供给笔者的资料显示，伊之密8500T超大型注塑机作为国内首台锁模力最大的超大型两板式精密智能注射机，其额定锁模力为8500T，最大锁模力可达9000T。整机采用双料筒塑化及注射技术、异步协同控制技术、精密平移和精密定位控制技术、注塑压缩新工艺等先进技术，其塑化系统搭配两套射出总重量超过140kg的射出系统，单根螺杆直径达到270mm，满足了大型制件高速高效精密注塑成型的要求，整机集成化和智能化程度高。该机器不仅在机器吨位上创造了国内之最，其双料筒注射压缩工艺亦为国际首创。

伊之密8500T超大型注塑机拥有自主知识产权，该项目的成功研发，突破国产超大型工业母机的关键技术，填补了国内该领域的空白，解决了重型设备在加工、运输、装配等过程中的难点，将带动汽车、航空航天、轮船等工业的发展，解决超大型塑料件一体化成型难的问题，彰显了伊之密技术硬实力。

汽车一体化成型装备的突破

2022年5月26日，伊之密"大而敏捷LEAP系列超大型压铸机7000T首发暨9000T战略合作签约仪式"在顺德举行。

伊之密LEAP7000T超大型智能压铸机全球首发，这是继2021年7月伊之密重磅发布全新LEAP系列压铸机1250T之后，时隔9个月，伊之密持续突破技术、拓展机型，在超大型智能压铸机研发上又添新成果。

伊之密提供给笔者的资料显示，全新LEAP系列超大型压铸机7000T是伊之密全力打造的重点新品。机器采用了高刚性及高效稳定的锁模系统，可实现高标准、高性能的快速压射，压射速度最大可达12m/s，可以确保大型薄壁零件的高动态填充能力，能很好地满足新能源汽车超大型一体化压铸件的严苛生产工艺要求。

在签约仪式上，广东伊之密精密机械股份有限公司董事长兼总经理甄荣辉以及一汽铸造有限公司党委书记、董事长邓为工分别致辞。甄荣辉说："新能源汽车快速发展，车身技术的革新始终以兼顾安全性的同时降低车重为核心。轻量化、更坚固、高效率、低成本的一体化压铸在新能源汽车上的应用已成为较为明确的趋势，这对压铸设备提出了更高的要求。一汽铸造与伊之密9000T一体化后底板研发合作，这将是LEAP系列的一次新飞跃，也是伊之密超大型压铸机发展新的里程碑。"

邓为工说："轻量化是汽车行业发展的大势所趋。一直以来，一汽铸造与全球优质客户同步开发汽车类重要铸件及大型结构件的轻量化。伊之密9000T压铸机的引进，将解决未来生产大型汽车结构件的工艺瓶颈。此次合作，双方将共同为新能源汽车发展注入新的动力，为新能源汽车轻量化提供了一条低成本、高效率的道路，也是一汽铸造与伊之密响应国家'双碳'战略的重要举措。"

一体化压铸技术主要是指车身结构件一体化制造，将原本设计中多个单独、分散的小件经过重新设计高度集成，再利用大吨位压铸机实现一次成型完整大零件，相比传统冲压焊接工艺，能大幅降低成本，减少零部件数量，从而提高生产效率，也可以应用于新能源车三电系统多合一壳体、新能源电池箱壳体等实现集成制造，有望推进汽车工业新一轮的生产制造革命。

2022年8月，伊之密中标中国长安重庆底盘系统分公司"车身一体化压铸能力建设项目"中铸造专业压铸机，是伊之密超大型一体化压铸领域与一汽铸造战略合作之后，再次与汽车整车制造"国家队"的深度合作。

LEAP系列压铸机是伊之密围绕公司新一轮发展战略，由具有数十年压铸经验积累的国际研发团队倾力打造的，整合了中欧先进技术，具有完全独立自主知识产权。该系列压铸机不仅能满足快速发展的压铸行业对压铸机的性能、功能和压铸生产过程提出的更高要求，而且以其为核心的系统性智能解决方案，能更好地理解客户需求，适应不同产品的复杂压铸工艺，让铸造更为简略。

伊之密在超大型一体化压铸领域的重大进展，既是市场和客户对伊之密高端设备制造和项目交付能力的认可，也坚定了伊之密为全球客户提供卓越解决方案和服务的信心与决心。

2022年9月，襄阳长源朗弘科技有限公司与伊之密签署了批量采购协议，订购8台伊之密DM3500HII、2台伊之密LEAP7000T超大型压铸机，用于生产新能源混动车缸体及压铸一体化生产。这也是伊之密在超大型一体化压铸领域与一汽铸造、中国长安、云海金属达成战略合作之后，再次与行业隐形冠军企业达成深度合作。

襄阳长源朗弘是专业从事柴油发动机缸体、缸盖等核心零部件制造的高新技术企业、专精特新企业、缸体缸盖行业隐形冠军。此次，襄阳长源朗弘签约订购8台伊之密DM3500HII和2台伊之密LEAP7000T超大型压铸机，将为新能源混动车缸体缸盖生产及压铸一体化做准备，它们将满足大型精密压铸件产品的紧迫需求和市场战略发展需要。襄阳长源朗弘由此也将进军新能源市场。

伊之密与襄阳长源朗弘的战略合作，不仅将促进双方业务的发展，也将为新能源汽车的发展助力，为中国压铸行业的发展提供示范引领作用。

品质升级之路

2018年6月22日，佛山市委、市政府隆重举行第二届"佛山·大城工匠"命名大会，命名30位"佛山·大城工匠"，其中顺德9位工匠获得殊荣。广东伊之密精密机械股份有限公司液压工程师汪宝生就是其中一员。

汪宝生从事压铸机的液压系统设计，进入公司5年多来，他先后获得1个发明专利和4个实用型专利，并在各种期刊上发表文章5篇。其中包括发明专利《一种高压液压增压装置》，此项发明是配套在公司压铸机

DM650设备上专门用于美芝生产空调转子。此前其他厂家的压铸机只能做到一模出4个产品，而且合格率不是很高，而采用压铸机并配备此项发明专利能够达到一模出6个产品，而且合格率达到99.9%。自主研发设计的抽芯泵站，大幅缩短了压铸机的生产周期，已经销售20台，按每台15万元计算，为公司创造了300多万元的收入。2017年，汪宝生被评为"佛山市突出贡献高技能人才"。

2011年，伊之密收购美国百年企业HPM的全部知识产权和专利，迈向了技术和制造升级的新阶段。收购HPM之后，伊之密技术团队马不停蹄潜心钻研，历时5年深入消化美国HPM技术，向客户、服务和销售人员收集了2600多条产品建议，反复评审后形成新产品技术方案，2017年H系列重型压铸机诞生。

该产品按照欧美的工艺和制造标准来打造，在整体刚性、稳定性、安全性和设计标准四方面都有明显突破，几乎颠覆了以往国内压铸机的质量标准。原本国内机型都是采用四根大杠受力，而该产品采用HPM的高刚性锁模机构，有六根大杠。该系列3500T以上的机型更是采用锻钢材质，比欧洲、日本的部分机器用料更好、更加稳定耐用。产品的问世也直接扭转了在高端重型压铸机领域"欧美强、国产弱"的局面。

此外，伊之密还对标德国技术自主创新推出两板式注塑机。该产品性能指标可与欧美高性能产品媲美，成为伊之密增长的主要动力。2018年该产品收入占比同比增长80%，广泛出口至美国、法国、意大利等国家和地区，成功赢得全球市场的认可。

2008年金融危机之时，许多企业都在削减投资，伊之密却毅然决定投资建新厂房，引进先进加工设备，打造更高标准的精密制造平台。如今，公司已累计投入超过1.73亿元建设该平台，为关键零部件加工提供品质保证，同时还建设了恒温计量与检测中心，全力提升产品质量。

一分耕耘一分收获，品质革命结出丰硕成果。伊之密在产品技术标准方面，成功主导或参与了多个国际标准、国家标准、行业标准和地方标准的制定，逐步树立了行业话语权。公司先后荣获2011年度顺德区政府质量奖、2017年度广东省政府质量奖等。

第三章　沧海横流显本色

站在新的起点，顺德大力实施产业"六大倍增"计划，勇于开辟新领域，决战新赛道，塑造新优势，加快从万亿工业强区迈向1.5万亿新台阶的步伐。这是中国共产党佛山市顺德区第十四届委员会第三次全体会议提出的明确目标。

2022年，顺德全年出让工业用地面积超过前三年总和；启动提质增效改造项目52宗，优先保障本土企业增资扩产需求；全年新引入超亿元项目136个，总投资1051亿元。顺德连续11年位居全国综合实力百强区第一，高质量发展先行示范区建设取得积极进展。

2023年，是深入推动党的二十大精神在顺德落地见效的关键一年，是顺德全面建设高质量发展先行示范区的重要一年。区委全会用七个"坚定不移"描述未来路径，要求把学习贯彻党的二十大精神成果转化为团结拼搏的强大动力、解决问题的有效办法、推动工作的务实举措，传承弘扬改革创新的精神，牢牢把握当下发展的先机，坚定不移推进工业立区，着力厚植发展优势，全力打造最友好的制造业强区，让顺德的制造业企业逐步实现综合成本最低、生产效率最高、市场竞争力最强。

改革开放40多年来，顺德依靠制造业起家，工业立区是顺德始终不变的主导战略，制造业当家是顺德人始终不变的内在追求。会议决定，以企业发展需求为导向，力求集中最优质资源，拿出最精准举措，支持企业扎根实业、精耕制造，创新发展、走向全球。

建设标准赶超"灯塔工厂"

2022年12月30日，广东美的暖通设备有限公司成功竞得位于顺德区北滘群力围片区的工业用地，作为"美的数字科技产业园"项目首期用地。美的集团在顺德投资建设集研发、设计、制造、数字化于一体的数字科技产业园，该项目由美的集团及其控股子公司负责投资建设运营，已纳入广东省重点建设项目。此次摘牌的北滘群力围片区地块将作为美的数字科技产业园一期用地，建设两大产业基地。

一是建设美的集团楼宇科技事业部总部和顺德新基地，即暖通设备、制冷设备、电子、暖通配件及售后服务、智能楼宇方案的研发、制造、销售综合基地。计划入驻主体公司包括广东美的暖通设备有限公司等，将打造为美的集团楼宇科技板块研发、设计、生产、销售一体化基地。

二是美的集团旗下广东美创希科技有限公司建设智能家居、新能源汽车、云计算等领域电子产品的研发设计和生产基地。美创希科技已在上海和顺德两地设立研发中心，将围绕智能硬件和算力升级进行整体产业布局，构建与美的集团科技领先战略主轴相匹配的电子研发和高端制造能力。该基地是美的集团未来电子产业化的载体。

除了一期项目两大产业基地之外，美的数字科技产业园项目还将规划建设美的制冷国家级创新科技园。

2022年，美的集团正式公布了"数字美的2025"战略，提出打造数字美的大脑等目标。数字化转型硕果累累，已拥有美的厨热顺德工厂、微波炉顺德工厂、家用空调广州工厂、洗衣机合肥工厂和冰箱荆州工厂五家获得"灯塔工厂"荣誉的数智化运营工厂，占全国11.9%，为顺德区制造业数字化智能化转型提供了先进示范。

美的数字科技产业园将以高于"灯塔工厂"的标准打造成全国工业4.0智能制造示范基地和低碳绿色园区。其中，产业园的万人机器人保有量将超过1000台，追赶韩国、新加坡等先进国家制造业机器人密度水平。

2022年以来，一大批优质企业纷纷增资扩产，为顺德的营商环境投下了信任票。这些增资扩产项目中，龙头企业成了主力军，美的、联塑、海天、新宝、盈峰环境等企业增资扩产项目地块成功摘牌。增资扩产企业中，超三分之一企业为2021年顺德制造业企业百强榜单上的企业。

从行业分布来看，优势产业发展势头迅猛，增资扩产项目中以顺德优势产业智能家电、智能家居、智能装备、新材料、电子信息为主，超过了一半，也有企业积极布局环保、5G通信研发等新兴产业。此外，数字化转型成了共性。企业拿地增资扩产，几乎都选择了向数字化工厂转型，向智能化要效率。

鼓励企业勇闯技术"无人区"

在广东省科技厅发布的2022年科学技术奖拟奖公示名单中，顺德区以第一承担单位完成的五个项目拟获奖，占佛山市拟获奖项目总数的半壁江山。此外，区内企事业单位参与完成的拟获奖项目共四个。

广东省科学技术奖是由省科学技术厅主办评选，主要授予为促进科技进步和经济社会发展做出突出贡献的个人或组织，是广东省在科技成果奖励方面的最高荣誉。广东省科学技术奖提名和受理数量连年攀升，获奖率则从28.1%降至14.78%，体现出提升获奖项目质量的评审导向，也彰显出获奖项目十足的含金量。

根据公示名单，顺德区以第一承担单位完成的五个项目拟获广东省科学技术奖二等奖。其中，广东美的制冷设备有限公司斩获两个奖项，其主导完成的"电网强适应性变频空调关键技术及产业化"项目拟获省技术发明奖二等奖，另一个项目"基于换热器、分流循环和动态控制的高能效关键技术在制冷产品的研究与应用"拟获省科技进步奖二等奖。

由广东威灵电机制造有限公司主导完成的"新一代跨品类低碳电机系统关键技术研究与产业化"项目、广东德美精细化工集团股份有限公司主导完成的"侧链强化取向的长效柔软型无氟防水剂开发及工业应用"项目、广东盈峰科技有限公司主导完成的"环境质量多要素智能精准监测与预警溯源关键技术研发及应用"项目则分别拟获省科技进步奖。

由顺德区内企业参与完成的四个项目也拟获省科技进步奖二等奖,它们分别是广东敏卓机电股份有限公司参与完成的"工业视觉检测高适配性关键技术及应用"项目、广东锻压机床厂有限公司参与完成的"大型机械结构件自动焊接系统及焊缝磁光检测技术与应用"项目、华南智能机器人创新研究院和顺德职业技术学院参与完成的"高效智能药品包装技术、装备及产线"项目、南方医科大学顺德医院参与完成的"急性冠脉综合征优化治疗体系的建立与推广应用"项目。

不难发现,本次获奖的项目覆盖了智能家电、高端装备、先进材料、电子信息、节能环保、生物医药等技术领域,为顺德"4+5"战略性产业集群发展注入了强大的科技创新动能。

全力冲刺

作为顺德重点打造的"4+5"产业集群的其中之一,生物医药与健康产业也是新一轮科技革命和竞争的焦点赛道之一。

2022年12月9日,顺德区、镇两级国资联合竞得龙江涌口工业区地块,拟建设龙江生命科学产业园(二期),全力打造顺德生物医药产业园区标杆。

在该工业区内,龙江生命科学产业园的一期项目——龙江生命科学产业基地已经投入使用,承接北上广生命科学医疗产业转化配套,建设高端仪器、耗材、试剂生产制造基地、先进诊疗技术机构,已累计引进生命科学类企业15家、建成GMP标准车间12个。

经过多年的产业积累,顺德区生物医药与健康产业已形成了以医药生产、医疗器械制造为主,生物技术研发协调发展的产业格局,配套建设了科荟、云天、大参林、联东U谷、东马智造城等产业载体。

其中，联东U谷·顺德国际企业港是顺德（乐从）生物医药产业园内的重要创新载体，已引进27家创新科技型企业，包括华创医疗、凌捷医疗等生物医药行业的隐形冠军。2022年10月，铭铉（广东）医疗净化科技有限公司正式入驻联东U谷·顺德国际企业港，计划打造医院重点科室建设相关产品及医院专项装备研发、制造及其销售平台基地，正式投产后预计年产值达到4亿元。

实际上，早在2018年，乐从镇就规划建设了超千亩顺德（乐从）生物医药产业园，引入和培育了两家上市后备企业以及十余家高新技术企业，以医药生产、医疗器械制造为主，生物技术研发协调发展的产业格局不断发展壮大。

预计到2030年，生物医药产业是我国最活跃、潜力最大的产业之一。美的集团整合旗下库卡、瑞仕格医疗、楼宇科技、万东、生物医疗等资源，医疗业务覆盖影像诊断、物流自动化、暖通空调、楼宇自控及样本低温存储等方面。

美的医疗在全球拥有15个研发中心，全球合作医院超过30000家，2022年达成合作医院约6000家，在国内排名前20的医院中，美的医疗已服务16家，产品远销海外200多个国家，累计提供产品超130000套。

培育新兴动能，抢抓新赛道，布局未来产业，顺德动作频频，这也是加快从万亿工业强区迈向1.5万亿新台阶的重要砝码。

踏上氢能新赛道

2022年，中国氢能产业大会以"零碳中国 氢能未来"为主题，由国家发展和改革委员会、国家能源局指导，广东省人民政府和中国国际经济交流中心联合主办，围绕氢能助力实现碳达峰碳中和目标、贯彻落实《氢能产业发展中长期规划（2021—2035年）》、推动示范城市群协同发展、共建全球绿色氢能体系等议题展开深入研讨。

《南方日报》的报道说，据中国汽车工程学会预测，2035年，我国氢燃料电池车保有量将达到100万辆左右。而10年前已入局氢能产业的佛山，正牵头建设全国首批燃料电池汽车示范应用城市群，一条氢燃料电池产业链正在佛山逐步成型。

顺德隆深机器人自2017年进入氢燃料电池生产设备领域，2021年在该领域产值已超亿元。2022年10月，昇辉科技旗下氢能源运营平台公司获交付100台新能源物流车辆，探索氢能冷链物流的新模式。

进入氢能产业，对隆深来说是个偶然。

"国内知名企业找上门，希望能定做一条氢燃料电池膜电极的生产线。"隆深机器人总经理苏鑫说，这给隆深打开了一个新的市场。

所谓膜电极，相当于计算机的芯片，其性能和成本对燃料电池的性能、寿命及成本至关重要。如此重要的部件，却薄如蝉翼，给膜电极的生产工艺提出了极大的挑战。

位于陈村镇的隆深展厅中，有一套完整的模型展现膜电极生产的全流程，覆盖了催化剂制作到封装等多个环节。

"以涂布这个工艺来说，不仅要涂得薄、涂得均匀，速度还要快。"苏鑫说，像隆深的质子交换膜涂布生产线，最快可以达到每分钟25米的速度，然而一旦有一点点质量偏差，就意味着产品要报废，每分钟损失达上万元。

报道说，每一道工序，摆在隆深面前，都是一个又一个的技术难题。更关键的是，此前这些生产技术都掌握在国外厂家的手中，"一是难以获取，二是国外的设备大多都是实验室级别，批量生产设备无法直接对其借鉴"。苏鑫说，在团队的不断钻研下，隆深最终完成了一条国产膜电极生产线的打造，并得到了市场的验证和认可。

而对于昇辉科技来说，"进场"则是经过深思后的选择。

"上市后我们考虑要发展第二赛道，考察过光伏、锂电，最终选择了氢能。"时任昇辉科技董事、昇辉新能源董事长张毅说。市场化切入，昇辉新能源抓的是氢能的两端，一端是制氢装备，一端是场景应用。

制氢加氢一体站、氢能冷链轻卡、互联网物流运力、大型冷库场景……在陈村总部的展厅中，展现了昇辉对产业链的构建。

处于上游的，是广东盛氢制氢设备有限公司，2022年8月，其制氢碱性电解水成套装备成为佛山自主研发制氢设备并成功下线的首例，填补了佛山本地碱性制氢设备的空白。处于下游的，是广东广迎供应链管理有限公司，2022年10月交付的100台新能源车应用于医药和生鲜中的冷链运输，而其氢气来源，正是上游的盛氢。

"一方面，盛氢能提供稳定且便宜的氢源，降低车队的加氢成本；另一方面，跑在路上的氢能汽车才能发现问题，进一步提升行业的技术研发水平。"张毅说，再加上昇辉新能源本身构建起的供应链网络，"不少氢能企业都主动找上门寻求合作。"

在中国氢能产业大会上，围绕氢能产业上下游环节，昇辉新能源集中展示电解水制氢装备、氢能核心电气设备、高端冷链场景——"氢城快运"，现场反响积极。

"新能源发展能带动上下游产业的快速发展，但锂电领域的竞争已经很激烈，我们希望能走上差异化的竞争道路。"张毅说，选择氢能一方面是看重氢能的发展前景，另一方面则是看重佛山成熟的氢能产业环境。

因绿色、高效，氢能被视为"21世纪终极能源"，吸引了各类政策、资本的倾斜。

靠近市场，是昇辉新能源"入局"的重要原因之一。而早在2021年，昇辉新能源就以自有资金向飞驰汽车投资人民币1亿元，拓展氢能产业链下游。

报道还说，隆深则与佛山仙湖实验室、泰极动力、清极能源、鸿基创能等佛山本土优秀企业达成了合作。"当别的企业还在观望，我们已经下定决心投入。"苏鑫回忆，从2018年正式接到第一个订单开始，隆深就将其列为重要项目，至2020年氢能成为隆深的一个重要发展方向，"国内80%以上的氢燃料电池膜电极生产商都采购过隆深氢能的各种设备"。苏鑫说，"今后隆深要两条腿走路，一条腿是机器人，另一条腿是氢能。"

要进入氢能行业，门槛并不低，顺德真正进入氢能的企业并不多。以燃料电池的生产为例，涉及材料、自动化等多个方面，每道工序涉及的工艺技术不尽相同，隆深之所以能够进入，在苏鑫看来，是因为其在工业机器人系统集成、非标自动化设备及整线设计制造方面的多年经验为其进入氢能赛道带来足够的技术积累。

同样，昇辉新能源的制氢设备能快速完成首台研发及下线，背后依靠的是一支"国字号"出身的技术团队，同时其本身已有的电气设备业务也为制氢装备提供了技术的支撑。

张毅说，未来昇辉的制氢装备将逐步面向市场，下游的氢能场景也将立足佛山，向湾区城市乃至长三角城市拓展，进一步推动氢能源物流车的市场化发展。

第四章　科技强区的足迹

一年之计在于春。

春节假期后的首个工作日，广东自华科技有限公司接到了一张来自湖南客户的订单——为一家新建的工业园区提供环境污水处理一体化设备。

"此前企业的业务都局限于省内，没想到新年第一个订单就冲出广东。"自华科技朱斌博士说，这给企业拓展全国业务吃下"定心丸"。

春节后开工第三天，广东自华科技有限公司收获第三张订单，与本土国资企业签署战略合作协议。

"账户上收获了一个'大红包'。"朱斌在分享这个消息的时候，脸上满是喜悦。正月初七上班第一天，他们接到了首张省外订单，连续三天以来累计促成近千万元订单。

2023年以来，自华科技抢抓国家推进养殖尾水综合治理风口，把所有精力集中在鱼塘尾水处理系统研发上，实现了养殖尾水水质净化达标排放或回用到养殖池塘。

按广东省和国家推广的养殖尾水治理方案，尾水处理系统约占养殖面积的5%—10%，自华科技独创的技术能够实现1%极限面积，在行业中具有不可比拟的优势，这也是企业2023年迅速打开市场的关键钥匙。

吹响"满格电"冲锋号

春绿新芽，万象更新。华南理工大学科技园顺德创新园开局生机勃勃，园区科技企业火力全开，一个个高新技术产品接连推出，一支支业务团队攒劲出发，一张张项目订单快速拿下，吹响了"满格电"冲锋号。

新春开工以来，在华南理工大学科技园顺德创新园看到，进驻的科技企业已正式开工，迅速从"沉浸于年味"换挡到"创造"的状态。广东极臻智能科技有限公司（以下简称"极臻智能"）生产负责人黄尚飞说，从设计研发到生产、后端销售、技术服务等岗位的工作人员全都精神饱满、有条不紊地开展工作。

极臻智能是一家智能运维和工程施工设备及解决方案的提供商，由华南理工大学校友创办，汇聚技术研发人员近40人，占团队总人数的九成。企业成立短短几年间，已获评国家高新技术企业。

新的一年，极臻智能定下了营收增长50%的目标。黄尚飞说，企业主攻方向为无人机固定机巢系统等智能硬件设备，以及输电铁塔智能原位拆除系统，后者能够极大程度减少人力投入，规避人员维护电网的事故风险。企业将因应市场需求转变快速响应，提供智能化、自动化、专业化的智能设备系统，尝试在国家电网、南方电网电力巡检的基础上拓展更多的应用场景。

园区企业创新发展离不开平台的牵线搭桥。华南理工大学科技园顺德创新园运营负责人资智洪，每个月大部分的时间都在与园区企业进行各种发展要素的连接。新春伊始，资智洪便深深感受到园区企业开局起步的新脉动。资智洪说，从高校出来创建科技企业，不缺创新技术和产品，最缺乏的就是资金以及新产品、新技术、新装备的应用场景。园区始终坚守初心，对这些科技企业开展孵化，促成一大批华工高新技术、产品在本土推广应用。

此时，顺德创新园区已累计孵化企业70家，其中1家企业被认定为国家级专精特新"小巨人"企业、2家企业入选省专精特新中小企业、2家企业入选市专精特新中小企业，16家企业入选省创新型中小企业，19家企业通过高新技术企业认定，引进高层次人才团队31个，其中18个获批佛山市、佛山高新区、顺德区创新创业团队认定。

专利持有量的跃升

2023年2月，美国商业专利数据库（IFI Claims）发布全球250强专利领导者的数据，共有30家中国企业、机构上榜，其中有3家进入了前十名，美的集团位居全球第七，排名超过日本的丰田、三菱电机，欧洲的博世、西门子以及中国的鸿海精密等全球名企，成绩十分瞩目。

全球250强专利领导者的数据是全球企业科技创新实力的参照指标之一，是一个实体的全球专利持有量的累计整体数据，包括实体的子公司或多数股权公司持有的专利技术。榜单对衡量一家企业的科技创新等综合实力，具有重要参考价值。

进入前十的中国企业、机构依次是中国科学院、美的集团、中国建筑。其中，美的集团以64895件专利数（截至2023年1月3日）排在全球第七名、中国企业第一名。

据美的集团提供的数据显示，截至2021年，公司已在全球将近50个国家和地区布局专利超过10万件，累计专利授权维持量超过7万件。其中，仅2021年当年，美的在全球范围内申请专利就超过10000件，年度授权量已连续五年居家电行业第一。美的持有的专利资产数量，有力诠释了"全球科技企业"的实力。

经过50多年发展，美的集团已成为一家集智能家居、工业技术、楼宇科技、机器人与自动化、数字化创新五大板块为一体的全球化科技集团。美的楼宇科技事业部、工业技术事业群和机器人与自动化事业部累计申请专利20609项，其中发明专利10047项。专利申请布局全球32个国家或地区。其中，授权有效专利10546项，含发明专利3451项，产品技术覆盖多联机、电梯、智能控制、电机、压缩机、芯片、汽车部件等。

支撑美的集团"出海"并实现"全球突破"的重要力量之一，就是科技研发和专利支持。强大的全球研发网络，进一步助力美的集团实现"全球突破"。美的集团在包括中国在内的全球12个国家设立35个研发中心，逐步形成"2＋4＋N"全球化研发网络，建立研发规模优势。其中，"2"指的是位于广东顺德和上海的全球性全品类创新园区，"4"指的是分布于美国、日本、德国、意大利的全品类研发中心，除此之外，还有29个遍布世界的单品类研发中心。

"通过整合研发中心当地资源，加速技术研究，实现本土化开发，建立全球的研发规模优势。"美的集团知识产权负责人说，美的集团的研发模式为"三个一代"，即开发一代、储备一代和研究一代。

每天新增两家高新技术企业

企业要赢得竞争和发展的主动权，就要把核心技术牢牢掌握在手中。位于大良五沙的伊之密第三工厂里，国内首个超重型压铸机厂房正在运转，瞄准万吨级压铸机发起新一轮技术攻坚战。

2022年，伊之密已成功研发了额定锁模力为8500T、最大锁模力可达9000T的超大型注塑机，创下国产注塑机之最。

而作为航母型科技企业，美的近三年聚焦行业核心技术研究，完成超过3000项高质量专利布局，实现33个关键技术领域全面布局，突破性产品近三年销售额超过286亿元。

《珠江商报》报道，纵观顺德科技创新发展，一批龙头骨干科技企业从技术追赶迈向技术引领，进入"无人区"。仅两年间，顺德支持龙头骨干企业立项67个核心技术攻关项目，扶持资金达1.48亿元，撬动企业自筹经费超8亿元。

云米科技基于EDR电渗析的健康型智能矿物质净水技术研发与产业化应用项目被列为区重大科技项目之一，获500万元扶持。

"攻克核心技术是企业的迫切需求。"云米科技创始人陈小平说。过度净化、净水器频繁换芯、高硬水质易结垢、水质无法实时调控等，是净水器行业的共性难题。

2022年以来，顺德做足扶持补贴的"加法"，做好减税降费的"减法"，为高新企业强势扩容奠定基础。从2021年的2860家，到2022年达到3485家，顺德平均每天新增近2家高新技术企业。

数据的背后，是顺德建立健全"高企梯次培育体系"，不断探索新举措，试行科技专员服务制度的努力。作为首批科技专员之一，梁智亮说，通过派驻镇街、下沉企业，开展地毯式走访，企业对高新企业认定的意愿更大，也对加计扣除政策运用、科技创新项目认定和高新技术产品评定等科技政策有了更深入的了解。

走技术研发之路，不少高新企业因而迎来了巨大的发展机遇。广东成德电子科技股份有限公司总工程师刘镇权说，企业研发投入翻倍增长，占年度营收的5%，远高于高新企业认定的标准。

云米科技从创办不久，便驶入高新企业发展的快车道。近三年，云米科技累计研发投入6.1亿元，其中，2021年研发经费达2.4亿元。云米还打造了一支全球化的博士研发团队，涵盖AI人工智能、空间感知、5G/6G/芯片、机器算法以及各行业前沿技术领域，以核心技术攻关，锻造互联网＋家电企业的优势。

科技创新产出显著提升。2021年，顺德高新技术产品产值为4613.38亿元，占规模以上工业总产值比重47.6%。

作为顺德高新企业新晋一员，佛山市合能物联软件开发有限公司总经理梁盛伦说，依托扎实的基础研发以及长期的技术积累，过去三年，企业营收每年实现30%增长。

建成智能化高端生态产业园

科技创新既要着眼于关键时候不被"卡脖子"，同时也要放眼于未来，角逐资本市场，借助直接融资，实现快速成长。

不难发现，多层次上市梯队中，企业科技属性明显，大多都是以上市为契机增资扩产、加大研发投入，实现做大做强。

北交所处于市场建设起步期，相对更包容高成长潜力的科技创新中小企业。作为佛山首家登陆北交所的上市企业，奔朗新材借力资本市场，募集3.5亿元用于企业研发中心建设以及智能制造项目。

面向高新技术企业、"专精特新"等科技型中小企业，顺德从股权投资端、债权投资端完善覆盖科技型企业成长全周期的政策性金融产品体系。截至2023年1月，顺德已累计推动银行放款达360亿元，帮助科技型企业应对疫情困境、缓解融资难题，金融服务支持科技创新效能大有提升。

2022年，顺德科技创新工作取得了重要突破，忽如一夜春风来，千树万树梨花开。

数据显示：

1.高新企业实现12倍增长，2022年达3485家。

2. 全社会研发经费达173.86亿元，R&D（研发）占GDP比重为4.28%。

3. 建成省级重点实验室13家、省级工程中心265家，规上企业研发机构建有率已达60%。

4. 共建有院士专家工作站2家、省新型研发机构6家、科技企业孵化器37家、众创空间23家，其中国家级科技企业孵化器8家、国家级众创空间8家。

5. 累计引进合作的院士35人，引入各级创新团队97个，省级创新创业领军人才7人，省级创新团队5个，市级创新团队46个。

6. 新增上市企业（含过会）5家，境内外上市（含过会）企业累计40家。

第三篇

又是一年春草绿

越过凛冬，迎来春暖花开。

2023年的来临，让许多企业看到新的希望。大疫过后的重构正在不断推进，春风终将回馈每一位冬天里的守望者和坚守者，企业家们再次点燃创业激情，知难而上，勇毅前行。

顺德之敢为人先，在乎于开放的眼界，在乎于创新的思维，在乎于勇闯的拼劲，在乎于顽强的信念。

"先人有夺人之心，不可坐待其至。"谁赢得了市场，谁就占据了主动。顺德的许多企业，出实招开拓市场，在元旦过后就迫不及待主动出击"抢单"，在春节前夕率先登门拜年"下单"；春节一过就奔赴海内外联络客户，以快制胜"接单"，以质取胜"补单"，以诚制胜"追单"，紧紧抓住市场这一生命线，瞄准目标市场发力，把准市场风向着力，不断提高产品和服务对市场变化的响应速度。

第一章 开年即冲刺

拼项目，雄声如虎吼；拼经济，玉兔赛骏马。

浓浓年味尚未散去，位于龙江镇的广东瀚秋智能装备股份有限公司（以下简称"瀚秋股份"）的售后、外贸等各个"小分队"便已各就各位，分赴各自工作"战场"，出差赶往客户公司现场安装调试产品、奔赴国外准备即将到来的大型展会……围绕"增长""赋能""向新"三大年度关键词，把发展门路的"门"开得更大，把经贸合作的"路"拓得更宽，把对外联通的"桥"连得更长。

偌大的生产车间内，工人们正埋头组装产品赶订单，车间里除了一台台正在组装的机器，还摆满了一批批已经打好包装准备发往客户工厂的机械设备，当中不乏近百台设备的大型订单；另一边，办公区里已坐满了人，各岗位员工悉数返岗，工程师正在电脑前加紧制图为客户定制设备，业务员正带着客户在车间里了解产品。

瀚秋股份是一家涂装与饰面的自动化流水线装备服务商，年产能超7000台，设备远销全球70多个国家，在全球成交的客户案例超5000家，先后获得佛山市制造业隐形冠军企业、广东省专精特新企业、广东省科技专家工作站等荣誉称号，是国内板材涂饰装备领域的领军企业。2022年9月，顺德企业广东瀚秋智能装备股份有限公司正式在新三板挂牌上市。2022年12月，其总部项目在顺德区龙江镇大坝园区竣工并实现试投产，将打造成数字化智能环保涂饰生产线装备制造基地。

向新再出发，瀚秋股份副总经理林斌说："基于瀚秋产品在外贸市场上的沉淀和口碑，新一年瀚秋股份将积极招聘外贸业务员、发展海外经销商，大力发展海外市场。有些外贸的同事在我们开工前几天已经出发去伊朗了，瀚秋股份计划参加伊朗、埃及、东南亚地区等大型的专业展会。"

更上一层楼

大坝园区是龙江镇政府重点规划建设的现代园区，依托原有的纺织、家具制造、机械装备等产业，正打造轻工家居产业园。

园区已落户工业项目及企业自改项目共13个，其中德隆园项目已建成并投入使用，瀚秋、优铸项目在2022年底实现了试投产，还有6个项目均在2022年度实现主体或部分区域封顶。优铸精密机械项目建成后主要生产节能、高效、高品质的塑料注射成型机，研发GS高速系列、YS伺服节能标准系列、粉末合金系列、电木注塑机等机型。

产业项目加快建设、持续"上新"的背后，是龙江镇始终坚持抓好重点产业项目建设，全力支持企业扩大生产。

在林斌看来，龙江有充足的产业发展空间，产业布局也符合瀚秋发展预期，在项目洽谈落户到建设的过程中，龙江各部门也给予了他们很大的支持，让项目得以在短短一年多时间里顺利建成。

良好的营商环境推动龙江招商引资"节节高"。2023年刚开启，龙江产业招商引资便迎来"开门红"，1月5日下午，龙江西溪集北工业区一期成功出让两宗工业用地，分别由顺德区盈富达微电机有限公司和广东科优韵智能家居有限公司在网上竞得。

盈富达微电机项目将充分发挥其专业生产微电机产品的优势，投入数字化智能化设备，打造成集研发、生产、产品展示、办公于一体的微电机高端生产基地。

科优韵智能家居项目拟应用微动敏感床垫监测技术，研发生产智能微动床垫床具，打造成为国内智能健康寝具产品的主要产业基地，使企业成为专精特新企业，并完成省级以上（含省级）工程技术研究中心或企业技术中心的认定。

一路绿灯

2023年1月5日，广东德美精细化工集团股份有限公司（以下简称"德美"）新总部、德美科技园举行全面封顶仪式，再造容桂创新创业示范项目，成为顺德又一自主创新高地。

德美科技园位于佛山市高新技术开发区（顺德园），由容桂上市企业德美投资打造，于2013年正式开园运营。

德美科技园将重点引进先进材料、高端装备、电子信息、智能制造、节能环保等产业，打造集高端轻型生产、研发检测、商务办公、人才公寓等优质配套于一体的高端生态产业链综合型科技园区。

此外，德美科技园拥有国家级孵化器和国家级众创空间，是中国南方智谷特色园区，是顺德首个三次获国家、省、市三级科技企业孵化器运营评价A级的科技园区。园区建有产业对接服务平台、公共技术服务平台、科技金融服务平台、创业辅导服务平台，能够为进驻企业提供专业、精准的服务。

园区内德美化工新总部大楼同步封顶。德美化工是精细化工行业龙头之一，也是容桂上市企业排头兵之一，扎根容桂30多年，从精细化工行业起步，现已发展成为一家业务覆盖精细化学品、石油化学品、天然化合物、产业投资以及产业园运营等多个领域的高新技术企业，拥有国家级企业技术中心。

德美化工董事长黄冠雄说，新总部满足德美化工未来发展战略对经营场所的需求，满足了公司现代化、数字化运营管理的需要，有助于公司更好地吸引高端人才加入，为公司业务运营提供有力保障。同时，企业与德美化工在新园区为邻，德美化工的资源平台将向更多的企业开放，把经验分享、产业资源分享、产业伙伴分享，与园企一起携手创造，共享未来。

2023年1月8日，广东佛山市顺德区杰晟热能科技有限公司（以下简称

"杰晟")总部项目及数字化工厂举行封顶仪式，标志着企业在数字化转型升级的道路上走出了坚实的一步。杰晟诞生于容桂，成长于容桂，经过17年的风雨洗礼，公司发展成为集研发、生产、销售于一体的高新技术企业，产品包括燃气采暖热水炉、燃气热水器、燃气灶具、压铸铝暖气片等，在国内采暖产品壁挂炉市场占有领先的份额。

广东杰晟总部项目拥有全球营销中心、热能科技研发中心、CNAS实验室、电子无尘智能车间、全自动装配线、自动智能立体仓库等。杰晟热能重视数字化智能制造和产品创新研发，包括数字化软件工程、设计、制造、质控、物流等，因此在电子无尘智能车间、全自动装配线、自动智能立体仓库、码垛机器人等生产智造设备，以及国家级认证实验室、制造执行（MES）系统等研发实验室的软硬件建设上加大投入。

杰晟董事长兼总经理盛水祥说，总部项目及数字化工厂建设对杰晟热能未来发展和布局具有里程碑意义，希望通过数字化的建设，实现生产数字化、管理信息化、产品智能化和服务精细化的跨越式发展。

广东杰晟总部项目是容桂推动本土企业增资扩产，以及打造制造业数字化转型升级的成功案例。在项目初期，容桂安排专人与企业对接，全流程跟踪服务，帮助企业快速推进项目建设。正是政府的用心服务，坚定了企业的发展信心。盛水祥坦言，虽然周边地区时常向他们伸出橄榄枝，承诺给予优厚的招商条件，但是容桂政府贴心、贴身的扶持和服务让他们选择坚持留在顺德发展，未来将努力把杰晟热能打造成燃气和电气采暖供热智能产品的研发和生产基地，为顺德经济发展贡献力量。

经过半年的施工建设，顺德（勒流）万洋众创城项目正式封顶。项目将以通用设备制造业、电气机械和器材制造业为主，引进数十家优质企业，打造配套完善的电气机械及通用设备产业集群运营服务平台。

顺德（勒流）万洋众创城位于勒流龙眼工业区，是勒流街道重点招商引资项目，由万洋集团负责投资、开发建设、统一招商和运营管理，是万洋集团落子顺德的第三座城,承接深圳、东莞和广州的产业转移,在洽谈的优质企业超过10家,部分企业已成功签约入驻。企业一提出转入申请以后,即使只有一个项目,相关部门都会马上开会来办,一个也不能少。

"草、灌、乔"健康发展

北京大学国家发展研究院教授周其仁,在佛山企业家大会上作《佛山制造"草、灌、乔"品质革命再攀登》主旨演讲,呼吁佛山打造更具韧性的产业生态。周其仁教授开宗明义:"草、灌、乔"源于20世纪中国西部开发的治沙经验。当时为了改造沙漠化,最开始种了很多大树,最后都没有成功,因为当地土壤内的水分太少了,没法涵养树木。后来,通过总结经验,从种草开始慢慢改善土质,然后再种上灌木,最后再种上乔木,由此实现有效治沙。这就是草根的力量,这跟顺德民营经济生态非常相似,经过几十年的发展,民营企业就像小草一样成长起来,形成"草、灌、乔"那样具有韧性的产业生态。

开局关系全局,起步决定后势。顺德立足优势产业基础,明确目标产业,聚力招精引新、招链引群、招大引强,重点引进先进制造业、现代服务业企业的区域性、功能性总部,推动优势产业做大做强、战略性新兴产业落地生根。

《珠江商报》报道,2023年开局,顺德好戏连台:1月28日,6个项目签约落地,总投资465亿元;1月29日,20个重大项目开工,总投资约196.34亿元……涵盖了智能制造、高端装备和交通基础设施等,其中产业项目数量和总投资占新开工项目的九成以上。

优质的营商环境让投资者近悦远来。一季度动工建设的重大项目中,既有长三角、珠三角等城市高端项目的涌入,也有不少是"含金量"较高的本土企业增资扩产项目,如佛山市汽车配件产业办公总部基地、美涂士全球生态智能总部、东灶总部、天悦总部、邦克厨卫总部、广东图特家居科技股份有限公司总部生产基地等。

总部经济是价值链高端功能形态的集中表现形式，是城市和产业形态升级的重要标志。"总部"集聚，源于顺德营商环境优势。东灶集团董事长张敏对此深有体会。办理项目土地使用证时，他正为业务不熟悉而犯愁，容桂街道工作人员主动找上门，陪他一起走流程，不到半个小时就搞定了。"顺德大力建设'最友好的制造业强区'，正是因为这样贴心的服务，我们坚定不移选择顺德、投资顺德。"

顺德区委十四届三次全会提出，要完善企业梯次培育机制，发挥龙头领航、腰部支撑作用，促进"草、灌、乔"企业生态体系全面发展。

"身处机遇与挑战并存的时代，美的集团对未来永远保持乐观，对坚持制造业当家充满信心，也始终相信中国经济稳中向好、长期向好的基本面没有改变！"在广东省高质量发展大会上，美的集团董事长兼总裁方洪波说，将勇敢地走在向前增长的道路上，努力在下一轮博弈和竞争当中建立新的优势。

广东省工信厅发布的2022年广东省专精特新中小企业公示名单显示，顺德区共有394家企业入选公示名单，是前三年入选总数（71家）的五倍多，越来越多顺德中小企业走上了创新发展的快车道。

地块在等项目

顺德GDP、规模以上工业增加值、固定资产投资、建筑业总产值、社会消费品零售总额、进出口总额、地方一般公共预算收入等七个指标，占佛山比重均超过三成。三年来GDP平均增速4.3%，排名佛山第一；自工业总产值首破万亿元大关之后，2022年再上新台阶，突破1.2万亿元。

第三产业发展水平是衡量地区发达程度的重要标志。在2022年出台首份扶持第三产业政策纲领性文件后，顺德将逐步针对金融业、批发零售业出台相关扶持政策，引导各镇街因地施策发展第三产业，推动产业集聚、优势互补，赋能制造业高质量发展。

此外，顺德正加快建设新型产业园，做优园区大平台，为优势产业提供平台载体，加快产业集聚。从计划一季度开工的重大项目来看，佛山市顺德区黄金珠宝创新生态城、深国际佛山顺德智慧物流产业园项目等均为产业园区项目。其中，深国际佛山顺德智慧物流产业园将打造成为集服务佛山生产制造、商贸流通及居民消费等功能于一体的现代化综合性物流产业园区。

数据显示，全国四分之一的GDP来自园区经济。园区在推动地区经济发展中，一直扮演着重要的角色。2023年以来，针对产业园区的专项扶持政策密集出台，北滘机器人谷智造产业园机器人产业园单项扶持的最高奖励达到了2亿元。

2022年，顺德建立了"产业规划－整备－招商－出让－建设"全链条服务机制，全年出让工业用地7198亩，28个项目实现了"拿地即开工"。同时，整理出第一批10个可连片开发的重点工业区，"地等项目"保障格局基本形成。

2023年，顺德进一步优化审批标准化流程，梳理下放业务权限和权责划分，规范和完善下放行政审批业务的办事指南和工作指引；持续推动区域评估工作，探索推动土地资源和技术控制指标清单改革，继续优化营商环境，让更多项目实现拿地即开工、交地即发证，让企业省心、省时、省力、省事。

- **亮点项目**

亮点一：佛山市汽车配件产业办公总部基地项目

总投资：10亿元

项目概况：项目位于乐从镇华阳路以西、天成路以北地块，占地面积约20.5亩，总建筑面积约8.8万平方米，将建成汽配产业办公建筑集群。建筑集群分为A、B、C三个建筑体，建筑层高约40层，兼顾高端品牌汽车展示及汽车配件产业总部办公需求。

亮点二：深国际佛山顺德智慧物流产业园项目

总投资：30亿元

项目概况：项目占地面积299.56亩，规划建设高标准盘道仓库及相关配套设施，建筑面积72.42万平方米。项目将以高标准仓储、智慧物流和冷链物流三大业态为主体，配备智慧园区管理系统和保障民生的应急储备中心，打造成为集服务佛山生产制造、商贸流通及居民消费等功能于一体的现代化综合性物流产业园区。

亮点三：伦教5G电子创新园项目

总投资：8亿元

项目概况：项目占地39.03亩，总建筑面积约10.51万平方米，拟建设为伦教5G电子创新园，用于企业办公研发、生产制造及产业情景应用，形成产业链生态闭环。项目规划三大功能区，建设内容主要包括办公研发基地、终端设备制造基地、场景应用模拟中心。

亮点四：广东邦克厨卫有限公司总部项目

总投资：3.8亿元

项目概况：项目选址容桂街道大福路以东、规划容奇大道西以南地块，建筑面积10.4万平方米，建设邦克企业总部及智能化生产基地，打造不锈钢智能定制家居及家居智能功能五金研发、智造标杆品牌。

亮点五：广东图特家居科技股份有限公司总部生产基地建设项目

总投资：6亿元

项目概况：项目用地面积86.98亩，计划打造企业总部、数字化厂房和研发中心，将用于建设功能五金、基础五金和智能五金等金属制品生产线，主要产品为缓冲铰链、滑轨、移门及配件和衣（橱）柜收纳系统等。

亮点六：居家每刻家居总部CTD

总投资：5亿元

项目概况：项目占地约40.94亩，建筑面积约10万平方米。项目建设包括现代化厂房、综合楼等，拟打造软体家具现代化生产基地。

亮点七： 佛山市顺德区黄金珠宝创新生态城

总投资： 60亿元

项目概况：项目占地356亩，以"黄金珠宝＋智能制造＋数字经济"为三大重点发展方向，构建粤港澳大湾区黄金珠宝产业智能制造中心、黄金珠宝产业创新模式试验区、黄金珠宝全产业链综合服务枢纽、数字经济生态创新中心、产品展销中心以及配套服务中心，打造成为以黄金珠宝、智能制造为核，以数字经济为翼的粤港澳大湾区黄金珠宝创新生态城。

亮点八： 美涂士全球生态智能总部项目

总投资： 20.1亿元

项目概况：项目占地204.54亩，将计划建立美涂士全球生态智能总部，打造新型专精特新水性涂料先进材料生产基地，实现自动化、智能化生产。

春风又绿江南岸

2023年1月28日，杏坛镇公布重点项目建设情况，推出超2000亩工业用地，并推动美涂士、顺炎、昌盛、源峰四家重点企业现场签约投资杏坛。经前期磋商，这四家企业已决定在杏坛投资建设新的产业基地或总部大楼，且产业方向瞄准新材料、智能家居和高端五金。

2023年1月29日，原容桂四基石材加工市场内锣鼓喧天，广东邦克厨卫有限公司总部项目隆重举行奠基典礼。不久的将来，这片村改土地将建起邦克的总部大楼和智能工厂，推动企业发展再上新台阶。

广东邦克厨卫有限公司创立于1997年，扎根顺德容桂26年，已经发展成为一家集不锈钢智能家居定制和不锈钢厨卫智能功能五金于一体的现代化集团企业。一路走来，邦克坚持稳中求进的发展方针，坚持国内外多渠道营销和自主研发的发展原则，2022年度整体业绩持续增长，增长率超20%，其中不锈钢智能家居定制项目尤为亮眼，项目同比增长率超50%。

"随着业绩逐步提升、品牌不断扩张，邦克现有总部和厂房，无论形象还是生产条件上，已无法满足和适应下一阶段的发展。"董事长罗永杨说。就在企业为发展空间不足而头疼时，在顺德村级工业园改造政策推动和政府的关心支持下，邦克成功于2022年8月1日竞得项目所处工业用地，用以建设新总部及智能工厂项目。

"新总部及智能工厂项目的建设，对邦克而言具有里程碑意义。"罗永杨说，2023年新年伊始，邦克顺利获评"广东省专精特新企业"，如今又迎来新总部及智能工厂项目的建设，既是机遇，更是挑战。未来，邦克将继续坚持自主创新，不断提升研发实力，大力开发多品类家居智能功能产品，抓好不锈钢全屋智能家居定制及厨卫智能功能五金两大核心业务，为行业发展、为顺德本土经济发展贡献力量。

邦克总部项目奠基典礼刚刚结束，广珠城轨容桂站附近又响起喜庆的锣鼓声，天悦总部、东灶总部项目同步动工。紧接着，有利项目也于当天下午竞得华口社区毅的龙北边地块。一天之内，容桂"四箭齐发"，拉开新年产业发展的大幕，更凸显了容桂坚持制造业当家的决心和雄心。

容桂街道党工委副书记、办事处主任欧胜军说，众多本土企业"用脚投票"扎根容桂、在容桂发展，体现了广大企业家对容桂投资环境和营商环境的认可，为容桂新一年的发展注入信心和力量，希望广大企业家继续扎根容桂、投资容桂，共同把容桂建设得更加美好。

被订单"赶"着跑

春节后开工第二天，格兰仕集团厂区已是一派热火朝天景象。这边，装载物料的运输车辆来来往往，生产线上一个又一个产品组装成型；那边，外贸团队马不停蹄地联系客户，人才招聘工作紧锣密鼓进行中，全力以赴拼经济。

格兰仕集团副总裁邹能基说，格兰仕以"开工就是决战"的态势全力冲刺一季度"开门红"，拼销售、揽人才，加大研发投入，同时结合企业自身发展情况推动增资扩产，稳增长、促发展，持续投资未来。

在格兰仕工业4.0基地内，多条智能生产线在不停地运转，每条生产线配有10多个机器人，单线最快每6.7秒就能下线一台微波炉腔体，极大地提升了生产效率。得益于"硬核"的制造实力，格兰仕以高品质的产品赢得客户青睐。

2023年开年，格兰仕微波炉、烤箱、冰箱、洗碗机等产品的外贸订单已排到第二季度，深耕多年的自主品牌出货量持续上升，成为拉动业务增长的主力。国内市场方面，格兰仕"春节不打烊"线上活动持续火热进行，"宇宙厨房"场景贯穿从除夕到元宵的全线营销，健康家电烹饪直播、爆款健康家电试用等福利也轮番上演。

"对于格兰仕来说，2023年还是要拼销售，扩大整个经营规模。"邹能基说，格兰仕积极融入国内国际双循环，坚持内销外销"两手抓""两手硬"，充分参与全球市场竞争。

作为一家外向型企业，格兰仕在外销上持续保持积极进攻的状态。格兰仕坚持以自主创新、自主品牌为引擎的出海战略，已在150多个国家和地区注册了自主品牌，依托属地化经营战略，提供定制化产品和针对性服务，以适应不同国家和地区的消费、文化特征。格兰仕更通过产品创新、品牌创新、服务创新，深入开辟"一带一路"新兴市场，并不断在传统优势市场开拓新渠道。

面对新一轮科技革命和产业变革深入发展，邹能基说，格兰仕将持续练好内功，继续推动增资扩产，实施技术升级，根据实际发展需求投资未来，抢占先机、赢得主动，推动企业高质量发展。

战鼓声声催奋进，春风浩浩踏征程。

《珠江商报》报道，顺德众多企业迅速掀起全力赶生产、拼经济、抓发展的热潮。生产车间内，开足马力赶制订单产品，全力冲刺一季度"开门红"；生产车间之外，紧锣密鼓"抢人才"、加码研发投入，释放出了"开年就是开工、开工就要实干"的强烈信号。

走进海信容声（广东）冰箱有限公司车间，数字化看板实时显示产线小时产量及能耗、产品直通率、关键岗位员工资质管理等数据。这是海信容声冰箱推进数字化升级改造所带来的显著变化。

海信容声冰箱制造负责人胡忠庚说，海信容声冰箱从2020年开始稳步推进工厂数字化整体改造，以数据来驱动生产服务，有效提升了生产效率和产品质量。

自2022年上线企业资产管理（EAM）系统以来，海信容声冰箱连通73台关键设备，将设备的参数、产量等数据进行实时关联与监控，生产线则以MES系统为核心，实现实时监控每个班组小时产量的目的。"数据跑起来后，就能打通订单、生产、交付等环节，提高整体效能。"胡忠庚说，海信容声冰箱将继续以信息化手段连通120台关键设备，真正实现数据共享共联、实时监控，提高产品的一次直通率，做高质量的好产品。

在数字化车间，各生产线的员工们有条不紊地忙活着，一台台冰箱在生产线上动起来，完成打包后将会被大货车陆续运走。胡忠庚说："节后复工情况比预期的要好，我们有信心冲刺一季度'开门红'。"

"2023年的订单量较2022年会增长10%—15%，员工干劲十足。"胡忠庚透露，海信容声冰箱积极融入国内国际双循环，国外市场和国内市场的比例为六四开，2023年企业会朝着好的方向发展。

被订单"赶"着跑，成了不少顺德企业新年开工之后"甜蜜的烦恼"。正月初八，美博集团正式开工，研发中心推出的新品正在加快上市，为全球市场82个国家提供差异化产品，2023年要保障出口业务订单大幅度增长，"走出去"抢订单。

2022年7月，美博穿戴式空调在全球首发以来，先后开拓了电网、港口、边检等多个高温行业业务。2023年，将向20个高温行业发力，推出更轻、更小、蓄电能力更强的新产品，完善从商用到个人的系列产品布局。

第二章　大风起兮云飞扬

"宇宙厨房"是格兰仕立足航天家电科技打造出来的，集成、高效、节能、绿色、无边界的饮食烹饪和智能家居空间，配套绿色智能健康家电，可实现以无明火、无油烟的烹饪方式制作美食。

在佛山顺德举行的2023中国市场年会上，格兰仕对外发布"宇宙厨房"创新场景，五大系列绿色健康家电涵盖微蒸烤套组、双腔蒸烤一体机、微蒸烤炸一体机等类别产品，食品能为消费者提供多元化的健康生活方案。

中国家用电器协会理事长陶小年说，面对全球最大的消费市场，格兰仕从消费者需求出发，不断深耕细作、变革创新，打造"宇宙厨房"的场景新品，布局数字化智能化转型，加大智能绿色家电供给，在新一轮科技革命和产业变革中形成了自身的竞争新优势。

"宇宙厨房"，寓意着"顺德制造"能上天下海。这不禁让人想起著名诗人舒婷《致大海》的诗歌：

大海的日出

引起多少英雄由衷地赞叹

大海的夕阳

招惹多少诗人温柔地怀想

多少支在峭壁上唱出的歌曲

还由海风日夜

日夜地呢喃

多少行在沙滩上留下的足迹

多少次向天边扬起的风帆

......

诗人把大海作为一面镜子,来表现自己对社会人生的理解。而在企业家的眼里,大海潮起潮落,有风暴、有平静、有瞬息万变,如同现实生活,如同商业竞争。大海是社会、是生活,而企业则是暴风雨中的海燕,坚强地在风浪中自由飞翔,充满积极向上的精神。

突破"天花板"

"走出去",走出自己的光,走出自己的路。

瑞士,雄壮的阿尔卑斯山脉旁,这个与顺德相距超过1万公里的"欧洲心脏",是全球最大的离岸金融中心和国际资产管理"圣地"。入夏,这里的气温逐渐回升,而比天气还要热烈的,是瑞交所的火爆程度。

2022年7月28日,顺德企业科达制造股份有限公司(以下简称"科达制造")在苏黎世摇响了具有瑞士特色的大号牛铃,首次公开发行GDR,成为"沪伦通"扩容后国内首批进入瑞士资本市场的中国企业之一,在"欧洲屋脊"上受到海外投资者的青睐。

科达制造创立30年,国内A股上市20年,从未停下全球化的步伐。从国内的"陶机大王"到"走出去"的"中国制造",到了而立之年,科达制造再出发,以更自信与从容的姿态,向世界展示"中国制造"的风采。

直到上市的那一天,科达制造董事会秘书李跃进还有点紧张。科达制造是首批在瑞士上市的中国企业之一,海外投资者对GDR、对科达制造的接受程度如何,这些都是未知数。但可以确定的是,迈入海外资本市场这一步,科达制造是"走定"了。

"一直以来,我们都坚持走全球化道路,作为一个面向全球的企业,我们一直期盼着能够有机会走向国际资本市场。"对于企业全球化战略，科达制造董事长边程坚定不移。2022年2月，证监会发布《境内外证券交易所互联互通存托凭证业务监管规定》后，科达制造便立即抓住机会准备赴瑞士上市。

从一个数字可以看出科达制造进军海外资本市场的决心。科达制造从境外GDR发行申请获受理到成功发行，耗时不到3个月。时间看似短暂，但由于中国与瑞士此前没有资本市场互联互通的机制，审批、监管、结算等机制都是新的，所有路径都需要摸索。"虽然整个过程十分艰难，但是科达制造作为一个越来越全球化的企业，不能在海外拥有资本募集的能力，其实也制约着公司的发展。"李跃进说。

以瑞士为起点，科达制造在欧洲市场及全球市场布局进一步深化。位于苏黎世的瑞交所是欧洲第三大证券交易所，在其上市公司中，外国公司占比达25%，欧洲三分之二的蓝筹公司在瑞交所上市。瑞交所的开放程度和欧洲排名第一的伦敦证券交易所相当。

同时，瑞士拥有庞大的国际机构客户基础，是全球最大的财富管理目的地。瑞士在全球跨境私人银行业务中占24%的份额，其私人银行拥有巨大的融资和配售权，从而使在瑞交所上市的公司能更容易与国内外投资者建立联系。这正符合边程的期盼，"我们想让世界认识科达制造"。

实际上，在瑞士"露脸"带来的影响已初见成效。李跃进透露，在瑞士近两个月的路演后，国外的投资者通过沪港通或者QFII的通道购买科达股票的比例上升了。"这是一个很可喜的变化，说明我们已经引起了不少海外投资者的关注。"

"在中国卖全球"是科达制造全球化的第一步。事实上，作为传统制造业，陶瓷机械的市场并不广阔。边程直言，在陶瓷机械市场最好的年份，科达制造在全球的占有率达到了30%，但陶机业务的利润率却不到10%。走到了行业"天花板"，想要突破，只能另谋出路，出路在哪里？科达制造再次把目光投向了海外。

2013年，国家提出"一带一路"倡议。沿着"一带一路""走出去"，经过多番考察，2016年，科达在万里之外的非洲大陆找到了新的增长点。由于大部分非洲国家尚未建立起完善的工业体系，绝大部分生活必需品依赖进口，其中就包含建筑陶瓷。非洲人均瓷砖消费量为0.75平方米，每年进口瓷砖超过2亿平方米，耗费近10亿美元。庞大的供需缺口对于科达制造而言，意味着机遇。

但机遇来临时总是伴随着挑战。在非洲建厂并不容易，"走出去"的企业需要面对当地工业"零基础"的情况。从水电问题到陶瓷原材料的缺乏，从语言不通到文化差异，一班奔赴非洲的海外人员怀揣着理想，克服一个又一个困难，勇于开拓的精神在他们的身上展现得淋漓尽致。

提起这班奔波在外的海外人员，边程颇为感慨，"为了公司业务的发展，疫情出现后，他们很多人两三年都没回过家，科达制造能有今天，离不开他们。"如今，科达制造牵手"超级合伙人"森大集团在非洲已相继在肯尼亚、加纳、坦桑尼亚、塞内加尔、赞比亚投建五个陶瓷生产基地，2021年非洲建材业务产值已超20亿元人民币。

《珠江商报》报道，在非洲设厂是科达制造全球化之路的重要一步。近些年，科达制造还相继在印度、土耳其成立子公司，在欧洲全资收购意大利陶机企业唯高，设立欧洲子公司。自此，科达制造全球化的版图已走进亚洲、非洲、欧洲、美洲大陆。在迈向全球化道路中，科达制造还坚持实行采购、研发、生产、人才的全球化，以本地化的战略经营分布在全球各地的分公司，逐步实现全球本土化。

从创新推出更适合中国市场的抛磨设备，到国产大吨位压机的成功；从宽体窑炉的突破至整厂工程走出国门；从大规格、薄型化瓷砖技术攻关，到岩板时代智能整线装备创新。在技术海洋中，科达制造乘风破浪，直挂云帆济沧海。

"技术没有最好，只有更好，天天折腾自己，不停地在技术上否定过去，创新才能无止境。"这是边程的"技术观"，也是科达制造能够立足行业潮头、稳步走向全球的关键。

布局"一带一路"

一年之计在于春。

春暖花开，百花争艳，顺德处处生机勃勃。制造业瞄准前沿布局落子，聚焦主业创新转型，狠抓项目蓄能升级，"敢"字当头实干苦干。

在一片催人奋进的战鼓声中，"不进则退，慢进也是退"显然是城市、区域间相互竞争的不变法则。

时不我待，舍我其谁。顺德以动如脱兔的势头，跑出了制造业当家的新气派。

广东合胜实业股份有限公司（以下简称"广东合胜"）董事长陆浩然非常忙碌，一边与春节假期询价下单的东南亚多个客户洽谈，一边计划2月份的文莱、印尼商务之旅……奋力带动企业实现"开门红"。

2023年2月1日，正月十一，广东合胜正式开工，全自动化生产线全部启动，开足马力生产。陆浩然说，各环节全力协同配合，生产计划饱满，对2023年一季度稳产增效充满信心。除了生产车间，企业实验室也在当日开始了新产品的研发。有些研究人员在调试仪器，有些工作人员在查阅资料……大家分工协作，现场一片繁忙的景象。

当日，陆浩然刚刚派完开工利是，就迎来了兔年的第一个客户。这位来自印尼的建筑业客商慕名而来，上门了解广东合胜的新产品。

广东合胜位于顺德区勒流街道，是一家高新技术企业，先后开发出能应用于高速铁路的高强度聚氨酯防水涂料和其他新型环保的水固化聚氨酯防水涂料、单组分聚氨酯防水涂料等多种防水材料，并拥有年生产防水涂料10万吨以上以及堵漏、止水和其他防水材料3万吨以上的自动化先进生产线。除了国内市场，从2022年开始，广东合胜积极布局"一带一路"沿线国家市场。

对这位印尼客商而言，施工过程中高质量的"佛山制造"建筑材料给他留下了非常深刻的印象，他希望能够和更多的佛山企业合作。当日，在参观了广东合胜自动化生产线和实验室后，双方草签了合作协议。陆浩然说，东南亚建筑市场发展很快，对于防水材料的需求正在爆发。广东合胜的产品在当地市场具有竞争优势，新年伊始，很多越南代理商开始询价和下单。"开发东南亚市场，前期是以销售代理为主，未来考虑合作建厂，实现在当地生产。我们也会根据当地的情况，对产品进行改良。"

陆浩然说，国内防水材料市场已经相当成熟，企业要发展一定要"走出去"。未来海外市场，尤其是"一带一路"沿线国家的市场开发，对广东合胜至关重要。

广东合胜开年之后就开始抢抓海外订单，除了邀请客户上门，也在谋划主动"走出去"。陆浩然透露，希望在开工之后马上开启"一带一路"沿线国家的商务考察。计划走访印尼和文莱，其间将与文莱卫生部和印尼企业签订战略合作协议，推动新型防水材料在当地的应用。3月份到9月份，将考察约旦、阿联酋、沙特等中东国家，除了解市场行情外，将在沙特阿拉伯确定一家知名医院作为健康新材料（涂料）海外试点，就试点医院进行检测，并取得权威检测报告，在国内由清华大学下属医院参与新材料检测项目。

牵手中国航天

2021年4月29日11时许，搭载着空间站天和核心舱的长征五号B遥二运载火箭在中国文昌航天发射场成功发射。

天和核心舱顺利发射，无数人为之激动，这标志着中国载人航天工程最核心"工程"圆满竣工。作为中国航天事业战略合作伙伴的万和，始终默默为航天事业助力，同时见证了中国航天历史上无数的"超燃"瞬间。

万和，天地人和。

2007年，中国航天基金会宣布与万和达成协作，广东万和新电气股份有限公司（以下简称"万和"）成为中国航天事业合作伙伴。"长征"升空、"神舟"飞天、"嫦娥"奔月、"东风"出鞘等航天历史时刻，万和都亲眼见证，并通过各种活动，助力航天事业，弘扬航天精神。万和协助中国航天基金会共同致力于航天人才培养、科普教育及对外交流与合作等，给予航天科技人员以人文关怀，帮助改善科研生活条件等。

2016年，万和正式升格为"中国航天事业战略合作伙伴"。万和在战略层面助推中国航天事业，以航天精神的弘扬者和实践者身份，对内要求产品研发中贯彻航天精神，追求航天品质和科技创新，对外号召社会各界助推航天强国建设，争做新时代追梦人。在2019年，万和获得了全国首家"中国航天事业突出贡献单位"的殊荣，也是全国第一家获此荣誉的家电与科技企业。

创造新价值，开发新空间。2023年3月10日上午，广东万和新电气股份有限公司与中国航天空气动力技术研究院在北京正式宣布，双方将合力建设空气动力联合研究中心，联合开展基础技术研究与创新，实现航天领先技术的应用转化，在厨卫家电声品质、低氮环保、高效节能等领域展开合作，追求极致的产品运行声品质体验、探索超静音燃烧系统的最优解以及冷凝技术的高效利用。

万和提供给笔者的资料显示，中国航天空气动力技术研究院，是在"中国航天事业奠基人"钱学森的关注与支持下沿袭发展而来的，是空气动力领域的核心科研单位。相关负责人在揭幕仪式上说，民用产品的市场竞争已经从价格竞争向高端技术竞争进化，空气动力技术在民用领域的应用也越来越广。万和是燃气具行业的领导品牌，具有巨大的用户群，中国航天空气动力技术研究院与万和电气共建联合研究中心，通过双方的优势技术及实验设备的共享，开展紧密的技术交流与合作，把航天领域的部分技术在民用领域加以转化和应用，可以帮助万和在产品及技术创新上持续突破，打造航天技术服务民用技术的典范，推动家电行业的技术升级。

广东万和集团董事长卢楚隆回顾了万和与中国航天的深厚情缘：2007年，在他本人的策划与统筹下，万和正式牵手中国航天，成为"中国航天事业合作伙伴"，并于2016年升格为最高级别合作类型的"中国航天事业战略合作伙伴"。航天科技事业代表了我国科技产业最尖端的水平。16年来，万和见证了中国航天事业一次又一次腾飞，这16年，也是万和稳步成长的16年。万和在企业产品制造理念、企业管理等方面与中国航天基金会充分交流、互动，并引入了具有中国航天特色的科研生产及质量管理办法——"质量问题归零法则"，打造的"品质零缺陷、标准航天级"优秀产品，得到业界和消费者的充分认可和信赖。

这次万和与中国航天空气动力技术研究院共建联合研究中心，是万和牵手中国航天16年来的又一次合作升级，双方在交流中达成了共识，将充分发挥各自的优势，围绕燃烧、降噪、空气动力、节能环保等专业领域，建立交流与合作机制，将中国航天全球领先的技术加以转化，协助万和研发出真正体现全球领先技术的产品，推动万和在引领行业产品和技术升级的道路上一路前行。万和今后将一如既往地支持中国航天事业，全面提升管理水平，向中国航天的标准看齐，打造中国民族品牌面向世界的一张"国际名片"。

有航天品质的加持，万和的产品创新力越发出色。随着人们烹饪生活从单一需求到多样化需求的转变，将厨电产品与厨房空间进行集成结合成了厨卫行业的新潮流。2023年2月16日，广东万和新电气股份有限公司召开了主题为"万有引力，和创未来"的集成灶及集成厨房新品发布会，吹响了向集成厨房领域全面进军的号角。

发布会上，万和电气集成灶和集成厨房新品集中亮相，发布了大视界系列、小圆环系列、小V领系列、国民系列，一共四大系列21款全能集成灶，以及飞天集成套系、净水机等产品。现场还通过三场科学实验来对产品的性能进行了验证，让大家直观地了解万和带来的全新集成灶和集成厨房产品。

中国五金制品协会见证了万和从小到大、从弱到强的发展历程。协会理事长张东立说，万和作为中国厨卫行业的龙头企业、领军企业，正在以持续的技术创新姿态，在集成灶和集成厨房产品上发力，并推出了一系列功能创新、品质优异的新产品，这将为企业的进一步发展带来助力，也将引领厨卫行业的高质量发展。

万和电气总裁赖育文说，万和通过准确分析和定位消费者需求，以多年的技术沉淀和积累，进军集成灶这一片蓝海市场，持续引领行业产品及技术升级，推动厨卫行业朝着更加健康与智能化的方向发展。

"空中飞人"

2023年3月31日，《南方日报》记者蓝志凌、李欣的《沙盘都被买走！一季度"狂飙"出海的"顺德制造"》一文在顺德企业界刷屏了。

文章说，朱德财前一天刚从意大利回来，马上投入展会复盘和客户跟进工作，同时准备下一个国际展会的筹备工作。作为广东联塑班皓新能源科技集团（以下简称"联塑班皓"）海外营销销售中心销售总监，朱德财已经习惯这样的"空中飞人"生活。光是上半年，他和团队就要参加10个国际展会。

"走出去"，抢订单！大年初二，北滘乐普集团董事长兼总裁彭东琨带领的"抢单之旅"小分队飞抵印尼，抢到了十亿元意向订单；春节刚过，美的集团旗下三个事业部50多人，分批登上参加美国暖通制冷展的飞机；为了拜访更多的客户，申菱集团热储总经理张帆和同事在几天时间内在欧洲"狂飙"了4000多公里……

随着三年疫情的结束，许多人登上了三年来第一趟出国的飞机，他们带着新产品首次在国际展会亮相；他们也再次来到市场的第一线，和客户面对面地交流。同样在2023年第一季度，越来越多顺德企业的工厂在海外奠基。

从产品"出海"参展到工厂"出海"，三年后再次密集"走出去"，顺德的企业家发现了什么？他们又有什么新的收获？

3月初，在波兰华沙暖通展，从主入口进去，就能看到申菱的展位。展位上有一个仿真沙盘，房子里演示着申菱热泵采暖系统的运行，还有各式采暖及能源产品的样机，展位前人头攒动。

文章说，为了让首次"出海"的热泵采暖产品完美"亮相"，张帆和同事专门在展会上争取了一个好位置。"客流量非常大，有的人对产品感兴趣，有的比较关注系统，还有人是被沙盘演示吸引过去。"张帆说。有围观客户已经等不及，现场直接下单，买走了两台可拆的样机，"这确实出乎我们意料，按照以往的惯例，样机一般是撤展后送给相熟客户。"

但更让张帆想不到的是，连展示的沙盘最后也被一个克罗地亚的合作客户买走了。

"收获远比我们预期大。"回顾这次参展，张帆很满意，"通过华沙展和法兰克福ISH展，很多客户形成了明确的意向，接下来会洽谈进一步的合作。"

收获源于产品定位精准。这次展出的热泵及光热储一体化产品，是申菱环境专门针对欧洲市场所研发。"欧洲60%的相关产品都是由中国出口，尤其在欧洲能源危机这一背景下，通过展会我们明显感受到市场对热泵关注度非常高。"张帆说。

一个明显的趋势是，绿色能源产品在国际展会上备受"青睐"。

2023年2月初，美国暖通制冷展。这是制冷和空调行业全球规模最大的国际型专业性盛会，美的集团带去的绿色脱碳制热解决方案及系列制冷产品，吸引了包括DOE美国能源部、EPA美国国家环境保护局、CEE及NEEA等能源效率联盟携大型电力公用事业公司等重量级行业代表团到访。

"这次展会作用明显，让大家对美的品牌有了一个更好的再认识，看到了美的作为一个富有活力和创造力的品牌，展示了很多独特的本土化产品创新。"美的家用空调副总裁兼海外营销公司总经理周志文说，"我们的超低温窗口热泵将批量运用于纽约等城市公寓住宅电气化改造中，当地安装商协会对我们应用于户式住宅的灵活变频热泵系统也非常满意，2023年这一类的产品会有一个大的突破，有望迎来成倍的增长。"同时美的空调与国际能源环保机构合作，积极推动建筑脱碳化与电气化转型。

文章说，对于许多企业来说，参展目标一方面是直奔现场的订单成交量，另一方面是推广品牌、获取潜在客户以及了解市场最新动向。

在新能源新晋品牌联塑班皓看来，展会就是一个提升"曝光度"的最佳地点、最佳机会。

"2023年，我们已经安排了15个展会，首次参展是在阿布扎比，然后是西班牙、印尼、意大利、法国展会，接下来上半年还有埃及、波兰、德国、菲律宾。"朱德财行程满满。

其实从2022年8月开始，联塑班皓就开始关注国际展会情况。朱德财说："这是一个更直接高效的平台。从参加的展会情况来看，收获了不少意向订单。"

弄潮儿向潮头立

2023年的大年初二，或许是彭东琨印象最深的一个大年初二。

《珠江商报》《南方日报》等媒体报道：当天，彭东琨带领的"抢单之旅"小分队飞抵印尼，以向华侨客户拜年的形式洽谈合作。没想到，一下飞机，来迎接的客户就在万隆机场为他送上鲜花，并邀请他参加全家的晚宴。"后来，给了我10亿元的订单。"彭东琨回忆时语气十分兴奋。

一顿饭带来10亿元订单，这大概是乐普集团2023年最大的"开门红"。"主动出击是非常有必要的。"彭东琨感慨。除了彭东琨带领的小分队外，乐普集团还有三支小分队分赴各国拜访客户，均收获颇丰。

在张帆看来，线上的交流始终比不上线下的会面。也正因为如此，在两个展会间隙短短7天的时间里，为了抢时间，张帆和同事放弃了公共交通，选择一路自驾，行程累计4000多公里，拜访了一个又一个客户。

　　甚至有天晚上，他们不得不连夜从米兰赶到法国的马赛。"凌晨4点多到达，洗把脸就开始准备9点钟的会面。"张帆说，这根紧绷的弦，直到登上回国飞机的那一刻，才真正放松下来。

　　当然，走进市场，才能更贴近市场。

　　2022年，周志文两次出国，足迹从韩国、澳洲、东盟到欧洲、北美、拉美。"第一次出差是2022年6月，卖场门可罗雀。"周志文回忆，2023年新的变化在发生。"世界越来越开放，消费也逐步有改善的迹象；我们保持空杯心态，更多地倾听，更多地了解，才能对前端的变化做更迅速的反应。"

　　周志文与美的北美研发中心家用空调团队，在2023美国暖通制冷展期间接受现场采访，分享美的助推能源升级与脱碳化的全球化战略。

　　朱德财则在展会上为联塑班皓找到了新的方向。

　　报道说，当大品牌已形成比较稳固的销售渠道时，作为一个新品牌如何去突破，如何去发挥自身的优势提供更优质的服务？尤其当越来越多跨行业的企业加入光伏这个赛道，对系统方案有新的需求时，朱德财觉得，"他们的需求也是我们突破的方向，与提供单一产品相比，我们希望通过整体方案的提供，找到我们的竞争力。"

　　2023年2月，伊之密董事、首席采购官陈立尧跟随佛山三龙湾管委会到德国拜访。这是他三年后第一次"出海"，一回来，他马上规划了下半年前往印度的行程，"新工厂投产后还一直没去看过。"

　　2016年，伊之密宣布在印度建立子公司，第二年便建成工厂投产，2020年新工厂正式交付，这中间也凝聚了陈立尧不少的心血。

　　"印度是一个很大的市场，把工厂放在印度，为我们积极对接龙头大厂开了好头，也是伊之密全球化的重要一步。"陈立尧说，未来实现生产本土化后将会进一步增资扩产。而在德国考察期间，陈立尧还看到了一个新趋势，"有一些供应商正逐步将企业转到东南亚，未来几年产业有可能会面临产业链重构的问题。"

朱德财从展会上观察到，印尼对于很多光伏项目会要求有本地化产品占比的要求。朱德财说："我们有本地化的产品，这让我们的潜在客户对我们有更大的合作兴趣和意向，对于快速进入东南亚项目有很大帮助。"

无论出于哪种考虑，不难看到的是，除了"出海"抢订单，新一轮的工厂"出海"也掀起热潮。

从"走出去"到"走进去"

初冬时节，北滘码头上大型吊车正在吊装集装箱，一辆辆货车穿梭不息，呈现出一片繁忙景象。每天，近百个满载家电的货柜出发，漂洋过海销往全球各地。

二十多公里外的容桂，跨境电子商务集聚区正在加速崛起，未来3年计划孵化100家跨境电商企业进入销售过亿元俱乐部。

"顺德制造"走向世界的背后，是这座城市强劲的制造实力和创新基因。在全球经济增长放缓的"寒冬"，顺德外贸逆流而上，2022年1—10月外贸进出口总值同比增长9.7%。

《珠江商报》介绍，从最初追求出口订单和贴牌生产，到战略收购和自主品牌"出海"，再到实现海外本土化生产和运营，顺德在不断培育外贸新业态、新模式的过程中让世界重新认识"中国制造"。

在万和电气车间生产线上，一台台取暖设备正在进行最后的组装，准备装箱发往世界各地。自2000年开始布局海外市场至今，万和电气已有23年的"出海"经验，几年前，公司加大电热产品的布局，如今正好赶上取暖设备出口热潮。

2021年，万和电气研发出兼具取暖和观赏性的电壁炉，由此顺利打开德国市场。2022年4月研发推出节能、便捷的新品电烤炉，获得了法国采购商的热捧，很快就敲定了订单，于10月生产交付，2023年产量预计将达到5000—7000台。

走得出去，市场就在眼前；走不出去，眼前没有市场。万和的底气源自在节能减排领域的深耕。万和电气国际营销中心国际市场部部长彭洪飞说，2022年前三季度，该公司出口至欧洲地区的销售额占营业收入比重约为14%，取暖设备销售额突破2000万元，同比增长102%。其中，热泵出口意大利、西班牙等西欧国家，产量和销售额同比增长预计超过一倍。

广东宏伙控股集团有限公司（以下简称"宏伙集团"）也感受到了"暖"意，生产车间内七条取暖设备生产线满负荷运转。宏伙集团是全屋健康智能解决方案提供商，在第132届广交会上，不少客商通过"云端"前来咨询洽谈，单价和能耗较低的小型暖风机、电热毯等产品较受欢迎。

往年，取暖器出口的旺季一般在9月中旬左右就结束了，2022年不少采购商纷纷临时追加订单，带来了一轮"补单潮"。

"从5月开始，来自欧洲的取暖器订单开始增加，从10月开始，第二轮新增的订单已经开始了。"宏伙集团董事长张炜说，2022年以来，公司自有品牌取暖设备出口同比增长4—5倍，为了满足欧洲客户的需求，公司在法国成立了子公司。

报道说，出口"爆单"的火热场景，不仅出现在取暖产业。数据显示，2022年1—10月，顺德区外贸进出口总值2255亿元人民币，同比增长9.7%，占佛山外贸总值的40.2%。

这份成绩单是企业全球化布局进入收获期最好的印证，也是顺德制造业基因的集中显现，门类齐全、配套完整的产业链和具有全球竞争力的特色产业集群，让顺德企业具备了抢抓全球订单的优势。

外贸圈有句老话：一次见面，胜过千封邮件。

尽管"出海"对于很多企业来说已不再是新鲜事，但在外贸发展环境日趋复杂的当下，企业开拓海外市场之路也并不轻松。

在危机中育新机，于变局中开新局。企业与海外消费者远隔山海，但跨境电商将两者直接连接在一起,"出海"有了更多的选择。

打开亚马逊网站,微波炉的best sellers榜单上,排名第一的是美的旗下的东芝品牌。作为龙头企业,美的成立了跨境电商公司,每个产品事业部也都成立了跨境电商团队,跨境电商业务同比增长超七成,2022年翻倍增长。

很多人或许并不知道,CIARRA的母公司就是来自大良的广东合捷电器股份有限公司。CIARRA自创立以来,一直专注于欧洲市场,依托沉淀多年的优质供应链和研发能力,联合意大利外观设计团队,打造出符合欧洲人生活习惯和审美的产品。

在十多年前,只要产品打上欧美日韩的标签,就很容易成为抢手货,身价倍增,这也迫使国内一些品牌为了开拓市场不得不冠上洋名字。如今,"中国制造"一改过去价廉质低的形象,顺德企业也正逐渐构筑企业自主品牌的护城河。

报道说,广东阿萨斯厨卫有限公司的"阿萨斯水槽"就是其中典型的例子。尽管该品牌水槽价格比普通水槽贵四倍左右,但凭借创新设计和品牌力,仍在海外别墅、房车等细分市场受到热捧。

东南亚、拉美、中东等市场正在成为跨境电商的新蓝海。"'顺德制造'有着过硬的产品质量和创新设计,完全有能力攀上'微笑曲线'两端。"顺德区跨境电子商务商会秘书长谭林胜说,有着庞大年轻人口和丰富自然资源的拉美市场,将是未来顺德跨境电商重点布局的方向。

打开世界地图,从北美到欧洲,由顺德企业设立的制造基地、研发中心星星点点。在深耕海外市场过程中,顺德从市场国际化,到制造当地化,再到研发本土化不断跃升。

第三章 万紫千红总是春

从顺德各个阶段的发展过程中，我们可以大概了解其起家、当家、发家的艰苦跋涉的轨迹：从社队企业始创的摸索与觉醒，到乡镇企业发迹的从容与淡定；从"两家一花"品牌崛起的实践与拼搏，到家电企业转型升级、发展壮大的开阔与深邃；从"制造到智造"不断推动制造业实现从小到大、由弱到强的跨越，到高质量发展完善产业链的自信与坚韧，变的是创业环境与经营模式，不变的是砥砺前行的使命与担当。

顺德人相当清楚，制造业已经到了创新发展的关键期，顺德原有的一些比较具优势的领域正逐步消失，当务之急是构建更大的对外开放平台，与国际市场接轨，借助这个战略愿景，站得更高，看得更远，发展更快。

步步高，节节升

根据佛山市地区生产总值统一核算结果，2022年顺德区地区生产总值4166.39亿元，增长0.8%。其中，第一产业增加值71.27亿元，增长2.3%；第二产业增加值2478.63亿元，增长2.1%；第三产业增加值1616.49亿元，下降1.0%。

2022年，顺德区规模以上工业总产值同比增长0.9%，规模以上工业增加值同比增长1.4%。先进制造业、装备制造业和高技术制造业的增加值平稳增长，分别增长1.6%、0.5%、0.3%。

截至2022年12月31日，顺德区登记在册的市场主体数量为361874户，同比增长11.36%，其中，制造业主体新设立数近6000户，为近六年最高增长水平，呈现出量质齐升的良好态势。

随着市场主体准入服务模式不断优化升级，顺德市场主体总量实现稳步增长。2022年，新设立各类市场主体71670户，持续保持高增速。迁入企业净增量也创下历史新高，迁入主体数量达1806户，迁移净增长量达720户，同比增长74.33%。迁入企业主要集中在批发零售业、租赁和商务服务业领域。迁入企业数量的大幅增长，以及外地优质企业、项目的不断涌入，与顺德打造顺心顺意的营商环境密不可分。

从2022年顺德市场主体数据分析可以看到，第二产业新设立量大幅上升，同比增长超过30%，为近5年以来新高。

其中传统制造业主体增长数据亮眼，制造业主体新设立5986户，比2021年新设立多1518户，为近6年最高增长水平。从主体行业分类分析，传统制造业中超过一半的行业新设立量较2021年上升，其中通用设备制造业主体新设立量上升7.95%、家具制造业上升29.36%、化工业上升68.42%、纺织业上升189.47%，透露出传统制造业复苏势头强劲的信息。

此外，第三产业中信息传输、软件和信息技术服务业主体连续两年迅猛增长，2022年新增944户。不难看出，软件开发、集成电路设计、信息系统集成及物联网技术等相关行业仍处于高速发展阶段，潜力巨大。

中德市场合伙人计划

2023年2月14日，佛山市投资促进局与佛山中德工业服务区管委会分别组织两支经贸交流团赴德国、荷兰、奥地利、意大利、比利时五国开展系列对外招商和城市交流活动。

中德工业服务区提供给笔者的资料显示，此次活动旨在贯彻落实省委十三届二次全会、省委经济工作会议、全省高质量发展大会部署，推动佛山高质量发展工作。两支交流团分别由佛山市委常委丁锡丰、三龙湾科技城（中德工业服务区）管委会主任潘东生带队，借助佛山市对德扶持政策出台契机，和德国（欧洲）产业加速在中国和华南地区布局的难得机遇，推动更多德国（欧洲）优质项目落地。

在欧期间，交流团将代表佛山举行一系列活动。其中，在德国柏林举办"走进大湾区·中德下一站——2023佛山营商机遇推介会（柏林站）"，全面擦亮新时期佛山对德招商品牌，重点介绍大湾区和佛山的优质营商环境和市场合作机遇，推介佛山有关华南地区对德产业合作提升专项扶持政策，推广三龙湾中德产业园的优质配套和服务举措。此外，中德工业服务区首次向全球发布"大湾区中德市场合伙人计划"。

在活动中，佛山还配套组织由六家佛山企业代表组成的佛山企业家访欧团，其中包括伊之密、隆深等佛山本地优质重点企业和对德合作代表性企业。访欧团企业家将参加佛山柏林推介会等部分重点活动，洽商座谈，并前往德国北莱茵-威斯特法伦州参加商务对接和对德合作交流，进一步提升国际化经营能力，推动佛山产业"引进来"和"走出去"双向融合。

"我们希望借助此次经贸活动，能够进一步了解国外的营商环境，在机械装备行业寻找更多的上下游合作伙伴，把我们的商业触角延伸到全球。同时积极对接国外的优势产业，把他们好的经验带回国内夯实我们的企业，为高质量发展做出更多贡献。"伊之密股份有限公司首席运营官陈立尧说。

佛山隆深机器人有限公司总裁苏鑫则说，我们已与一些欧洲企业合作多年，受疫情影响导致中断。"我们想利用这次机会，和他们面对面地进行交谈和沟通，探讨后续如何进一步合作。"苏鑫说。

《佛山日报》说，中德工业服务区自2012年挂牌成立以来，紧紧围绕"工业服务"这一发展主线，积极集聚各类工业服务资源，不断探索中德发展路径，着力打造成为佛山制造业转型升级和高质量发展的重要支撑平台、中德两国在工业服务领域的合作新高地。

10年来，中德工业服务区积累了一批对德合作的代表性项目。立足"工业服务"的产业定位，中德工业服务区先后促成了50个德国（欧洲）项目，项目类别涉及智能制造、工业服务、科技研发、文化交流、教育等领域，很多项目在全国同类中德项目中具有首创性和代表性。

"此次活动，中德工业服务区和我们本地的企业家，一方面是到欧洲去考察和我们产业相关的企业，特别是一些我们准备开展招商的企业，另外一方面则是推动本地企业家对欧洲企业进行交流和考察。"潘东生说，中德工业服务区将借助对德产业合作提升专项扶持政策的出台，进一步做实中德工业服务区，统一标准建设好园区，做好服务，吸引更多的德国企业、欧洲企业来到佛山、来到顺德。

"软实力"与"新功夫"

2023年1月30日，新华网首页发出专题报道《聚焦高质量发展｜制造业当家 广东佛山打出"新功夫"》。"世界灯塔工厂"美的顺德微波炉工厂、顺德花卉成为关注焦点，新春拼经济、促发展的势头热火朝天。

新华网在报道中提到，顺德以资源与服务为推手，在"强龙头、链整体、促协同"发力，与企业共同勾勒出制造业数智化转型的发展蓝图。可见，制造是顺德的"底牌"，添上科技底色的制造将成为顺德再次出圈的"王牌"。

夯实高质量发展"基本盘"，顺德更持续在城市"软实力"下功夫，既坚持面子和里子并抓，提升城市建设治理水平，又利用城市IP营销来增强传播力和影响力，为顺德在新一轮城市竞争中刷出新的存在感。

顺德将集中力量打造"全球美食之都"城市超级IP，线上线下结合，引流量、树品牌；塑造功夫小镇、粤剧之乡、龙舟之乡、千年花乡、工业文学之乡，让城市标识度更加清晰、更具吸引力。

央视镜头下的陈村迎春花市，人头攒动、消费热情高涨。在为期10天的年宵花市中，人流量达到19万人（次）。依托"千年花乡"这一特色文化IP，陈村把握"双轨时代"机遇，塑造轨道上的文旅产业带，向湾区人才发出"来了就是陈村粉"的盛情邀请。

央媒的密集报道，继而带动了新媒体的持续传播和网友的接连点赞，全媒体矩阵展示出顺德经济社会发展新面貌。在央媒笔下，顺德是敢为人先的制造强区、近悦远来的品质之城。正所谓眼见为实,希望关注顺德的你能够常来走走看看,将会发现"不一样的顺德"。

"要实现'制造业当家',助力经济的高质量发展,既要聚焦高科技的技术创新,也要关注技术应用领域的发展。而加快技术应用领域的发展,技术技能人才的培养和培训是关键。"在职业教育领域耕耘11年,首次当选全国人大代表后,顺德职业技术学院副院长罗丹把目光聚焦到技术技能人才培养和培训领域。

职业教育,是国民教育体系和人力资源开发的重要组成部分,是广大青年打开通往成功成才大门的重要途径。在推动我国经济持续快速发展的过程中,职业教育功不可没。资料显示,我国共有2亿产业工人,但高技能人才缺乏、技能形成缺少顶层设计、产业工人职业发展通道不畅等问题仍然存在。

在经济越发达的地区,对于高级技术技能人才的需求越大。"在工业总产值超万亿的工业强区,顺德对于高级技术技能人才的迫切需求不言而喻。"罗丹说,在两会期间,她在争取为职业教育发声的同时,还将会第一时间认真学习报告精神,重点关注产业创新、职业教育、人才培养等方面内容,把更多先进的经验带回顺德,加快顺德高级技能技术人才培养,助力顺德产业、教育的高质量发展。

《珠江商报》报道,2023年全国"两会"召开前,全国人大代表、美的集团副总裁兼首席财务官钟铮肩负着顺德人民的重托和期盼,她要提交六份建议,涉及财税、数字化转型、新型储能、节能降碳、青少年健康、工业机器人等。

中国新型储能产业发展前景广阔,未来有望形成万亿大市场。过去一年,国内大型储能项目招标达到了285个,总容量为38.5GWh。广东省也正大力推动新型储能产业发展,打造粤港澳大湾区"世界一流新型储能产业平台"。

不过，新型储能技术仍处于商业化和规模化发展初期，存在实际利用率不高、投资回报机制不完善等方面的痛点。钟铮认为，政策层面，建议完善新型储能容量电费政策，完善新型储能参与电网辅助服务的相关政策，解决储能产业链上锂资源卡脖子难题；企业层面，则要通过技术创新解决储能专用电池、储能系统集成的技术难题，特别是安全问题、循环寿命问题、储能电池状态监测问题和度电成本问题，建议给予必要的政策补贴，建立碳积分制度，依靠市场手段平衡储能和新能源产业的发展。

报道说，粤港澳大湾区集聚了一大批新型储能企业。2023年第一季度，落户顺德的海兴南方制造中心项目将动工建设，建成投产后将年产200万个智能用电产品、100MWh储能系统产品，以及相应配套智能用电、新能源产品。

钟铮认为，接下来要鼓励企业优势互补、互相融合，建立产业联盟，按照粤港澳大湾区一流的标准推动新型储能产业高质量发展，美的集团也将加大布局、加快发展速度，积极参与万亿大市场的竞争。

中国机器人产业蓬勃发展，破解"卡脖子"难题迫在眉睫。针对减速机等核心零部件供应安全问题，钟铮也将提交相关建议，一是出台财税支持政策，引导产业快速建设；二是鼓励国产化应用，形成行业生态；三是激励技术攻关，打破行业壁垒；四是专门针对精密减速器等产业出台持续性的扶持政策，支持企业引进国际顶尖人才。

民之所盼，政之所向

实体经济是顺德立身之本，顺德靠实体经济起家，更要靠实体经济赢得未来。顺德区政府工作报告提出，坚持用情和用力并施，厚植企业投资发展沃土。

"建设最友好的制造业强区恰逢其时，向制造业释放出强烈的利好信号。""希望接下来拿出实实在在的举措，提振企业发展信心，吃下'定心丸'。"……

2023年顺德"两会","最友好的制造业强区"成为了人大代表、政协委员关注的焦点话题，他们就营造近悦远来的营商环境出真招实招，期待企业家和优秀人才在顺德这片热土拼出精彩、创享未来。

昇辉控股有限公司副总裁胡咏梅说，很多民营企业家提到最多的三个字就是"活下去"。在这个关键时刻，顺德提出建设最友好的制造业强区，在很大程度上提振了制造企业谋发展的信心。

广东高力威机械科技有限公司总经理陆建华也深有同感。"我们不是大型企业，也不是历史悠久的企业，但却得到了顺德区、大良街道两级政府主要领导的关注和贴心服务。作为企业家，顺德对于企业的重视让我感到非常暖心。"

万和副总裁卢宇凡说，万和诞生于1993年，始终植根顺德容桂，29年来，从创业初期到如今在全国拥有10多个生产基地，在顺德优质的营商环境滋养下成长起来。得益于顺德区委、区政府推动工业用地提质增效，万和将原来容积率不到1的红旗工厂拆除，并在容桂打造万和创研产业基地，未来将引入智能家电、集成电路、人工智能、新材料、电子商务、工业设计等重点发展产业。

"万和创研产业基地将吸引更多硬科技、新产业等高科技产业落户顺德。"卢宇凡说，万和将抢抓机遇进一步做强做优。

围绕建设最友好的制造业强区这一目标，顺德将打造最高服务效率、最强空间保障、最畅交通运输、最优创新氛围。顺德区政协委员、区工商联主席叶远璋认为，"建设最友好的制造业强区"对于企业来说无疑是一剂"强心针"，接下来不仅要做好"硬招商"，更要做好"软招商"，建立顺德的产品交流展示平台，为企业提供更多展示平台。

5年前，顺德区人大代表、广东云天抗体生物科技有限公司总经理温姌婷从广州来到顺德，专注生物医药科技成果转化。"在顺德，感受到了政府对人才的重视，外造环境，内增软实力，不断筑巢引凤。"温姌婷认为，建设最友好的制造业强区，就是要让企业在顺德安心谋发展、心无旁骛走创新之路。

温姗婷坦言，生物医药整个研发投入大、周期长，但同时它在未来的成长性和爆发力也很强，这也是战略性新兴产业的普遍特征。她希望顺德以建设最友好的制造业强区为契机，根据产业发展的规律，适时更新相关支持政策，在人才引进等方面与时俱进，加强对高科技、长周期企业的支持力度，建设一条完整的生物医药研发产业链。

对此，顺德区人大代表、佛山市富莱斯家具有限公司总经理冯志亮十分认同。顺德家具区域品牌影响力不断增强，细分领域的家具企业具有很大的发展潜力，但也面临发展周期较长的问题。"如果政府能够出台一定的扶持政策，帮助这类企业渡过发展难关，顺德家具未来将崛起一批新锐企业。"

顺德区人大代表、美的集团总裁办主任刘德刚则说，在2023年的工作安排中，顺德将实体经济和制造业放在首位，对于美的集团而言，更加坚定了做大做强实体经济的信心，接下来将扎根顺德、走向全球。

顺德区人大代表、科顺防水科技股份有限公司总裁方勇在顺德奋斗超过20年，带领着企业从初创阶段一路到成长、上市。他认为，顺德以制造业立区，是一座以制造业当家的城市，建设最友好的制造业强区离不开人才的支撑，要真心实意关心高端人才在顺德的发展，着力营造惜才重才的社会氛围。

"优质人才、企业家也需要英雄榜、英雄墙。"方勇希望加大弘扬"顺商精神"的力度，向工匠、企业家表达更大的敬意，这也是向全国、全球输送"顺德制造"的优质形象。

顺德不仅需要顶天立地的大企业，也需要铺天盖地的小企业。顺德区政协委员、广东省顺德开关厂有限公司副总裁邓蓉很期待支持制造业发展的各项举措落地。针对顺德2万多中小微企业，可出台相关的政策，鼓励中小微企业开展核心技术攻关，做优产品、做强品牌，帮助他们减轻负荷、轻装上阵。

邓蓉建议，顺德可以组织中小微企业"走出去"寻找商机，到海外去推广产品。她说："相信在政府的有力推动和支持下，中小微企业对未来的发展会感到干劲十足。"

此心安处是吾乡

产业园区是工业主战场、产业培育聚集区，同时也是推动经济高质量发展的主阵地。抓住一次机遇，迈上一个台阶；错失一次机遇，落后一个时代。

佛山高质量建设"十大创新引领型特色制造业园区"和"十大现代服务业产业集聚区"。"双十"园区涉及工业机器人、高端装备制造、生物医药与健康等战略性新兴产业，将成为佛山推进制造业当家的重要抓手。

《珠江商报》介绍，2023年以来，针对产业园区的专项扶持政策密集出台，北滘机器人谷智造产业园机器人产业园单项扶持最高奖励达到了2亿元；佛山伦教珠宝时尚产业园单项扶持最高奖励2000万元。

伦教珠宝时尚产业园被列入佛山"双十"园区建设当中，这为做大做强做优伦教珠宝产业提供了空间保障。佛山市人大代表、顺德周大福珠宝集团智力资本共享中心副总经理白志远说，周大福珠宝对顺德非常有感情，周大福珠宝在全国有7000多家门店，希望把配货这一环放在顺德，为此正在规划建设无人仓库第一期工程。

不过，在很多人看来，顺德这座城市不太时尚，周大福也面临着珠宝设计人才"引进难"的问题。白志远认为，顺德深入推进以水美城、以水兴城，相信清洁美丽的城市会逐步提高对人才的吸引力。同时，大量的珠宝工匠住宿问题亟须解决。白志远建议，政府一方面可积极开展珠宝工匠技能人才鉴定，使他们能够享受人才住房补贴政策；另一方面也希望能帮助顺德周大福珠宝集团解决在农村集体土地上建设员工宿舍的问题。

对此，佛山市人大代表、佛山市自然资源局顺德分局局长陈莉回应，建设员工宿舍，满足蓝领工人住宿需求，政府一直有谋划，在农村集体建设用地上建设高标准的员工宿舍，在勒流富安工业区也有先例，今后将进一步探索完善工业园区配套服务，更好实现产业工人安居乐业。

园区是产业发展的重要载体，是推动经济增长的主战场。纵观国内竞争能力较强的一些园区，无不有着鲜明的专业化产业特色，最为显著的特征就是拥有完整的产业链，实现产业上下游的环环相扣。

《佛山日报》报道，佛山作为制造业大市，向来重视园区经济的发展。以顺德区为例，已建或在建的园区达到380多个，正通过招商引进新产业，把土地真正用于企业发展和产业园区的建设。

代表们认为，可以鼓励龙头企业主导建设现代主题园区，引导龙头企业开放产业链，推动中小微企业融入龙头产业链。同时，做实做细园区产业定位及产业主题，把产业发展逻辑、产业资源遴选、上下游产业集聚等作为项目立项建设的重要考核指标，建设开放式产业平台，形成大中小微企业协同的产业生态。

具体落实上，可以通过金融支持政策鼓励龙头企业在国内外以兼并重组、投资入股、产业链整合等方式，整合、控制产业链关键技术、核心零部件、重要原材料矿产资源等，加快形成一批具备产业链整合能力和核心竞争力的大型骨干企业。

围绕强化重点领域改革攻坚，佛山将实施工业用地"亩均论英雄"改革，完善差异化、倒逼式政策体系，有序推进"工业上楼"，推动园区提高容积率和投资开发强度。

第四章　数控得天下

在智能化时代，市场主体的眼光要望得远一些，科技意识应更强一些，驱动力度得大一些，破解难题要更快一些。

《珠江商报》说，广东东亚电器有限公司（以下简称"东亚电器"）N车间自动化生产线上，机械臂按照程序指令"舞动"着，将做好的产品交给工作人员检查。车间管理员高艳菊打开手机，即可实时监控每台设备的运行状态以及产品名称、生产进度等信息，也不用跑来跑去逐一确认。

这是当今不少制造企业通过推动数字化转型实现高质量发展的缩影。在龙头引领、政府撑转之下，顺德数字化转型步履坚实，超六成规上工业企业实现数字化改造、智能化生产。顺德会继续强引领、深服务、造环境，推动制造业加"数"升级，夯实"制造业当家"基础，挺起高质量发展的硬脊梁。

全力搭"梯子"

在广东万和新电气股份有限公司展厅，展出了一款"零冷水"热水器产品。这款产品十分"聪明"，能够自主"学习"用户的使用习惯，包括使用时间、频次等，从而做到"心中有数"，知道何时启动预热功能，满足出水即热水、节约燃气耗量两大需求，提升用户沐浴体验。

这是智能化产品与云平台数据分析联手实现的，同时也是万和打通供需两侧，实现从研发、制造、供应链、营销、服务的端到端全价值链全场景的数字化的具体体现。在万和电气中央研究院院长李光斌看来，数字化转型的关键是实现全价值链信息化的打通，让企业更加精准地感知市场变化和洞察用户需求，让研发、制造、营销等环节匹配效率更高。《珠江商报》报道，作为国内热水热能、厨房电器领域的龙头企业，万和从2015年开始在行业内率先推行智能制造变革，已在数字化、智能化转型上投入达数亿元。在推动自身发展的同时，万和带动上下游供应链一起转型升级。在系统方面，万和供应商通过供应商管理系统，可以清晰了解订单需求、库存等信息，快速配合生产和交付。在培训方面，万和牵头组织供应商开展数字化转型专题培训，增强转型意识和能力。

万和并非个例。格兰仕、海信等家电产业龙头企业也在进一步深化数字化智能化生产的基础上，逐步延伸至研发、供应链、物流到销售、客户关系管理等全链路的数智化转型，同时以自身数智化转型示范建设带动中小微企业协同配套，链式带动集群产业转型。作为容桂的支柱产业，家电产业占据了容桂制造业的半壁江山，2022年容桂规上家电产业总产值占规上工业总产值45.55%。龙头企业先行示范，将引领带动家电产业乃至容桂制造业数字化转型的全面提速。

与此同时，容桂在镇街一级率先出台推动制造业数字化及工业互联网发展的工作方案及扶持政策，自2021年起，连续3年每年投入2000万元专项资金用于扶持工业数字化及工业互联网发展。

扶持"掷地有声"。2022年，共有31个项目通过容桂数字化专项扶持资金评审，涉及扶持资金超过1500万元，其中美芝、海信、万和、东亚、顺威五家企业获评"容桂街道数字化智能改造标杆"。2021年至2022年，万和、伊之密、顺威等33个项目获得佛山市数字化工厂、车间或标杆称号，其中家电及家电配套企业共有18个项目获得相关称号。容桂实现数字化改造、智能化生产的规上工业企业数量从原来的30%跃升到超60%，成效凸显。

报道说，越来越多企业尝到数字赋能的甜头。东亚电器通过搭建数字化平台，不仅能够实时监控160多台自动化设备的运行状态，还打破了部门间、业务间、工序间的信息孤岛，推动实现降本增效提质。数字化升级后，车间生产效率提升超过20%。根据现有数字化基础和业务部门的需求，东亚电器制定了3—5年数字化项目规划，加快转型步伐。

东亚电器还将信息系统延伸至上下游企业，推动企业信息化升级。东亚电器IT部部长张敬伟说，目前我们已经实现供应商全过程管理，即从订单下达到备货、发车、收货等过程的信息都是透明的。供应商也从中感受到信息化带来的便捷性，增强了信息化升级的动力。

推动数字化转型，容桂有基础、有龙头、有配套。在龙头带动和政策支持下，中小企业对于数字化转型升级的意识也在不断增强。然而，囿于资本、技术、人才等因素，中小企业不敢转、不会转、不能转等问题长期存在。

结合实际，容桂将进一步加大转型政策支持、提升转型供给水平、增强企业转型能力，为企业尤其是中小企业转型赋能，以数字化转型推动中小企业增强综合实力和核心竞争力。

在政策支持方面，容桂街道党工委委员、办事处副主任曾浩宇直言，容桂会研究制定制造业当家相关政策，与原有的数字化转型扶持政策形成补充，强化政策引领，同时推荐更多企业申报上级扶持政策，让企业"敢转型"。

为了解决企业各类"不会转"梗阻，容桂创新构建了"一库、一平台、一服务站、一集聚区、一批生态服务商"的全链条式服务体系。在此基础上，计划打造工业互联网创新应用中心，引入或推动优秀工业互联网服务商、平台服务商为中小微企业或特定行业搭建普适型智能化技术底座，开发技术模块，降低中小企业数字化升级的门槛和难度，加速企业转型进程。

园中之园

临近2022年春节，大部分制造业企业已经放假，但世龙工业区部分建设项目的工地里依然在热火朝天施工，工业区桩机林立，景象十分壮观。

世龙工业区位于伦教街道西边，伦教将其定位为发展数字化、智能化绿色高端产业的数智产业园。近两年，伦教通过招商引资引进了一大批重点产业项目并且快速动工建设，如今该工业园内不少产业项目已经封顶，一切都在向好发展。

走进世龙工业区均益北路，广东精工智能系统有限公司（以下简称"精工智能"）总部大楼的工地上依然有工人在忙碌着，而一幢还没拆除排栅的建筑上，一条写着"喜封金顶"的条幅以及两旁满满的庆祝条幅标志着这个项目的红火，此项目预计2023年11月可投产启用。

精工智能于2017年在顺德成立，专注于数智工厂系统解决方案，融合精益化、数字化、自动化、智能化，为传统制造业数智化转型提供一站式服务，让客户企业管理更简单。

2022年初，精工智能成功竞得伦教世龙工业区宝汇路以东、均益北路以南地块。此后，该企业与同样进驻了世龙工业区的广东宏伙控股集团有限公司、中山市爱美泰电器有限公司（热立方）一拍即合，决定联手打造统一规划、统一布局、资源共享的数智化产业园区——红火热园。红火热园于2022年4月奠基，9个月后，其中的精工智能总部大楼宣布封顶。

"随着项目的封顶，意味着企业迎来了发展的新起点。"精工智能董事长宋军华说，企业有了总部大楼意味着企业有了家，将着力打造数字化智能化转型升级的示范基地、体验基地、人才实训基地、工业旅游基地。

2021年9月以来，伦教通过招商引资，共吸引了10个高端产业项目进驻西部数智产业园，这些项目大部分已经动工，银星智能、银河兰晶已经封顶，宏伙、热立方、精工智能等项目的主体厂房已经封顶。至此，佛江珠高速伦教段东侧的数智化长廊已经初步形成。

属于佛山伦教珠宝时尚产业园组成部分的数智产业园，显示出了高质量发展的潜力，保发珠宝产业园和生产"国之重器"盾构机的中铁华隧早就进驻世龙工业区。近两年，伦教继续围绕区"工业立区、科技强区"发展战略，善用土地空间，瞄准未来产业变革大趋势和科技进步大方向，狠抓"大项目、大招商"，努力塑造现代产业新体系。

2022年初，10个重点产业项目签约进驻伦教，奠定了伦教"三核驱动"的产业发展格局，其中被定位为数智产业园的世龙工业区成功引进了银河股份总部及艾凯、赛普、SKG，以及被确立为区重点扶持机器人产业基地——银星智能项目等一大批产业基地。

其中，不乏一些在建设时期就显示出创新意识的项目。这些项目融合建筑美学、智能工厂规划、智慧园区、智慧能源、5G＋工业互联网、双碳、绿色制造、休闲生活配套，打造高颜值、高效率、高空间利用率的"现代产业园＋产业集群"新模式。

智向实业为"诗意与远方"赋能

2023年2月，《数字中国建设整体布局规划》出炉，数字经济大潮奔涌而来。以电子信息制造业、信息通信业、软件服务业、互联网业等为核心产业的数字经济正蓬勃发展，深刻改变着人类生产生活方式。数控机床，让高端制造如虎添翼；智慧城市，让公共服务"随心所欲"；智能家居，让现代生活尽在掌握……随着互联网、大数据、云计算、区块链等技术创新提速，数字经济发展速度之快、辐射范围之广、影响程度之深前所未有。数据已是继土地、劳动力、资本、技术之后的第五种生产要素，一跃成为一种战略资源。在城市竞争卡位过程中，数字经济已成重要变量。把"重要变量"转化为"发展增量"，已经成数字时代的抢答题，谁快谁加分。

但显然，发展数字经济并不是、也不可能替代实体经济，恰恰相反，实体经济是数字经济的底座，数字经济只有与实体经济深度融合，"脱虚向实"，虚中有实，才有生命力。

无论是数字经济也好，实体经济也罢，归根到底企业是承载者。顺德在打造最友好的制造业强区的决定中提出，要充分发挥龙头领航、腰部支撑作用，到2025年实现工业企业"十百千"发展规划：年产值5000亿元左右的企业1家，年产值100亿元以上的企业超过10家，年产值10亿元以上的企业超过100家，要促进"草、灌、乔"全面发展，实现大企业顶天立地、小企业铺天盖地，力争3年内新增规模以上工业企业超1000家。这意味着，数字经济的落脚点在企业。以企业的集聚优势，形成产业的规模优势，从而催生数字时代的市场优势与竞争优势。

党的二十大报告指出，促进数字经济和实体经济深度融合；广东省提出实施产业集群数字化转型工程；佛山坚守制造业当家，让佛山制造"基业长青"。推动产业向数字化智能化转型，成了顺德打造最友好的制造业强区的"必答题"。制造强区顺德提出要在构建现代产业体系上先行示范，使制造业数字化智能化转型成为全国样板。

如何帮助企业精准解决问题，赋能转型升级？顺德区另辟蹊径，携手华为云共同打造制造业数字化转型赋能中心，释放企业数字生产力，提升企业数字化水平。在赋能中心内，企业将能享受到技术使能、联合创新、人才培养三大服务。

具体来说，赋能中心能为企业提供咨询服务、工业互联网解决方法，协助企业解决信息化建设覆盖不完全、自动化程度不高、数据信息未完全打通等核心问题。赋能中心聚焦行业痛点、需求，联合科技企业、行业企业开发创新应用，打造行业数字化智能化转型标杆。同时，赋能中心还会帮助企业解决人才培养问题，为企业搭建专业人才赋能体系。

可以说，华为（伦教）制造业数字化转型赋能中心的诊断赋能过程，也是探索的过程。通过实施诊断，赋能中心不断发掘企业数字化转型的堵点、难点，有针对性地调整赋能方案，试图找到破解路径，精准助力企业加速转型提升，为产业数字化发展提供方向。

华为广东云生态发展部部长王佳佳说，借助华为云平台底座，在政府政策大力支持下，广东累计有2万家规模以上工业企业开始走上数字化转型之路。华为云将持续做好赋能云运营，助力中小企业上云用云，共同推进企业数字化、智能化转型新征程。

"加强版"数字化政策

在制造业数字化转型方面，顺德具有一定优势，有着完善、成熟的制造产业链集群。还有更重要的是，一批敢闯敢试的顺德企业主动拥抱机遇，在数字化转型上率先探路，形成可复制的经验，为数字化转型催生了原动力。

龙头企业嗅觉最敏锐，在数字化浪潮中走得最前。

作为佛山高端装备制造业的龙头标杆企业之一，伊之密将在五沙的第三工厂打造成数字化、智能工厂标杆，与顺德区内伊之密其他工厂一起，打造集公司总部、生产基地、工业互联网、模压成型整体解决方案、孵化平台为一体的高端智能装备产业集群。作为陶瓷机械的龙头企业，科达洁能通过建设数字化陶瓷装备基地项目提升自身全供应链的竞争力，进一步扩大全球市场份额。

各大行业的龙头企业，不仅通过数字化推动了自身发展，还带动上下游企业转型。例如，美的集团推动上下游供应链企业进入数字化平台，打造更加敏捷的供应链，以顺德"灯塔工厂"为例，就减少了68%的供应链浪费，提升了供应链的整体水平。

新宝电器的供应商超过2000家，每天要采购的物料超过2万种，处理订单单据超过1万张。为了解决多品种、小批量生产带来的管理压力，新宝电器开发出产业链中央监控系统，融合上下游产业链147个系统、1400多家供应商，确保订单准时出货，接单周期从原来的60天缩短到40多天，原材料供货周期由20天缩减到10天。

产业链上下游环环相扣，上游高端制造率先实现数字化、智能化，将有效带动下游生产制造环节的革新。上下游企业抱团数字化转型的做法，不仅能提高顺德产业链现代化水平，还能降本增效，提升竞争力。顺德已初步塑造了家电、装备、机器人等产业集群"数字化"协同优势，产业链数字化实现贯通比例较高，行业规上企业数字化覆盖率均超过70%。

国家、省委聚焦数字经济，力促数据高效赋能实体经济，对顺德无疑是重大机遇。顺德也正以站在抢占时代先机、赢得发展主动的战略高度，向数字化要增长，推动产业数字化智能化转型，力争打造成全国样板。

2022年7月，广东省工业和信息化厅印发《广东省数字经济发展指引1.0》，这是全国首个推动数字经济发展的指引性文件，是落实广东省数字经济促进条例的"施工图"，旨在为全省的数字经济发展提供指导性的建议和案例参考，鼓励探索实用性强、特色化高的数字经济发展模式和路径，引导社会各界共同参与数字经济建设，形成竞相发展的良好局面。顺德各项政策配套领先出台，其中包括佛山首个区级"加强版"数字化政策——《顺德区率先加快制造业数字化智能化转型发展若干政策措施》，共12项条款，扶持力度高于市政策要求，当年申报扶持资金项目超过1000个，奖补项目超600个、奖补金额超5亿元；顺德还发出了佛山首张"企业数字化项目备案证书"，推动顺德率先迈入"数字贷"时代。

扶持"掷地有声"，顺德数字化工厂打造数量及奖励金额连续两年领跑佛山。2022年新增数字化智能化示范工厂12个，数量位居佛山第一，奖励金额更是占佛山的50%（1.75亿元）；其中，含金量最高的一级和二级工厂，顺德区占比高达62.5%。

政府当好"服务员"，充当"引路人"，各类平台资源、扶持政策正积极发挥优势，帮助企业在这场数字变革中实现"弯道超车"。企业数字化转型也将给"顺德制造"带来更美的蝶变，塑造高质量发展新优势。

2023年2月28日下午，顺德区工业数字经济促进会在华桂园举行成立大会，广东高力威机械科技有限公司总裁陆思远当选理事会会长。

顺德区工业数字经济促进会的成立，旨在结合顺德区产业经济发展政策目标及辖区产业的特色，帮助辖区工业互联网产业进行集群化、规范化、高质量的发展，加快建设与数字经济发展相适应的技术创新体系、产业生态体系、公共服务系统和现代治理体系，探索数字化人才培养新模式，营造有利于数字经济发展的最优环境。

陆思远说，顺德区工业数字经济促进会组织了一批顺德区内数字化服务机构、应用企业、金融机构等团体共同大力推动顺德区工业数字经济发展，以数字产业化和产业数字化为核心，推进数字基础设施建设，实现数据资源价值化，进一步填补数字化人才培养空白，打造"内部培养和综合培养同步进行"新模式。促进会的成立将更好地提升顺德区数字化水平，营造良好发展环境，构建数字经济全要素发展体系。促进会将负责推进、协调、督促数字经济发展工作。

营造家居数字化生态

2023年3月1日，顺德家居数字化生态总裁研修班二期正式开学，40名顺德家具企业负责人成为第二期学员，第一期44名学员也于当天顺利结业。家具产业是顺德"两家一花"三大传统支柱产业之一，超3万家家具相关企业擦亮了"中国家具设计与制造重镇""中国家具商贸之都""中国家具材料之都"的金字招牌。随着家居行业迎来新一轮的变革，数字化、智能化成了重要的突破口。顺德家具协会联合顺商学院举办总裁研修班，鼓励会员企业通过学习提升积蓄力量，营造家居数字化生态。

在此之前，家居数字化生态总裁研修班第一期已进行了为期一年多的培训。作为一期学员代表，佛山市荣升家具材料有限公司总经理左润荣说，顺德家具产业凝聚着一代又一代企业家的努力，他们的共同之处就是善于学习、敢于创新，具有说干就干、永不服输的精神。

"在总裁班一年多的学习中，我学到了数据端口管理、新媒体营销等专业知识，认识了各个领域优秀的老师，和一大批优秀的企业家、管理人员一起学习交流、同谋发展。"左润荣说，一年多的时间，除了充实大脑之外，还学到了应对风险的方法，结识了家具行业很多伙伴，这是一个合作共赢的平台。

作为总裁研修班第二期学员代表，广东顺德富凯家具有限公司总经理李畅驰说，接下来将不断汲取新能量，以更高水平的经营和管理能力，抓住产业高质量发展的机遇。

顺商学院作为广东省首个"省地共建"的企业家学习提升平台，以培养本土民营企业家、提升企业的实力为宗旨，成为顺德企业家的黄埔军校。成立10多年来，顺商学院培养了5000多名企业家及中高层管理者，凝聚了一批有梦想、干实业、爱学习的企业家，沉淀了丰富的政企资源。

顺德区工商业联合会党组书记朱艺婷说，顺德企业家的培训培养工作一直走在全省的前列，为全省民营企业家素质提升工程提供了良好的示范。作为涵盖顺德并辐射佛山家具产业的行业性社会组织，顺德家具协会一直致力于凝聚行业力量，以最好的师资、最优的课程、最佳的服务，为学员提供共赢、富有成效的高层次培训。

2023年1月10日，弘亚数控高端家具机械装备智能制造项目6号厂房正式封顶。弘亚数控高端家具机械装备智能制造项目，拟建设具备国际领先技术水平和竞争力的五轴加工中心、自动化柔性木门和木窗等智能化生产线，打造华南智能家具装备数字化生产总部、销售总部。

广州弘亚数控机械股份有限公司是国内家具设备行业的引领者、深交所上市企业，主要从事数控家具生产装备及智能化加工中心、自动化成套生产线的研发、生产与销售，拥有完整家具机械产业链，其营业收入、利税总额、综合竞争力等指标均居同行业的国内第一，产业总规模位居全球前五。

弘亚项目所处的佛山九龙高端装备及新材料制造产业园（以下简称"九龙园区"）包括顺德片区和南海片区，园区规划总面积25.08平方公里，其中顺德片区总面积约13542亩，可开发核心区（朝阳工业区）总面积约为8806亩。

九龙园区顺德片区已引进海天高端装备智能生态产业基地、弘亚数控高端家具机械装备智能制造项目、领尚汇LESSO FACE、万洋数字装备园等项目。园区将力争做到"1年内加速、3年显成效、6年建成型",力争到2025年园区工业总产值达到380亿元以上,成为佛山服务"双区"和两个合作区的重要产业平台。

树高千尺，根植沃土

一方水土造就一方人。当年"洗脚上田"的年轻乡镇企业家，如今已蜕变为现代化企业的"隐形"掌舵者，他们是"可怕的顺德人"的杰出代表，树大根深，叩动了一个区域的脉搏。

顺德企业家开放、兼容、重商、多元，他们低调务实，静水流深，不断突破自己，如水一样面对自然环境的一切挑战，乘风破浪，持续开辟新的市场。他们有着至柔之温和，亦有着至刚之凛冽，坚定不移、源源不竭走发展创新之路。

第一章　智造名城

北滘是一座只有60多年建制历史的小镇，秉承"合作担当，务实创新"的精神，在薪火相传、使命担当的实干中，在凤凰涅槃、浴火重生的改革中，全社会实现了跨越式的创新发展。

60多年来，由农向工，工业立镇，工商并举，社会经济从小到大，从大到强，发生了翻天覆地的变化。

60多年来，沉思于心，敏捷于行，实干兴邦，综合实力从乡村小镇蜕变成为魅力小城，智造北滘。

这里诞生了顺德最早发展外向型经济、最早引入外贸之一的乡镇企业；这里诞生了中国第一家由乡镇企业发展成为上市公司的美的集团；这里诞生了美的、碧桂园两家世界500强企业及众多上市公司和知名品牌。

一步一回首，回顾走过的历程，凝聚共同的愿景和努力的方向，砥砺前行。一步一展望，昂首面对挑战与机遇，面对困难和问题，奋力开创高质量发展的新局面。

挖掘"黑皮冬瓜"的文化

在黄龙村，陈广身站木雕小舟旁，胸前提着小锣和小鼓，在一敲一击的节奏中，以吟唱的方式演绎、展现黄龙村十年来的发展巨变，抒发黄龙"上下齐打拼，阔步迈向下一个十年新征程"的豪情。

2012年12月9日，习近平总书记视察顺德区北滘镇黄龙村，提出了"农村党建要让群众更满意"的殷切嘱托。

十年来，黄龙村牢记嘱托、感恩奋进，坚持以党建引领促进乡村振兴发展和基层治理创新，推进建设"党建有力、产业兴旺、生态宜居、乡风文明、治理有效"的社会主义现代化新农村，村民获得感、认同感、幸福感进一步提升。

如今，黄龙村已经从昔日的发展缓慢村、后进村"蝶变"为全国民主法治示范村、全国乡村治理示范村。如今，各种荣誉加身的黄龙村，已实现了环境美、人文美、风尚美、村民富的"华丽转身"。

黄龙村里，车流不息的广佛江珠高速路边，一栋栋蓝色的现代产业楼宇已拔地而起。从落后的村级工业园到现代化产业城，党建引领下的黄龙村产业振兴，"村＋产""村＋城"相融合，走出黄龙乡村振兴新路子。

"顺德万洋科技众创城计划2023年投入使用，预计村里每年收入超1800万元，是原来租金的3倍。"黄龙村党委书记、村委会主任陈忠青充满期待地说。

2012年，黄龙村集体收入2122万元；2022年，集体收入4092万元，比2012年增长92.84%。2012年，黄龙村村民人均纯收入1.3万元；2021年村民人均纯收入3.3万元，比2012年增长154%。2012年，黄龙村贫困户19户；2020年1月，实现全面脱贫。

作为先发地区，昔日"村村点火、户户冒烟"而形成的"小散乱污"的村级工业园曾一度制约着黄龙村的发展。

2018年，顺德区启动村级工业园升级改造工作。黄龙村成为北滘镇率先推进村改的村居之一，迎来了产业转型升级、产业空间提质增效的黄金机遇。

建于20世纪90年代的黄涌工业区有较好的区位优势，但此前形态破旧，产业层次难以提升，成为黄龙村高质量发展的"拦路虎"。"黄龙村要实现高质量发展，产业转型升级势在必行。"作为土生土长的黄龙村人，陈忠青对乡村产业发展有其见解。

在区、镇、村联动下，黄龙村推倒一片片低矮残旧的铁棚厂房，拆除村级工业园近600亩，将社会、环境、经济效益"三低"低效工业园进行改造，打造成一个以智能家居等产业为主的现代产业集聚区。"能推动这项关系到全村发展的大工程，能打破复杂局面，正是党员带头、党群一条心的成果。"陈忠青说。

工业方兴未艾，农业如何高质量发展？陈忠青说，黄龙村因应实际，正谋划打造集红色旅游、智能制造、农田观光、水乡风光为一体、"产城人文旅"融合的乡村振兴示范村。

黄龙村的农业特色是什么？答案与黑皮冬瓜有关。

黑皮冬瓜是黄龙村的特色农产品，以个头大、瓤少、肉质紧实、便于储存等优点深得青睐，远销在外，民间有"碧江出只鸡，黄龙出个瓜"的美誉。种植黑皮冬瓜曾是黄龙村村民增加收入、改善生活的重要途径，但随着时代变迁，村民从务农为主转变为以从事工业活动为主，黑皮冬瓜种植大幅减少。坤叔曾是黑皮冬瓜种植户，他说："20世纪80年代，有的农户种植的冬瓜一船船外销出去，好热闹的！"

如何重新擦亮黑皮冬瓜这金字招牌？黄龙村在走访调研中发现，黑皮冬瓜是村民有共同回忆的经济作物，具有较高的辨识度，可以成为调动村民参与社区事务积极性、增强村民对乡村认同感的强力纽带与精神载体。

"要通过这个切口，打造黄龙IP，发展黄龙文旅，让其成为社区文化、社区经济、群众生活的'纽带'和'连心桥'。"陈忠青说，2018年起，黄龙村开始挖掘并打造具有黄龙特色的黑皮冬瓜文化符号，逐步探索出黑皮冬瓜发展新路径。

文化兴，则乡村兴。以文化复兴乡村文明、讲述乡村故事，进而带动乡村产业发展，是乡村振兴道路中的重要手段。

顺德，处于广东三大文化体系之一的"广府文化"的核心区域，拥有美食、龙舟、广绣、粤曲等丰厚的民俗文化资源，是岭南广府文化传承之地。然而，一直以来，顺德的乡村文化传承往往缺乏系统而规范的整理，无法形成完整的文化形象对外传播，在文化影响力上存在局限性，面临着周边区域的激烈竞争与挑战。

面对这一瓶颈，"破局"首先在于创新。

为此，由广东百村文化工作室、南粤百村文化基金、中盈（广东）文化发展有限公司及顺德区百越乡村振兴促进中心等单位联合发起"顺德百村"乡村振兴艺术活动，聚焦最具区域文化代表性的顺德乡村，梳理、总结和表现顺德乡村的历史文化、风景名胜、红色革命、改革变迁、非遗民俗等一系列重要的文化题材。

承办黄龙村冬瓜文化节的佛山市顺德区一心社会工作服务中心创始人、理事长曾丽说："我们举办文化节的目的是共塑地方特色文化，引起村民共鸣，重构村民社区关系，打造有情感联结的社区治理共同体。"

"顺德设计"扬帆出海

位于北滘镇的广东工业设计城，于2009年1月开园，是全国首个以工业设计为主题的"省区共建"产业园区。

宠物烘干箱、胶囊便携牙刷、云岭风折叠风扇……在广东工业设计城特色品牌活动——第六季设计大爆炸新品发布会上，佛山市奇门设计顾问有限公司总经理关亦骏侃侃而谈，分享着多款原创设计新品与背后的设计故事。

2012年12月9日，习近平总书记来到广东工业设计城考察，勉励广东提高工业设计水平，提升产品附加值，增强中国制造业竞争力。这不仅是对顺德设计、广东设计的鞭策，更是对中国工业设计产业发展的期望。

广东工业设计城发展有限公司党支部牢记总书记嘱托，以"三个创新"树立青春党建品牌，推动实现"党建、人才、产业、创新、服务"有机融合，让设计成为产业，使设计带动工业，着力构筑青年人才培育新高地，至今累计合作培养3494名硕博人才，吸引逾200名硕士、博士来此创业就业。广东工业设计城先后获评"广东省'两新'组织党建工作示范点""全国十佳设计园区"等荣誉。

厚望如山，催人奋进。为推动工业设计与科技、文化等相关产业的融合发展，2014年，多名行业领军人携全国首批高级工业设计师发出倡议，将12月9日设为"中国设计活动日"。自该年成功举办首届"中国设计活动日暨广东工业设计城创新设计周"起，广东工业设计城每年都在这个日子持续举办设计品牌活动，促进工业设计合作交流，推动设计创新发展。

来自土耳其的知名设计师纳里曼·巴希里（Nariman Bashiri），从2018年开始进驻广东工业设计城。在他看来，广东工业设计城是一座非常适合工业设计创业创新的园区，这里有成熟的产业链条，还搭建了完备的行业交流活动、平台，能极大促进优质资源与设计企业深入对接，也为来自国际的设计团队带来更广阔的发展空间。

2022年7月，由广东工业设计城举办的"小城故事"品牌活动，走进宏翼设计创新空间入驻暨17周年庆活动现场，宏翼设计企业负责人和社会各界人士齐聚一堂，开启关于设计产业新机遇、新挑战的深度交流。

顺德工业设计协会会长、宏翼创新集团（以下简称"宏翼"）掌门人卢刚亮是顺德工业设计界的"老兵"。在他看来，工业设计未来将会成为制造产业链新的核心价值要素。一直以来，宏翼积极构建以设计驱动的"榕树林创新生态"。宏翼将设计置于"树冠"处，和品牌、营销两个协同合作；制造业、供应链系统作为"根系"；卡蛙科技是"树干"，连通了顶部的"树冠"和底部的"根系"，孵化出了"如果科技""贝蛙母婴""迅蛙科技""卡缪科技"等多个品牌。其中一款爆款产品——便携干衣架，上市近10年，依旧保持每年3000多万元的销售额。

自2012年开始，顺德的工业设计行业发展进入快车道。到2022年，顺德工业设计企业存量为890家，从业人员超2万人，主要聚焦家电、家具、机械设备、医疗器械等业务板块。

越来越多的顺德工业设计师开始走向国际舞台。在2022年初举办的线上WDO世界设计大会，来自广东工业设计城的方块工业设计公司创始人陈维滔首次代表顺德设计界亮相国际舞台。

作为土生土长的顺德人，陈维滔在立足本土的同时，注重树立国际化的市场视野和设计思维，其在国际市场的创意输出，一次次"刷新"外国人对中国设计的既有印象。陈维滔带领"方块设计"团队和"小红栗"原创品牌，在设计服务和品牌输出同时发力，打通"国际设计＋顺德制造＋国际市场"全产业链。

陈维滔坦言："在与海外设计机构的合作中，我感受到海外同行的用户洞察、行为分析流程非常专业，因此，我也特别注重设计项目中的用户体验环节，包括利用大数据等工具加深对用户的了解，通过3D打印机还原实物手感，优化材料应用、流程管控。"

借鉴国际设计创意流程的同时，陈维滔不忘扎根本土，让设计服务与

"顺德制造"供应链"组团"走向海外。在印度这个巨大的新兴市场,方块设计成功和当地热水器行业前三的龙头品牌建立战略合作关系,为其设计开发超10个产品项目。陈维滔说:"许多国际品牌都相信,中国设计能起到非常积极的产业推动作用。"

在欧美,方块设计为荷兰DUUX设计一款"上出风式暖风机",借鉴类似壁炉的分享型取暖体验,把以往单向吹风方式改为顶部360°出风,并融合现代家居的设计调性和智能化的操作方式,提升使用的便捷性和整体感受。

在方块导入设计研发体系前,荷兰品牌方通过"贴牌+选品"方式运营,很难定制品牌设计;方块参与后,全程主导品牌源头、内部结构开发、生产落地、开发跟进等,最终使产品热销荷兰、东南亚地区,更荣获了2021年iF设计奖。

随着国内低端的加工产业向外转移,陈维滔亲眼目睹了印度、越南等新兴市场对工业设计的需求正被带动,未来还计划积极瞄准东南亚市场,开辟顺德设计产业的海外创新道路。

作为顺德工业设计协会副会长,陈维滔希望在实现设计梦的过程中,为本土培养具有国际化设计思维的设计人才。从业16年的陈维滔,自身设计团队规模从零发展到150多人,借助输出创意资源来扩大"顺德设计"的国际知名度。如今,更多像陈维滔般怀揣设计梦的年轻人才聚集在设计城创新创业,他们通过不断地进行创新与实践,把中国设计输向全球市场,让全世界看到中国创造的崛起。

小镇大格局

2022年,北滘紧扣"现代化科技都会中心"城市定位,经济社会发展呈现稳中有进、进中提质的良好态势,全年生产总值突破1000亿元,成为全国第四个、广东省第二个GDP超千亿元的镇。

2017年，佛山市南海区狮山镇是广东首个GDP突破千亿元的镇，江苏省玉山镇、贵州省茅台镇GDP也已超千亿元。

作为经济发展的"排头兵"，北滘始终坚持产业优先、项目为王，产业发展亮点纷呈。北滘集聚美的数字科技产业园、博智林机器人谷等13个标杆机器人项目，12个增资扩产项目全部动工，工业投资增长35.1%。同时推动"智改数转"走深向实，全镇重点上市后备企业11家，国内专利授权量、有效发明专利数量等均列首位。

经济的活力也蔓延到社会的方方面面，在2022年，北滘迎来了广州地铁7号线西延顺德段、佛山地铁3号线首通段的开通；新改扩建学校6所，新增学位3840个、宿位1400个；和祐国际医院主体建筑封顶，顺德区第三人民医院改扩建工程动工建设；城镇登记失业率降至0.72%，困难群众建档率、服务覆盖率均达100%；5个老旧小区展露新颜，16个农贸市场改造提升……

内外兼修，让北滘成了企业、人才宜商宜业的创业创新热土。北滘的碧江金楼、和园，如轻烟淡雨的宋词，既有婉约的清新绮丽，又有豪放的恢弘雄健。岭南风、水乡韵、小镇味，北滘以其开放的气度、丰富的内涵、浓郁的文化底蕴，成为三五好友休闲相聚的好去处。又或是一群原来互不相识的人组成"旅游团"，一起到北滘走走看看，体验并分享小镇的万千气象。而北滘文化艺术中心、和美术馆则是无数大学生、文艺青年的"打卡地标"，成为文旅空间的最潮首选。

2022年，北滘的成绩都是"拼"出来的。这个"拼劲"，一直延续到2023年。这个春节，不少北滘企业没等年过完，就积极走访客户、抢订单、抢业务。

大年初二，位于顺德北滘的乐普电机的董事长兼总裁彭东琨就带队出发东南亚，主动出击找订单。

"公司分成了四支小分队，赴东南亚多个国家，一个接一个客户来拜访。"在北滘镇传达落实省市高质量发展会议精神的新春政企茶话会上，彭东琨说，春节期间，自己领一支小分队赴印尼拜访客户，当地在华侨文化的熏陶下过年氛围浓厚，客户得知自己在过年时特意拜访，备受感动，不仅自掏腰包请彭东琨等人吃饭，还将自己的订单需求交给了乐普电机。

"这一行，拿下了10亿元的订单，公司收获很丰盛，是一次很有价值的拜访。"彭东琨说。

企业加速奔跑，既促进自身高质量发展，也为稳住区域经济指标发挥中流砥柱的作用。

"千亿镇"如何"动如脱兔"，跑得更快，是北滘站在新的起点上思考的新问题。

在新春政企茶话会上，北滘镇党委书记唐磊晶说，邀请企业家过来"聊一聊、坐一坐"，就是想了解一下企业新年愿景，若要更快、更好、更高质发展，需要政府"做什么、怎么做"。

"生意如何做，外行说了不算，领导干部就不是这一行的。对我们来说，企业只管努力发展，我们只需用力服务就好。"会上，唐磊晶称，只要政企同心，无论环境、趋势如何变化，企业、经济一定都会行稳致远。

在抛砖引玉之下，企业家们的真知灼见和建议意见一个接着一个，让这一长达两小时的政企座谈会开得火热、充实。

2023年起，佛山将把工业机器人、新型储能、医药健康作为大集群发展的目标，争取到2025年培育成为千亿元级产业集群。

广东省政协副主席、佛山市委书记郑轲称，"2022年，上海工业机器人产量约7.5万台、占全国五分之一，佛山工业机器人产量约3.5万台、占全国7.5%。对标学习上海，要突出'龙头企业'引领效应，深入拓展应用场景，推动北滘机器人谷智造产业园进入全国第一梯队。"

唐磊晶指出：北滘将重点围绕两方面做好产业经济工作，一是围绕美的等"龙头企业"需求，继续对制造业上下游产业链进行"强链、补链、扩链"；二是重点加大机器人产业的发展。

在北滘，不仅是工业机器人，包括总部经济、会展服务、工业设计、工业互联网、人工智能等新兴产业已不断延伸，而新的经济增长点的出现，让北滘持续焕发产业发展的新动能。

"红创之师"的招式

坚持制造业当家，走好高质量发展之路，党建如何发挥作用？北滘镇党委副书记丁加钢说，北滘镇坚持党建引领，积极构建"龙头企业带动，配套服务协同，人才创新发展"的产业格局，紧扣"三个抓住"，凝心聚力推动制造业全面发展。

丁加钢所说的"三个抓住"，犹如组合拳，打出了以党建助推制造业企业稳步发展的"北滘招式"。

第一招：抓住产业关键点，以党建助力制造业企业提档升级。

"制造业是一个环环相扣的链条和整体，北滘镇在制造业党建上抓住关键点，纲举目张，为制造业高质量发展助力。"丁加钢说。

"我们在工业设计的关键环节抓党建，提升制造业产品附加值。"丁加钢说，通过开展设计师传帮带活动，聘请31名资深党员设计师作为"红创之师"，以导师身份带领青年设计师迅速成长，培育出101名青年设计师骨干，推动工业设计集群水平提升，进而为制造业提档升级赋能。

例如，宏翼工业设计有限公司将获得德国红点奖的创意设计孵化出便携式干衣机，并成立产品孵化平台，自行研发和生产销售，至今已成功孵化4个家电自主品牌、10个产品品类，打造出50款原创爆款，公司营收从原来的300多万元跃升至超2亿元。

同时，设计城园区党委还引入工业设计企业和上下游服务商，助力园区内企业整合资金流及信息流，形成工业设计与制造业市场化对接通道，推动产业形成集聚效应。

"我们以重点产业建设的高潮区抓好党建,带动园区制造业发展新格局。"丁加钢说,随着村级工业园改造后新建的产业园区落成,一批中高端的制造业企业入驻,为制造业发展注入新动能。

以重点项目党建推动制造业激发新动能。北滘成立镇重点项目建设指挥部临时党支部,坚持把支部建在项目上,实现海创大族机器人智造城项目等11个重点项目100%党组织覆盖,推动佛山市万洋科创园项目党支部由"临时"转为"实体"。

第二招:抓住服务着力点,以党建力促制造业企业提质增效。

一方水土养育一方企业。要夯实制造业家底,做实做强做优实体经济,关键在于擦亮"顺德服务"。要坚持用情和用力并施,厚植企业投资发展沃土,建设最友好的制造业强区。

"我们将党建服务融入到企业走访中。"丁加钢说,北滘开展"企业暖春行动",全体党政人大领导班子成员深入企业一线,在了解企业经营情况的同时,听取企业对产业发展环境、人才服务等方面的建议,同步做好制造业党建调研,宣传党建工作,提升企业党建水平。

北滘还发挥"直联"工作制度优势,将制造业作为重点,推进村(社区)"两委"成员以及驻村团队走访联系服务企业。2022年北滘直联驻村联系走访厂企商户2736户,其中制造业企业达2598户,约占总数的95%。北滘落实企业派驻党建工作指导员制度,共向301家规模以上制造业企业派驻党建指导员401人次,共回应解决制造业企业问题748个。

"我们以意见收集强化党代表服务作用发挥。"丁加钢说,北滘积极发挥14名区、镇企业党代表作用,依托党代表提案提议制度,广泛收集制造业企业发展各项意见建议。

第三招,抓住人才动力源,以党建强化制造业企业赋能发展。

俗话说,得人才者,得天下!制造业要变得强大,实现高质量发展,也必须重视人才，依靠人才。

这一点，对于制造业重镇北滘来说，其认识和感受自然更加深刻。

一是以人才引进强化企业发展创新力。北滘镇社会组织党总支部打造人才信息共享互通平台，通过"北滘菁英荟"企业交流平台，按照"人岗相适"原则为企业提供供需对接高效服务，分享各类招聘会资讯、直播带岗活动和学生就业资源等信息，优化人才招引服务。

北滘着力建立政府、学校与企业三方合作人才对接机制，构建政校企联动合作引才平台，加快引进适应北滘产业结构升级的技能人才；完善人力资源服务产业园平台，依托佛山市人力资源服务产业园（顺德园），打造集聚高端人才猎头机构、人力资源服务外包、管理咨询、技能人才招聘培训等业态的人力资源综合服务载体。

二是以人才培育提升企业发展软实力。广东工业设计城园区党委实施工业设计人才培养提升工程，通过支持及助力建立"广东顺德创新设计研究院""全国工程专业学位研究生联合培养开放基地""湾区设计人才联合培养基地"，强化工业设计高端人才引进与培养；通过组织设计企业急需人才统一招聘活动，帮助设计企业延揽优秀人才；开展园区党建"四联系"服务机制，园区党委联系企业负责人、党支部班子成员联系业务骨干、党员联系职工群众，定期召开党企联席会议，推动党建工作融入企业法人治理、企业生产经营、企业文化、人才培养。

三是以人才保障提升企业发展服务力。"我们发挥组织关怀的优良传统，营造重才、爱才、惜才的浓厚氛围，让人才兼得良好的生活保障。"丁加钢说，重点关注人才入户、子女教育等实际问题，解决好制造业人才的生活后顾之忧，让他们全身心投入创造工作之中。同时，积极打造青年英才"植根计划"，2022年策划了四场专题人才活动，拓展人才交流圈，擦亮区域化人才品牌；组织开展技能大赛，通过以赛促教、以赛促学，提升制造业从业人员技能水平。

路虽远，行则将至；事虽难，做则必成。以党建助推制造业企业稳步发展的"北滘招式"，相信一定能够为顺德坚持制造业当家、走好高质量发展之路做出北滘探索、北滘贡献。

第二章 成就梦想的地方

容桂街道四面环水，从飞机上望下来，一座面积只有80平方公里的岛屿，却有纵横130多公里的数十条河涌。丰沛浩荡的西江蜿蜒流经这里，时而平静如镜，时而浪花飞溅，人们亲切地称之为德胜河。

河流是孕育文明的摇篮。容桂依恋着长流不息的德胜河，它因宽容而华美，它因金桂而富有，它兼收并蓄吸纳天地灵气、日月精华，汩汩有声地讲述深藏的艰辛、独特的禀赋。

据1925年《南中国丝业调查报告书》介绍：

> 广东省的蚕丝贸易中心在顺德，容奇、桂洲是顺德最大的蚕丝贸易城镇，也是广东丝业的实际中心，在那里有最大的蚕丝市场和80%的蚕茧仓库。

容桂的永昌成、颂维亨和广昌号生丝，曾先后荣获巴拿马国际博览会奖项。缫丝厂的蚕丝由专用的丝艇运往广州，通过丝庄卖给洋行出口，最多一天可以运回七八十万银圆，从而有"一船蚕丝去，一船白银归"的传说。

遥想一百多年前，清晨四、五点钟，十三、四岁的女孩子到缫丝厂里去上班，成群结队穿着木屐走在麻石路上，满街叩出清脆的声响。她们踏着节拍迎着黎明前行，那是丝绸之路最俏丽的身影。

一条岁月的河流，积淀了深厚的历史文化底蕴。从水乡渔村自给自足的渔业耕牧，到隆声远播的南国丝业中枢；从香火鼎盛的"观音开库"民俗文化，到清代木刻雕版之乡的书香儒韵；从"霸头市"志在领先的商业意识，到追涛逐浪的龙舟竞赛激情；从改革开放首家"三来一补"企业诞生地，到中国品牌名镇……谁能想象容桂崛起的背后是一个怎样艰难曲折的过程！那是一段段刻骨铭心的往事，那是一个个在记忆里仍然揪心的感人故事。

容桂时光

2023顺德容桂城市推介会，以"来容桂，拥抱湾区蓝海"为主题，邀请了广大企业家、开发商代表，运营商、商协会代表，高层次人才代表，媒体朋友以及社会各界人士，共同探寻容桂发展新机遇。

容桂是一个有故事的地方，它由容奇、桂洲两个地方合并而来。容桂街道党工委副书记、办事处主任欧胜军介绍，容桂原来是一个镇，现在叫街道，全区域面积80平方公里，比广州海珠区90平方公里小一些，比深圳罗湖区79平方公里稍大一点。"虽然只是一个街道，但这里是中国改革的出发地。2009年，容桂已发展成中国第一个工业产值千亿大镇。如今，常住人口约60万，堪比很多县级城市。可以说'行政有界，经济无边'。"

从衣食住行的各个角落，到千家万户的家电设施，容桂产品铺天盖地、无处不在。有这样一句话，"只要给我一把螺丝刀，我能在容桂生产出任何一种家电产品。"这可不是"吹水"（粤语俗语，意为吹牛。——编注），而是一种产业底气。

容桂拥有成熟的产业链，各产业部门之间有一定的技术关联，并依据熟悉的人脉关系、特定的逻辑关系和配套布局关系，形成客观的、无处不在的链条关系和产业形态，包含价值链、企业链、供需链和空间链四个维度。这种"对接机制"是产业链形成的一种客观规律，它像一只"梦幻之手"、一只"无形之手"，管控着、调控着容桂上下游企业生产的运作。

有人说，容桂是培育企业与老板的"黄埔军校"。作为抢先一步发展的制造业重镇,容桂拥有一大批实力雄厚的企业,以及出类拔萃的技术人员,在各个行业声名显赫。多年来,无论是家电、燃气具、电商还是涂料、化工企业,容桂为省内外输送了成千上万的专业技术人员,对制造业的发展产生了巨大的作用。

"容桂虽然是一个街道,但属下有一个上佳市,这个社区里有一条云里大街,长约800米,宽不足100米,先后走出了5位大学校长和院长。"容桂人杰地灵,崇文重教的风气代代相传。

在容桂街道城市推介会上,欧胜军通过经济、文化、性格三个侧面介绍容桂的过去。随后,欧胜军向与会嘉宾发出"投资容桂就是投资大湾区的未来"的邀请。

"成就大家,发展容桂。"欧胜军表示,此次大会将正式发布《容桂街道整体提升规划研究》成果,将约1500亩的商住、商业用地调整为产业发展用地,将2300亩的商住、商业用地调整为公园绿地、公共设施,把最优质的土地资源留给产业发展,留给市民造环境、造文化空间。"我们衷心地希望和在座的企业家们成为城市的合伙人,共同成长,互相成就。"欧胜军指出,容桂与南沙自贸区隔河相望,是佛山距离珠江口和深圳最近的区域,是融入湾区的桥头堡。"容桂未来的区位优势,我想是左右逢源,通达湾区,奔向全球。"

"既可安顿青春,也能安顿好子孙。"欧胜军以马拉松、美食、教育、医疗为例,展现容桂城市丰富的内涵与优质的配套,表明这里是老有所乐、幼有所教、宜居乐业的乐土。

"今日您对容桂厚爱三分,明日容桂让您挚爱一生。"

来容桂,一定掂

智者察势而为,勇者乘势而上。

站在新的发展道路上,在粤港澳大湾区国家战略深入实施的大背景下，容桂精心筹划、高规格举办城市推介会，让社会各界认识容桂，来到容桂，共同拥抱湾区的蓝海。

在播放城市推介会视频后，顺德区委副书记、容桂街道党工委书记吴磊现场为大会致欢迎辞。"中国第一个千亿大镇、中国品牌名镇，中国书画艺术之乡、曲艺之乡、盆景名镇，国家卫生镇、广东教育强镇……在容桂众多的城市光环中，'中华美食名镇'是不可错过的，顺德是世界美食之都，而顺德的容桂又是中华美食名镇。"

很显然，容桂在依托推进现有的活动平台基础上，致力服务构建对外开放新格局，致力在海内外、制造业再打造若干具有广泛辐射力、感召力的推介平台，以推动文化、经贸、科技合作交流为主题，助推容桂文化、影响、形象"走出去"，加强与广大企业家投资者、精英技术人才联系合作，搭建更广阔的"朋友圈""工作群"，积极服务和促进"引进来""请进来"工作，带动招商引资、招才引智，招财进宝。以合作交流为开路引子，以营商环境为卓越优势，以投资兴业为重要基石，扎实谋划落实具体的投资引资项目，创新驱动高质量发展。

在推介会上，吴磊着重突出容桂在粤港澳大湾区中的区位优势，用"1、2、3、4、5"概括容桂的交通资源：

1条国道，是指105国道；

2条高速，包含广珠西线、广佛江珠；

3座机场，囊括白云机场、宝安机场、金湾机场；

4个港口，分别是容奇港、顺德港、南沙港、顺德客运港；

5条轨道交通，包括广珠城际轨道，即将动工的佛山地铁11号线，规划建设的广州地铁17、26、33号线。

"这样的区位优势，让容桂得以全面融入大湾区'＜1小时生活圈'。"吴磊表示，纽约湾区的曼哈顿、旧金山湾区的奥克兰和东京湾区的大田——这三座城市的今天，就是容桂的美好明天。"欢迎大家来发现容桂、发掘容桂、和我们携手发展容桂，来容桂揾食，包你一定掂！"

（揾食，粤语词，本义为"找吃的"，引申义为"谋生"。——编注）

一座城市的记忆，也许就是一间老字号的烟火气。来容桂揾食，只有你想不到，没有容桂人做不到。"红星光发煲仔饭"是容桂一家远近驰名的网红店。传统的煲仔饭一般以腊味煲仔饭、黄鳝煲仔饭为主，而"红星光发煲仔饭"厨师硬是研发了20多个系列、60多款不同食材、不同口味的煲仔饭，五花八门，色香味俱全，总会有一款适合大众的口味。来自五湖四海、天南地北的人，都能在容桂找到中意的味道。容桂近6000家饮食店铺厨艺娴熟的厨师们，将一个地方的烟火气烙在了众人的味蕾上，感化在心坎里。

容桂控股集团有限公司董事长、总裁曾庆禧，在现场发布顺德（容桂）城市发展资源推介平台——"容易揾"小程序。"容易揾"小程序是由容桂街道携手顺德区政务服务数据管理局联合打造的容桂城市发展资源线上推介平台，以数字化和智能化赋能公有资源推介。"容易揾"平台具有"一屏统揽容桂城市发展资源""合作模式多样化""360度全景看资源""搭建多渠道进行沟通洽谈"等特点，用户手指点一点即掌握容桂街道各类城市发展资源信息，为各行各业投资者带来更高效、更便捷、更优质的营商体验。

一个有底蕴、有自信、有品位的地方，才有潜力、有活力、有实力。

拥抱湾区"四大构想"

作为顺德的"南大门"，容桂是顺德最靠近珠江口的地带，更是顺德连接深中通道的第一站，容桂将以怎样的一个新姿态迎接新的挑战？在顺德容桂城市推介会上，围绕"都市岛城""文化趣城""无界智城""立体复城"四大构想，容桂街道整体提升规划正式发布。

构想一：营造多元活力、疏密有致的都市岛城。

依托105国道、碧桂路和伦桂路，打造产城共融、强心提质的空间结构。结合容桂城市空间格局，规划形成"一心两引擎三节点，三带三轴六板块"的空间结构，全域南北联动、东西整合。强化东西横向生态和服务联系，纵向串联大良和中山北，加强区域辐射能力。

构想二：建设魅力包容、人文宜居的文化趣城。

规划建设国际化、特色化、高品质的公共服务设施，布设六大服务设施群落激发活力，打造全年龄友好设施服务圈。引入六类文化设施，策划七大文化体验路径，融入容桂时光十二景，描绘可体验、可感知的文化时光地图。

构想三：培植迭代进化、创新引领的无界智城。

规划将容桂建设为更加数智化、柔性化、集群化的先进制造科创高地，围绕两核多芯的产业结构，重构容桂产业功能布局，推动产业升级，培育源头创新载体，谋划五类创新种子，合理布局产业空间，带动产业集群化。

构想四：搭建互联互通、复合交往的立体复城。

积极对接中山外环北延线等对外通道建设，规划"一城际五轨道"区域轨道网络布局，加快融入互联互通的湾区一小时创新圈，提高容桂的湾区交往便利度。

马冈科学岛作为顺德中心城区稀缺的土地增量地区之一，拥有超过50%的"蓝绿"生态本底资源，拥有南方医科大学高等学府，以及即将成型的地铁、干道等便捷交通网络，为地区发展带来全新的价值。未来，片区将发力"生态＋科创＋城市"融合发展，将人文记忆与未来构想结合起来，打造为顺德战略性新兴产业核心引擎。

如何在容桂找到发展机遇，找到合作的平台？曾庆禧在大会上介绍了优质资源项目和城市发展资源推介平台。

曾庆禧说，容桂的重点是打造"产城人文"融合的片区——大岗山·科创生态引擎片区。这里地貌独特，绿树成荫，环境优美，有不可多得的自然资源。

在交通环境上，大岗山片区邻近顺德口岸，深中通道、广珠西线、广珠轻轨、碧桂路四大重点交通枢纽在片区交汇，北接广州，南接深圳，地理位置得天独厚；在周边配套上，大岗山片区北邻德胜河水道，靠山面海，周边有一批成熟优质住宅、完善的教育与商业配套，还有国家级高新技术开发园区、省级专精特新企业75家，是顺德高端人才集聚之地。

根据规划，大岗山·科创生态引擎片区将依托区域位置优势，计划导入前沿科技产业，融合稀缺绿色生态资源，打造成为产、居、学、研、教等多位一体的科技产业新城。

第二个推介的项目是"容桂西部产业开发区"。容桂西部产业开发区大部分已完成土地整备，是街道今年重点推出的产业空间，这个片区拥有非常明显的交通优势，拥有完善的产业、教育、医疗、生态等资源配套，开发区内已落户的项目包括顺芯城、川崎总部、松下环境、美的睿住住工、联柏总部、杰晟热能科技等，形成以芯片、新材料、新能源汽车、智能制造为主导的产业集聚区。随着园区内项目陆续落地，容桂东西两大高新区的双引擎格局形成，将能带动容桂经济再次腾飞。

此外，会上还陆续推介了"容桂东城市都会核心片区""新马路片区""容桂里"等三大片区板块，聚焦容桂城市品质人居，满足美好生活的向往。

容桂是一个善于创造奇迹的地方。

35年前，位于容桂街道的容奇港成为顺德第一个对外开放的货柜码头，打开了"顺德制造"迈向全球的通道，成为对外开放的门户枢纽，造就顺德跻身广东"四小虎"之首的发展佳绩。

30年前，顺丰速运在顺德注册成立，负责揽收容奇港口岸与香港九龙的信件快递，包括海关单据、银行文件、运输凭证、商贸合同旅游签证等。经过多年发展，顺丰速运迅速发展成为速运行业的标杆，荣获"中国品牌强国盛典榜样"称号。

23年前，湖北宜昌青年石悦任职容奇海关。2006年3月，石悦在网上创作发表长篇小说《明朝那些事儿》，一石激起千层浪，作品迅速火爆互联网和全国文坛。截至2014年，《明朝那些事儿》累计销量超过千万册，创下中国图书销量的奇迹。

容桂的昨天，构建了我们的回想和记忆。容桂的今天，让我们怀揣着憧憬和梦想，不断创新，砥砺前行。容桂的明天，是明媚的阳光，是雨后的彩虹，是人们心驰神往的所在。

创业先锋

醉美容桂时光，饱经岁月滋润。

容桂是顺德重要的工商业发源地。容桂的自信与自豪，并不是与生俱来的，也不是天赋异禀的。她的舒展大度的气质格调，是与苦难辉煌的境遇和处境相关的，沧桑岁月总是和创业奋斗精神融合在一起。

中华人民共和国成立以来，容桂共培育出65名劳动模范，其中有全国劳动模范4名、全国"五一"劳动奖章获得者6名、省部级劳动模范35名、省"五一"劳动奖章获得者8名、市级劳动模范12名。一批又一批劳动模范，是不老的容桂创业情怀，是这片经济乐土宝贵的精神财富。

一个地方在发展与领先之余，需要有一种历史的认知、文化的积累，需要警醒对自己的分析与认识，需要叱咤风云的凝聚力、意志力和新活力，把对现实的了解与把握传播开去、传承下去。

2023年2月18日，"提振信心，重新出发"容桂总商会春茗晚会隆重举行，容桂总商会总结回顾过去一年各项工作成效，谋划新一年发展。同时，授予三名有卓越贡献的制造业企业家"容桂创业先锋"荣誉，以榜样的力量，鼓舞广大企业家铆足干劲、笃定前行，为容桂经济社会高质量发展努力奋斗。

作为涵盖容桂街道众多产业的枢纽型商会组织，容桂总商会主动拥抱数字化,提供精准服务。在2022年,容桂总商会积极"走出去",探访省内外重点企业、科研机构,探寻数字化转型密码;把省内著名高校中山大学岭南学院"请进来",共同制定《容桂产业发展与宏观经济政策分析》蓝皮书。

无论企业如何发展壮大,无论何时何地,都不能忘记企业家创业的艰辛,不能忘记创业的初心,不能忘记企业肩负的使命和社会责任。这就要发挥创业先锋作用,刻苦耐劳,不断创新发展。作为制造业重镇,容桂制造业的发展离不开本土企业家的敢为人先和示范引领。2022年,容桂授予潘宁、梁庆德、张锦棉和卢础其"容桂工业领航人"荣誉,以榜样的力量激励广大企业家不忘初心、砥砺前行。

2023年,容桂授予科顺防水创始人、董事长陈伟忠,伊之密创始人、原董事长陈敬财,以及德美集团创始人、董事长黄冠雄"容桂创业先锋"荣誉,向他们敢为、敢闯、敢干、敢首创的精神以及为容桂制造业发展立下的丰功伟绩致敬,树立标杆榜样。

2023年1月5日,德美新总部、德美科技园全面封顶,企业发展迈上新台阶。作为土生土长的容桂人,黄冠雄说,扎根容桂奋斗多年,他在这片土地上收获了事业和家庭,这是容桂给企业家的温暖。广东德美精细化工集团股份有限公司始创于1989年,现已发展成为一家业务覆盖纺织化学品、皮革化工品、石油精细化学品以及科技孵化产业园运营等多个领域的高新技术企业。站在新的起点,德美集团将继续与容桂一起往前走,努力实现新发展。

在新的机遇和时势下,容桂能不能再行领先?能不能再作新一轮的突围?"提振信心,重新出发"既是再度向前的召唤,更是容桂总商会和容桂企业家砥砺奋进向未来的坚定表态。在新时代新征程的前行中,容桂还有没有更为强大的凝聚力和新活力?要把艰苦奋斗、敢为人先的精气神振作起来,把自身的优势和力量发挥出来。这点醒了处于迷茫中的人们,赋予大家继续前进的方向和勇气,引起大家对自身的反省和审视,点明了高瞻远瞩的目标与愿景。说到底，容桂不可小觑每一步的探索，这些探索既举轻若重，亦可以引领潮流。

使命与担当，是容桂再度出发、再度领先的双翼。

第三章　谁家新燕啄春泥

在《顺德文学作品选粹》（诗歌散文卷）[①]中，有一首追根溯源，描述顺德工业文明的诗歌：

我们从碧江金楼出发

在时光的隧道里，漫步到清代

脚步来到广东四大名镇的陈村

想看一眼，祥和钱庄当年的银票

那一刻，作家们发出长长的叹息

从桑园围到岭南壮县

尘封的往事，躲藏在涂抹过香云纱的河泥里

远处，曾经有继昌隆缫丝厂的机声

那是时光的隧道口，引出佛山制造的起点

沿途上，有历史遗落的痕迹

有工业现场发芽的诗句

这是凝聚几代人心血、智慧和汗水的发展轨迹，也是筚路蓝缕、风雨磨砺的勇敢和坚韧，更是一方热土默默奉献与彪炳千秋的精神力量。

[①] 佛山市顺德区作家协会编著：《顺德文学作品选粹》（诗歌散文卷），广东人民出版社，2021。

雄关漫道从头越

三年疫情过后，人们急切期待经济建设迅速发展起来，然而，理想很美好，现实很骨感，经济并没有那么容易、也没有那么快能恢复过来。我们面临各种困难和挑战，如何突围？如何布局？这个坎怎样越过去，是一场躲不开的大考。

《珠江商报》报道，3月16日，2023年陈村镇制造业高质量发展大会召开，发布了史上力度最大的扶持政策，两个超百亿园区项目落地，一批增资扩产项目启动，吹响了陈村迈向制造业春天的号角，朝着"未来五年工业总产值倍增"的目标全力进发。

相比起"千年花乡""年橘故乡"等文旅名片，陈村的制造业对于外界来说是较为陌生的一面。

提到陈村首先想到的是什么？很多人的回答是：花卉。早在2000多年前，陈村花卉就作为贡品进奉朝廷，在现代更成为顺德代表产业"两家一花"中的"花卉世界"。陈村因花卉而闻名，但也因为花卉而被定义。很多人无法想象，在这个鲜花盛开的小镇，也有着生机勃发、恣意生长的制造业。

清末，陈村是华南最大的粮食及洋货集散地。这里，每天货如轮转、商贾云集，与广州、佛山、东莞石龙并称"广东四大名镇"。由于商贸发达，顺德第一个海关、第一个邮局、第一个电话所、第一个民营银号都在陈村诞生。陈村也由此成为中国近代民族工业发展最早的地区之一。

1920年，在陈村成立的岭南织造厂率先使用自动化纺织机，这是陈村早期工业现代化的萌芽，也是陈村以制造业起家的历史渊源。

改革开放后，位于陈村的华英风扇厂一跃成为当时的全国十大乡镇企业之一，也是全省首家产值超亿元的乡镇企业。1991年，华英风扇厂率先开发出全国首条机器人生产线，平均6秒生产一台吊扇，具备当时国际先进水平。

来到现代，世纪工程港珠澳大桥也有陈村企业浓墨重彩的一笔。大桥的建设过程中，因为跨越的海域是中华白海豚的栖息地，施工务必满足低震动、低噪音、零污染的要求。当时即使是全球最顶尖的行业机构都无法解决这一难题。关键时候，广东力源液压机械和科达洁能两家陈村企业挺身而出，仅仅通过四个月的技术攻关就研发出全球首台525公斤重型液压打击锤，用于港珠澳大桥工地，与申菱环境、华运通达的产品一起在大桥工程中发挥了重要的作用。

从祥和钱庄到岭南织造厂，从华英风扇厂到力源液压、科达洁能、申菱环境、华运通达，企业迈出的每一步，都是陈村制造业发展的轨迹。

"过去，陈村靠制造业起家，我们不会因为走得太远，而忘了从哪里出发！"历史的足音不曾远去，正如陈村镇党委副书记、镇长梁锦棠所言，回顾历史，就是为了不忘初心。

报道说，2023年3月8日，广东法迪奥厨卫科技有限公司新总部数智化产业基地的动工，正是陈村回归制造初心的有力诠释。项目所在的地块就位于华英风扇厂所在地，在这片承载着历史辉煌、创造了历史奇迹的热土上，法迪奥将创新发展，推动不锈钢产业加快迈向价值链高端。

这无疑具有一脉相承的象征意义。不论是在改革开放时期，还是以制造业助推高质量发展的当下，陈村扎根实业，精耕细作，坚定扛起"制造业当家"的大旗。

如果说历史的积淀，让陈村制造业发展前景再现曾经的光环，那迈入轨道时代的陈村，就有了可发展的底气。随着佛山地铁2号线、广州地铁7号线西延顺德段的开通，从陈村出发，不到5分钟，就能到达广州南站。

C位在哪里，市场就在哪里。自2021年7月启动建设至今，一年多的时间里，位于陈村的中集智城项目一期招商率达85%，市外企业进驻占比80%，国家高新技术企业超50%，进驻企业中80%是园区主导的电子信息及智能制造类企业。"8858"的成功，在中集智城项目负责人李文杰的眼中，如同跨越了"8848"这个珠穆朗玛峰的高度。

企业的选择，是对区域价值的认可。透过轨道交通，越来越多企业、人才、技术等资源要素涌向陈村，要承接优质资源的转移，则需要更多空间载体的保障。作为面积最小的镇街，陈村如何突围而出？

陈村镇党委书记霍茂昌说，陈村将以产业园区作为主阵地，重点打造"一带五园"产业载体。尤其是围绕"央企＋民企"的联动发展模式，通过发挥央企的龙头带动作用，持续赋能打造一批特色鲜明、业态高端、功能集成的现代产业园，再造经济增长极。

"一带五园"产业载体，即以潭洲水道为轴，打造富联智谷产业园、顺晋产业园、中集智城、莱茵产业园、华工科技园顺德园区这五大产业园，重点发展机器人、电子信息等吸引年轻人的产业。

报道说，2023年，陈村出让土地超700亩，这是陈村有统计数据以来的最高纪录，引入了富联智谷、顺晋两个超百亿产业项目。其中，富联智谷产业园计划引入被誉为"中国硅谷"的中关村运营，这是中关村在佛山的首个项目，重点发展机器人、电子信息等战略性新兴产业，打造具有湾区辐射力的百亿级机器人集聚地。

中关村进"村"运营

2022年，在疫情多点散发和经济形势复杂多变等严峻挑战下，陈村制造业依然逆势而上，工业技改投资增速超50%、新设企业同比增长超20%。全镇制造业占GDP比重高达64%，撑起了社会经济的大半壁江山。

站在全面复苏的起跑点上，营商环境的分量显得越来越重。拼经济，就是拼营商环境，顺德各个镇街都把优化营商环境作为重头戏，想企业所想，急企业所急，一项项政策顺民意、贴民心、暖民生。陈村定下扎实目标，推出更创新、更有针对性的政策措施，提出着力打造"创业梦想地"，做企业家的护花使者，努力让陈村成为每位企业家圆梦的地方，成为每家企业、每位人才都充满期待的发展热土。

《珠江商报》报道，根据陈村发布的《陈村镇促进经济高质量发展扶持办法》，未来5年投入3亿元，实施企业上市、企业效益、产业空间、科技赋能、"三产"规模和招新引优六大倍增计划，围绕股改上市、数智改造、招商引资等九大方面制定若干条扶持措施，真金白银支持企业发展。其扶持政策力度之大、范围之广，即使放眼佛山，也并不多见。

北京中关村信息谷资产管理有限责任公司副总经理王朝闻说："与陈村合作是中关村在佛山开启的第一个项目，这里的区位优势十分便利，来到顺德就相当于到了广州。而且这里不仅有花乡，制造业基础也非常雄厚，陈村企业家的务实肯干跟中关村的精神非常吻合。看到陈村抓创新、创产业的决心，我觉得在这里大有可为。"

未来，陈村将实行四大行动。一是树标杆、强引领，走好"小空间、大作为"的新型发展之路；二是优政策、促提质，推动每家企业轻装上阵、全速快跑；三是强联盟、拓空间，推动实现"再造一个产业陈村"；四是造环境、引人才，推动陈村成为更多人才向往的"诗和远方"。

"我们一定以最大热情、最好政策、最优服务为企业的发展提供最大机遇。我们也向广大的有志青年呼吁，这里有发展平台，有诗意和远方，我们殷切地期望你带着梦想，在这里扬帆远航。"陈村镇党委书记霍茂昌诚挚地向广大企业家发出邀请。

富联智谷华联世纪工程咨询股份有限公司董事长查世伟说："陈村是风水宝地，不仅水秀、花美，还有优惠政策，我们来这里就是来一起建设美丽的陈村。我们会以最快的时间建设好富联智谷园区，努力引入更多的客户、更多优秀企业，让他们能够在陈村落户、生根、开花、结果。"

中科院雄安创新研究院成果转换处处长李云林认为："雄安创新研究院定位于统筹中国科学院相关创新资源，支持并参与雄安新区建设发展的国家科研机构，围绕新一代信息技术、现代生命科学与生物技术、新材料、绿色智慧农业、生态环境五大领域布局建设若干实验室。我们进驻陈村富联智谷后，将积极推进院企合作，加快科技成果转化，把一些好的科技项目布局在园区，以科技赋能为陈村经济做出贡献。"

在中关村的强力带动下，陈村将持续推广"央企＋民企"合作模式，引导更多产业园区与央企融合发展，充分将央企的龙头带动作用转化为园区的整体竞争力，推动打造更多示范标杆。

青春活力的杏坛

敢于创新求变、善于攻克难关，是水乡杏坛的未来；每位青年的梦想最终构成了杏坛的发展宏图。生逢其时、重任在肩，施展才干的舞台无比广阔，只要是青年才俊，不愁没有用武之地，水乡杏坛，在等你。

2006年，吴领棠创立顺德区韩泰电器有限公司，主要从事电压力锅、电磁炉、电饭煲、电饼铛生产经营。他说："当时，顺德家电全国有名，很多年轻人怀抱创业梦想，起步都是从家电开始的。"

2008年，吴领棠将生产厂房搬到杏坛。"当时，我们想在杏坛租一个厂房，但是资金不够充裕，幸好得到了东原厨具董事长梁敏光的帮助。"

在谈厂房租赁的时候，梁敏光问吴领棠："你是哪里人？"

"我是新联村蒲洲的。"吴领棠回答。

就这样，两人逐渐打开了话匣子。

"知道我也是杏坛人，光哥当时就说，租厂房的押金可以先不给，最后，我们顺利租下厂房，搬到杏坛来。"回忆当年倾谈的情景，吴领棠仍然十分感激。

2010年，吴领棠在拜访客户的过程中，偶然发现了电商行业的商机，了解到电商行业的发展潜力，于是产生了做电商的想法。同年，乐创公司正式成立，成为杏坛镇第一批电商企业之一。2013年开始，乐创公司着力打造"乐创"商用电器的自主品牌，不断提升产品自主研发能力，同时积极拓展电商销售渠道，推动公司逐步壮大发展。

《珠江商报》报道，后来，顺德智富园在杏坛高赞村启动建设，吴领棠又提出了建设杏坛电商创业园的建议，再次得到了梁敏光的支持，为电商创业园的建设提供了空间。2014年，顺德智富园成了"顺德智能家电小企业创业基地"和"顺德杏坛电子商务特色产业园区"，乐创公司也成了第一家进驻园区的企业。

"自从将厂房搬到杏坛，公司发展局面都打开了，特别是办公楼搬到商品厂房后，办公环境好了，企业形象得到提升，很多年轻人愿意来我们公司上班，公司发展的脚步也走得更快。"吴领棠说，杏坛人有一种互相帮助的美好品格。"我很感谢杏坛老一辈企业家对青年创业的支持，而这种支持青年创业的氛围在杏坛一直没有改变，随着乐创公司发展，如今，我们也把'让全球年轻人创业快乐'作为使命，希望为青年在杏坛创业出一份力。"

2022年2月20日，顺德气温骤降，小雨绵绵，杏坛镇逢简水乡却是一片"火热"。当天下午，杏坛镇"青年人才小镇"发展峰会在这里举办，来自全国各地的专家学者、青年代表等相聚一堂，共同见证杏坛"青年人才小镇"创建启动，并为打造青年发展型城市的"杏坛样板"建言献策。

峰会上，杏坛镇党委副书记、镇长胡永峰解读了《杏坛"青年人才小镇"创建方案》。杏坛镇政府分别与《中国青年报》社、北京大学创业训练营、顺德区人才发展服务中心等单位达成一致合作意向，签约共建杏坛"青年人才小镇"。与此同时，顺德区人才发展服务中心杏坛分中心揭牌成立。

杏坛实施"工业立镇、科技强镇、人才兴镇"战略，在构建现代产业版图的同时，全面调研青年人才需求、摸清产业人才结构，有针对性出台符合青年人才成长、引进、培育的政策；做好"青年人才小镇"规划建设工作，启动"一城一环、四心四园、两大社区"载体建设；衔接全国高校资源，以聘任"青年人才小镇"宣传大使和校园联络员等方式，开展政策推介、青年联络、信息发布等工作；深化推动文旅开发建设，融合水乡生态与非遗文化，着力打造岭南文化水乡名片，实现文化育才、创业成才的构想。

《中国青年报》社经管委委员、运营中心主任乔建宾说，通过搭建沟通桥梁，团结各方力量，推动企业、高校和科研院所等产学研主体与杏坛深度融合，充实杏坛"青年人才小镇"建设工作，同时充分发挥《中国青年报》社在青年领域的公信力和影响力，构建全社会青年了解杏坛建设的"青年视窗"，提升杏坛对青年人才的吸引力和凝聚力。

逐梦正当时

青年是一座城市的未来，赢得青年才能赢得未来。

在杏坛镇先后举行的两场青年座谈会上，杏坛镇党委书记孙春刚分别与54名来自杏坛镇各机关单位、村居、企业、学校的青年代表面对面交流，用心倾听青年的所思、所想、所盼。

两场座谈会都有三名以上的镇党政领导班子成员参加，敞开心扉，面对面与青年交流与沟通，加大对青年的关心、培养力度，同时激发青年的积极性、主动性、创造性，鼓励他们凝聚共识、贡献智慧和力量。

事实证明，作为企业赖以生存、发展与壮大的地方，营商环境如同空气和水源，构成一个地方的强力磁场。搞得好，聚才发财，各种人才资源"猪笼入水"，不请自来。搞不好，破财散才，"树倒猢狲散，墙倒众人推"。营商环境不是虚晃一枪的"儿戏"，而是真材实料的产业生态。"营"在今天，方能赢得未来。

广东顺德顺炎新材料股份有限公司副总经理傅艺璇是一名海归青年，因为不想错过新时代的发展机遇，所以毅然回国，选择在杏坛发展。"我对顺德在大湾区的发展前景非常有信心，也深刻理解高质量发展对企业、地区和国家的重要性，压力会有，挑战也一直会在，但我会竭尽所能，和同事们一起突破难关、创造未来，实现我们这一代人的价值。"傅艺璇说，希望能够抓住企业发展的窗口期，在杏坛土地上，推动顺炎新材料公司再上一个新台阶。

先进材料是杏坛镇三大优势主导产业之一，近十年来，杏坛镇积极推动塑料产业就地升级，并着力打造先进材料产业集群，涌现出一批行业龙头和隐形冠军。广东喜龙电子电器有限公司在杏坛发展6年间，公司的年销售额实现了超6倍的增长。董事长周建直言："近几年，杏坛的营商环境不断优化，创业氛围也越来越好，凸显开放、包容的城市性格，杏坛是创业者的福地，来了就不愿走了。"

2006年，深圳华强北电子产品贸易正迎来蓬勃发展，已有一年工作经验的周建却对创业有了更清醒的思考：贸易的本质只是中间的买卖，所有的买卖都需要实业来支撑。这种不一般的洞察力，让周建产生了投身制造业的想法。

这一年，喜龙公司以制造企业的身份落户顺德容桂。10年后，喜龙公司进驻顺德智富园，正式加入杏坛先进材料产业的"朋友圈"。周建说，之所以选择在顺德创业，是因为考虑到顺德既有性价比高的标准厂房，也有完善的产业链配套；顺德地处粤港澳大湾区核心腹地，邻近广州、深圳、东莞、江门、中山等工业城市，交通便利，电子电器产业聚集，工业体系扎实，此外，市、区、镇三级政府在基建设施、资金扶持、自动化发展、人才引进、教育等各方面给予优惠政策，让企业能安心、稳步发展。

周建回忆说："记得刚来杏坛不久，我们就加入了杏坛青年企业家协会，这是我创业后第一个加入的商协会，让我没有想到的是，杏坛的企业氛围原来这么好。在杏坛青年企业家协会里，许多优秀企业强强联合，抱团发展，无论是在本地成长起来的企业家，还是外来的创业者，都可以借助这一平台，共同分享企业发展的经验和思考，而这些都是创业青年非常需要的。"

周建深刻地感受到，顺德的包容性不亚于深圳。"为什么深圳发展的速度快？因为深圳愿意接纳外地人，包容性非常强，但如果让我现在来做选择，我肯定觉得顺德比深圳好。杏坛是一个很和谐的地方，面对外来创业者，本土企业和本地人都展现出一种开放、包容的态度，而且本地企业家内心格局大，愿意分享、愿意接纳。"

"自从扎根杏坛发展，公司成长更快了。"周建这番话有实实在在的数据支撑：2016年至2021年，喜龙公司的年销售额从原来的800万元增长到接近5000万元，该公司的PTC元器件产品技术领域在国内占据领先地位，其产品在美发行业的占有率已经达到60%以上，尤其是高端产品市场，占有率更是高达70%以上，稳居行业龙头地位。

感受到在杏坛发展的美好后，周建还主动向合作企业推荐杏坛营商环境，并成功引荐了近30家来自深圳、东莞等地的合作企业入驻顺德智富园。"在同一个园区里，大家相互帮助，资源共享，在杏坛构建起一条集美容美发、个人护理、健康电器于一体的完整产业链。"

一张地图

杏坛位于顺德西南部，早在南宋时，由夏、谭两族开村，以孔子讲学的"杏坛之说"命名。杏坛的石桥拱桥、祠堂古迹，大概是从这个时候开始建设的，即使经历了漫长的年代，现在依然保存古桥16座，刘氏大宗祠、黄氏大宗祠、同盟会元老九列故居等省、市级文物保护单位40多处。一座座造工精致的石桥、依小河而筑的民居，让人想起著名画家吴冠中的水乡水墨画，富有诗情神韵。

杏坛积聚了源远流长的文化底蕴，有舞龙舞狮、龙舟说唱、锣鼓柜、飘色表演等，其中永春拳、龙舟说唱、人龙舞、八音锣鼓列入国家级非物质文化遗产名录。

杏坛聚拢了逢简、光华、右滩、龙潭等古村落，有"中国永春之乡——马东村"，中国乡村旅游模范村、国家AAA级景区——逢简水乡，是"中国民间文化艺术之乡"。

杏坛是一座水乡小镇，历来人材辈出、藏龙卧虎。这里出过晚明状元黄士俊，清同治状元梁耀枢，清代"画怪"苏仁山，孙中山密友、同盟会元老九列，他们从逢简小河出发，怀揣家国情怀，待之有为，必报中华。

岭南水乡有一首耳熟能详的儿歌："摇啊摇，摇到外婆桥。"人生的开始，总是在摇摇摆摆中长大。摇篮是小河里的一艘小船，外婆桥总是在远方，在跨越天地的彩虹出现之处。今日的杏坛，是青年才俊成长的摇篮，他们汇合于佛山高新区总部杏坛产业园区，在西江沿岸最大的深水港、位于杏坛的顺德新港扬帆启航。

青春逢盛世，奋斗正当时，"青年人才小镇"大有作为。

乘着粤港澳大湾区建设发展的东风，香港青年吴鸿基带着资源回到了阔别已久的故乡——顺德杏坛，创立佛山市领和家居有限公司。

出生于顺德的吴鸿基，是在20岁左右的时候离开杏坛，前往香港求学、发展，又在加拿大大学完成了学业，后来在香港创立了自己的贸易公司。当吴鸿基再次踏上家乡的土地时，他发现杏坛在城市面貌、乡村振兴、产业发展、民生事业等方面都有了很大的改变，非常适合投资、创业、生活。

"我原来从事贸易相关工作多年，掌握着不同的资源，不仅面向国外市场，也面向国内市场，进入家居行业是一次跨界尝试。"回乡以后，吴鸿基进行了深入考察。他说，杏坛拥有土地优势，有底蕴深厚的水乡文化，更有实力雄厚的工业基础，政府在积极推动新兴产业发展的同时，吸引了一批有想法、对生活有要求、高标准的高层次人才。更重要的是，在顺德，上下游产业链配套成熟——"从设计到模具制作，都很容易能找到配套企业合作，所以我们后来就扎根在杏坛发展"。

《珠江商报》报道，2019年，佛山市领和家居有限公司正式成立，该公司主要从事产品研发到一站式空间定制设计和配套安装服务。"我们的目标是要让空间设计人性化，实实在在地更懂得用户。"吴鸿基说，希望以领和家居作为桥梁，立足本土文化，引入国际管理经验，同时更好地连接国内外的优质资源,为顺德乃至大湾区的用户打造舒适、智能、绿色的家居生活。

杏坛积极打造"先进材料""智能家居及高端五金""新能源装备"三大优势产业集群,并通过村改腾出了连片的优质产业空间,吸引了美的机电、阅生活总部基地、悍高六角大楼、德冠中兴科技园等重点产业项目落地。"更多龙头企业、优质企业进驻,将有效促进产业集聚,进一步完善本土产业链配套,对于我们初创企业来说,与配套企业合作将会更加方便。"展望未来发展,吴鸿基坚信,机遇就在大湾区,就在顺德。

2023年2月17日,杏坛镇在"青年人才小镇"峰会上,发布了《杏坛制造业当家3510战略规划》《杏坛镇青年人才"一十百千万"工程(2023—2027年)方案》以及《杏坛镇"青创友好"青年人才扶持资金筹措计划》,同时成立了新材料·新能源产业联盟。

《杏坛制造业当家3510战略规划》明确了杏坛在未来3年、5年、10年的战略目标和主要任务,提出以高质量发展统领全局,突出制造业当家,以开放型经济为特征,以港口发展为纽带,以西江流域为依托,全面融入大湾区发展新格局,抢滩湾区产业高地。

人才是支撑经济发展的"主心骨",作为杏坛镇的镇长,胡永峰对当地的情况了如指掌,他如数家珍般地说:杏坛会以"一张地图"为急需紧缺人才画像,发布《杏坛镇急需紧缺人才目录》,精准定位招才引智方向;以"一支铁军"开展区域推介活动,打响杏坛"青年人才小镇"的品牌;以"一封家书"吸引人才回巢发展,每年邀请百名青年人才到杏坛参观交流;以"一次实习"创造"培养＋就业"模式,每年为大学生提供千个实习、实训岗位;以"一个平台"做好青年人才发展服务,每年服务各类青年人才超一万人次。此外,杏坛镇将在5年内筹措1000万元,通过多元化资金支持、资源支持、项目支持、活动支持等形式,为青年人才在杏坛发展提供友好的、可持续发展的人才环境。

杏坛正处在一个关键的发展时期，正企盼着豹变和跨越。谈起杏坛的发展，党委书记孙春刚说得最多的是杏坛面临的问题，这些问题方方面面、形形色色。如何把握现实，立足现实，寻找一条适合杏坛的发展之路？孙春刚目光犀利，谈吐直率，思维缜密，冷静地审视杏坛的实际情况，找准发力的位置，选定发展的路径，让你看到一幅气势宏伟的蓝图。

2023年，杏坛以高新区、临港经济生态圈建设为着力点，"双轮驱动"，相互协调、持续发力，引领杏坛高新产业再上新台阶、与大湾区的开放合作迈出新步伐、在西江流域经济带中抢占未来制高点。"三产融合"就是要发挥好杏坛农业农村家底厚、工业壮大势头强、文旅发展潜力大、城市服务提升空间广的综合优势，一二三产齐头并进、多种业态跨界融合，构建有杏坛特色的现代产业图谱。"绿色发展"就是要坚定不移贯彻新发展理念，发挥杏坛水乡优势，把绿色基因融入城市发展的方方面面，治水兴城，绿色融城，持续发力建设绿美杏坛。

与年轻人玩在一起

小熊电器股份有限公司是一家专注于创意小家电研发、设计、生产和销售的实业型企业。多年来，凭借创新多元的产品、专业的智能制造及卓越的营销模式，实现快速、稳健发展。

小熊电器创始人李一峰来自江西吉安，思维敏捷，他的双眼透着智慧和精明，仪表堂堂，气度不凡。

将时光的指针回拨到2014年，小熊电器的厂房只有800平方米。到如今，其总计占地面积约30万平方米，拥有多个制造基地，并构建了专业的三级研发体系。

2019年8月23日，小熊电器正式登陆A股市场，在深交所挂牌上市，成为"创意小家电第一股"，正式踏上企业发展新征程。小熊电器坚持自主品牌建设，逐步建立及巩固用户群体，2022年全面升级品牌战略，确立了新定位"年轻人喜欢的小家电",并从产品、营销、研发、设计等方面实现精品化,与年轻人同频交流、共同成长,为小熊电器长期稳定发展筑牢根基。

小熊电器是极受年轻人喜爱的辨识度较高的品牌,在以"美九苏"三大巨头为主导的竞争局面中,率先开辟了中国创意小家电赛道。从产品到营销,小熊电器不断推陈出新,更贴近消费者的情感需求。几乎在每一位"80后""90后"的家庭中,都有一件小熊电器陪伴着成长。

2022年春天,小熊电器迎来16周年的生日。一场属于年轻人的庆生派对在线上举行,包括话题互动、品牌联动、全渠道福利回馈活动等。16岁的小熊电器,正值花季,希望和更多用户一起,让更多年轻人认识小熊,看到这个创意小家电品牌背后的创造力和生命力。

从一个酸奶机起家,从"种草"到"扎下根",到茁壮成长的一株小树,并成为"木"秀于"林"的品牌,小熊电器奠定了客户群体的主色调——"80后""90后"乃至"00后"的年轻群体。因此,创造力,几乎是这个品牌与生俱来的基因。

一直以来,小家电的"战场"主要被认为在厨房。但在2018年,小熊迈出了重要的一步。当年的中国家电及消费电子博览会中,小熊电器将家电融入多个生活场景,既包括早餐区、一人私享区,也包括办公区、工作室,首次走出厨房,走到更广泛的空间。

李一峰说:"基于人的不同生活场景,从厨房到客厅、卧室、办公室、旅途上,我们会发现一个人有不同的生活习惯、不同的生活场景,不同生活环境会有不同需求,不同需求下自然会产生不同的产品。"

背后的逻辑,是对"人"的关注,更是对生活的关注。

小熊电器和年轻人一起把生活中的天马行空的创意变成现实。在小熊电器的定义中,小家电并不只是一个单纯的家电产品,而是让生活变得新奇有趣的"神器"。它们不应该囿于想象中,而是通过一个个有创造力的产品,将年轻人的想法和诉求变成现实,变成生活中方便实惠的享受。

谁说出差旅行一定疲惫不堪？便携电水壶随时让你喝上一口热水补充能量，你还可以拿出便携电热锅给自己煮面加餐，用便携挂烫机熨烫好衣服，虽远离家中，却仿佛在家中。

在更多的场景中，小熊电器扮演的不再是一个小家电产品，而是一个贴心的朋友。

休闲生活里，自己下一碗面，榨上果汁加气泡水，它是快乐肥宅周末的打开方式；朋友聚会中，高颜值的小家电是拍照利器，实用的它更是美味的缔造者，一块肉、一杯茶，用美食连结彼此；职场中，它是你疲劳后的温暖——手边一杯常温的水、忙碌开会后暖心的午餐、熬夜加班的养生茶饮；甚至在你成为年轻妈妈后，它也会伴着婴儿度过母乳喂养、幼儿护理的阶段，见证新手宝妈的蝶变和成长……

从学生时代到初入职场，再到组建家庭、迎来新生命。小熊电器通过这些新奇有趣的小家电，与年轻人构建起了更深的联系。在当代年轻人的消费语境中，他们普遍追求高颜值、高品质的产品，更渴望情感上的共鸣。而小熊电器做的，正是为产品注入情感，注入生活的创造力。

这就不难理解小熊电器为什么受年轻人的欢迎了。

数据显示，截至2022年3月，小熊电器拥有60多个产品系列，超过500款型号产品涵盖厨房电器、生活电器、个人护理、婴童用品等。其中，煮蛋器、酸奶机、电热饭盒、电烤炉、打蛋器、吐司机、多士炉品类产品在2021年度天猫商城热销品牌榜排名第一；打蛋器、电热饭盒、电烧烤炉、绞肉机、煮蛋器等五大品类获得京东平台销售额第一。

一个年轻的品牌，要有年轻的魅力，更要有年轻人的玩法。小熊电器通过互联网与年轻人玩在一起。依靠线上渠道的内容优势"攻占"消费者的心智，一向是小熊电器的竞争法宝。

早在小熊电器刚成长时，它就在业内较早提出"网络授权分销"的线上电商销售模式，打出"创意小家电＋互联网"这一组合牌。

从植入微电影到与明星跨界组合，小熊电器在不断尝试新玩法。

2020年，疫情之下，在家做饭热度持续升温，小熊电器联动抖音首创沉浸式场景直播模式，展现了一个又一个有趣的"做饭＋"的美食社交场景。随后又牵手"95后"人气演员丁禹兮，通过轻松情景短剧，来了一场从远古到未来的"食光之旅"，以更活泼的方式植入小熊电器产品。

如果说，其他品牌正在尝试接近年轻人，那么小熊电器本身就是年轻人，从而才能通过品牌营销和内容营销连接更多青年群体。

与此同时，小熊电器还在抖音上建立了销售渠道，组建专业的自主运营直播间，邀请明星艺人、网红达人进行主题直播。随着抖音直播间的建立，小熊电器直接增粉30万，销量约达1个亿。

小熊电器以"创意小家电"品牌为业界和消费者所熟悉，未来将会延续并深化它的"创新"基因。李一峰说："小熊将继续以年轻人的细分需求为原点、以产品差异化为支点，从智能制造、产品创新、货品质量等方面不断精进，输出更多小巧好用、创新时尚、满足需求的产品，以有想象力的、新奇的、有趣的品牌形象持续加强与年轻人的沟通。"

青春正当时，17岁的小熊电器，正在与年轻人一起，开启更多元、更美好的创意生活。

第四章　最温馨的港湾

"三、二、一！启动！"

2023年3月30日9时，在欢呼声与礼炮声中，沉寂了近三年的顺德客运港正式复航。

10时整，首班客轮"钰珠湖"号载着复航后第一批乘客缓缓驶离顺德客运港码头。2个小时后，这些旅客抵达香港中港城码头。顺德客运港恢复营运首日，推出"一进一出"两个班次航班，而后每日提供"两进两出"的客运服务，即顺德与香港之间每日共有四个班次客轮往返。

顺德客运港是现在佛山市唯一的水上跨境客运口岸，自1998年1月8日启用至今，历年运送旅客12235772人次，是民众往返顺港两地进行经贸、商务、探亲、学习、旅游等多元活动的重要交通方式，更见证着一代代顺德人走出国门、回到家乡的美好瞬间和特殊情怀。

水上通道点对点

顺德客运港是粤港澳大湾区顺德的连接点，是直通港澳、融入大湾区的重要交通枢纽，不仅连接起广东自由贸易试验区佛山联动发展区（南沙顺德片区），更是打造佛山顺德粤港澳协同发展合作区"顺湾之芯、港城客厅"的核心要素。随着顺德客运港的复航，顺港两地往来将更加紧密，有利于顺德深度融入粤港澳大湾区，推动顺港开展全方位、宽领域、多层次交流合作。

顺风顺水顺人意，通航通关通财路。

鸣笛声响起，"钰珠湖"号从顺德港口岸码头离岸、出发，驶往香港中港城码头。

"心情很激动，终于复航了，和香港的亲戚来往更方便了！"家住顺德大良的龙德财，早早就来到顺德客运港，等候着复航后的第一班客轮开出，对于经常需要往返香港的他来说，顺德客运港的复航为他提供了不少利好。

三年疫情之后，顺德客运港在万众期待中重新启航。《珠江商报》报道，顺德正致力为大湾区青年创新创业、科技成果转化、人才交流等提供更广阔的平台，新的时代赋予这个港口崭新的历史任务和使命。顺德客运港的复航，令人对顺港加深合作交流充满期待。对工商业经营者来说，这是往返香港风生水起的"便捷通道"。

复航首日，不少市民早早便来到顺德客运港的售票大厅，等候检票登船。顺德边检站执勤二队队长刘博宇说,为了有效应对通关客流,现场开足六条查验通道,并设立咨询台,为旅客提供咨询服务,现场工作人员耐心为旅客提供相关指引。售票大厅内更设有预制菜自助售卖机,为来往旅客提供顺德本土味道,借助顺德客运港这个对外交流窗口展示顺德美食。

"整个过程都很顺畅,体验感很好。"从验票、旅检、通关到登船,龙德财感觉非常"丝滑",基本不需要等待。市民黄子驹也忍不住给现场的通关流程点赞:"以前一直是坐船往返香港,顺德客运港对我们来说是一种回忆,服务暖心、流程通畅,很满意。"

何少燕是定居在顺德的香港人,充分感受到客轮的舒适度和稳定性。她带着两岁的孩子一同前往乘坐"首班船",她说:"我们坐船直接可以到香港的市区,通关后不用再转车,十分方便。香港的亲戚朋友,听到了复航的消息非常高兴,他们前来顺德也会更方便了。"

"在顺德与香港之间恢复航船来往,肯定方便生意上的往来。"陈锦辉祖籍顺德,在香港成长,自2016年起回到顺德创业,因工作和生活需要,他每个月需要从顺德往返香港一次。"航线的开通缩短了往返的交通时间,为我们和香港那边的贸易沟通提供了不少机会。"陈锦辉说,自己有不少业务在香港,坐船回去能够直接抵达香港市区,比其他交通方式时间更短,节省了不少时间成本。

"我们团队也有不少的香港青年,可以说,复航后肯定更利于我们与香港那边的企业和人才进行对接,他们过来更方便。"陈锦辉说,香港的企业家也可以通过这条"水上通道"来到顺德,这为顺德吸收高新企业和创新项目提供了更多的可能性。

顺德,是珠宝制造业发家的地方,周大福、周生生、周六福、金雅福、保发等多个珠宝品牌扎根在这里。"顺德客运港的开通,为顺德珠宝行业的出口贸易提供便利,流程更简化了,企业与海关可以直接沟通,更有效率。"在顺德经营珠宝企业数十年的潘女士说,顺德客运港停航期间,顺德本土珠宝企业的出境商品需要委托第三方公司托运,一旦过程中有差错，需要花费不少时间和人力成本，如今顺德客运港开通，出口货物可直接从港口海关直达香港，省时更便捷。"现在坐高铁、巴士都能直达香港，但我更喜欢坐船，欣赏沿途风景，避免塞车，也是不错的事情。"

在香港及顺德两地创业的青年熊家文认为："顺德的发展可谓日新月异，而且顺德的环境对创业青年非常友好，政府的优惠政策和帮助都很到位，对于孵化新项目的公司也给予足够的重视。"熊家文说，路通财通，同时也带动人才流动，为两地商务、人才和科技交流提供了"加速器"。

"顺德客运港提供的是直达香港九龙市中心最便利的交通方式之一，香港全面通关后，首先开放了高铁、直达巴士等交通方式，顺德港复航为我们提供了多一个交通选择，香港各区与顺德不同镇街之间来往变得更加便利。"内地港人联谊会副主席、秘书长伍建南说，顺德客运港的复航，为香港有意前来顺德发展的青年提供了多一个"选项"，从香港市区到顺德，这条"水上通道"实现了"点对点"往来，也为协会人才交流工作的开展提供更多的便利。

故乡水故乡人

因三年疫情影响，不少外企的老板长时间没来顺德。2023年3月15日早上，顺德区委书记刘智勇与顺德外商协会会长陈国民，以及几位副会长、监事长、秘书长在华桂园举行早餐交流会。大家一边喝着早茶，一边就顺德的产业话题、企业人才措施、交通布局等进行了交流。

早餐会上，陈国民与刘智勇相约5天后在香港举行2023年新春酒会。

3月20日至21日，顺德区分别在香港、澳门举办2023投资发展推介会，与广大乡亲共叙乡情友谊，共谋顺港澳合作新发展，邀请港澳乡亲"常回家看看"。

刘智勇携相关职能部门及镇（街道）主要领导同志参加活动。香港中联办、澳门中联办相关领导，省、市委统战部、台港澳办领导同志，顺德籍全国、省、市、区政协港澳委员，顺德籍特区政府官员代表、重点乡亲、重点企业及顺德荣誉市民伉俪，旅港、旅澳顺德社团首长和友好社团代表，以及在顺德投资的港澳企业代表共约500人，分别参加了香港、澳门2023顺德投资发展推介会。

在推介会上，刘智勇向乡亲们介绍了顺德的发展变化。

"美不美，故乡水；亲不亲，故乡人！"刘智勇寄语乡亲常回家看看，品尝家乡美食，感受家乡变化，更生动地讲好顺德故事，积极向海内外宣传顺德、推介顺德，让更多的人了解顺德、关注顺德、走进顺德。

他说，顺德今日的辉煌成就，离不开广大港澳乡亲的不懈支持；顺德未来的发展，同样需要港澳乡亲的鼎力相助。2023年是全面贯彻落实党的二十大精神的开局之年，粤港澳大湾区建设也正式踏入第四年。随着疫情阴霾散去和全面恢复通关，顺港澳三地往来将更加紧密。顺德将紧紧抓住粤港澳大湾区建设这个"纲"，以顺德粤港澳协同发展合作区等重点平台为依托，创新推动顺港澳协同发展，在产业优化升级、科技创新发展、高端服务贸易、青年创新创业、人文交流融合等重点领域不断深化合作和无缝衔接。

"顺德与香港、澳门地缘相近、血缘相亲。"刘智勇殷切期望港澳乡亲更加关注家乡发展，多出主意、谋良策，更好地为顺德发展聚心聚力聚智，更好促进交流合作，发挥大家丰富的人脉资源和信息资源优势，多做牵线搭桥的工作，推动顺德和香港、澳门开展全方位、宽领域、多层次的交流合作。

血脉相连的亲情

顺德是广东著名的侨乡，在发挥华侨、港澳乡亲助力家乡发展作用方面，确实拥有其他地区无可比拟的优势。

一是人数多。顺德现有侨居海外的华侨华人20多万人、港澳乡亲30多万人，分布在世界五大洲56个国家和地区。

二是影响大。顺德有记载的华侨华人历史已有500多年，目前遍布世界各地（含港澳）的顺德侨团约有60多个，其中不少是"百年侨团"，例如，204岁的毛里求斯南顺会馆、185岁的马来西亚槟城顺德会馆、182岁的新加坡南顺会馆、163岁的美国旧金山顺德行安善堂、147岁的旅港顺德绵远堂、125岁的马来西亚太平顺德会馆等。

三是实力强。在广大华侨华人、港澳乡亲中，经济上有实力、社会上有地位的知名人士多，他们为顺德发展经济提供了丰富的人脉、商脉、资金和人才资源。

顺德区招商局局长曾帆在招商推介现场发出诚挚邀请，希望乡亲们常回家乡走走看看，参与粤港澳协同发展合作区等平台建设，为大湾区发展注入更强劲的经济动能，推动互利合作取得更丰硕成果。

赴港澳期间，刘智勇还率队拜会了顺德重点乡亲及重点企业，围绕产业发展、城市建设、合作办学等领域展开全方位合作交流。刘智勇、唐磊晶、刘国兴等区领导分别拜会了香港顺德联谊总会、澳门顺德联谊总会，走访调研港澳部分乡亲企业，并参加顺德籍香港青年交流座谈会。

香港顺德联谊总会、澳门顺德联谊总会作为顺德区重要的旅港、旅澳社团，一贯秉持亲睦乡情、服务社群的宗旨，为家乡经济发展建树良多，同时也在积极推动会员乡亲为教育、文化、敬老爱幼、慈善公益事业多做贡献。

刘智勇在拜会时说，顺德永远是各位乡亲最温馨的港湾，是想回就能回、想留也留得下的故乡，希望各位乡亲同家乡人民紧密沟通，心往一处想、劲往一处使，为顺港两地共通共荣贡献力量。

在顺德籍香港青年交流座谈会上，佛山市政协委员、科晫有限公司创办人兼行政总裁杨文锐，顺德区政协委员、诺意烘焙有限公司总经理叶承殷，顺德区政协委员、香港华为国际有限公司高级律师梁辉鸿等围绕深化职业教育制度、推动港澳青年积极参与家乡经济建设等话题发表建议。

刘智勇表示，顺德区委、区政府一如既往地高度重视港澳青少年人才工作，希望香港青年加强与家乡联系，多到顺德走走看看，把握大湾区建设重大机遇，参与到顺德高质量发展中来，相关部门要当好桥梁角色，通过形式多样的交流活动，为促进两地青年在文化、经贸、就业、创业方面开展更紧密合作交流做出新的贡献。

随着顺德营商环境持续优化，越来越多的港澳乡亲在顺德找到了发展事业的沃土，正是顺德彰显"近者悦、远者来"城市魅力的最好体现。

顺德区重视港澳及华侨名人故居保护修缮及活化利用工作，区领导多次实地查看名人故居现状和周边环境情况，深入研究修缮保护工作。在香港拜会顺德乡亲、香港特别行政区政府政务司司长陈国基时，刘智勇强调，顺德港澳及华侨名人众多，这是不可或缺的人文资源，要高度重视名人故居的保护修缮和活化利用工作，有效保护好、合理利用好，做强名人文化品牌。

顺德广泛搜集汇总有关史料，认真梳理，深入挖掘重点乡亲、名人的文化内涵和精神内涵，不断丰富和充实名人形象，加大科学谋划，提出切实可行的名人故居修缮保护方案，更好彰显名人故居深厚的历史文化底蕴，更好凝聚团结港澳及海外华侨力量，推动顺德社会经济高质量发展。

政企交流的纽带

2023年2月17日，顺德区顺商联合总会举行第二届第一次会员代表大会暨换届选举大会，广东万和集团投资发展有限公司董事长叶远璋当选第二届会长，何享健、杨国强、梁庆德等八名企业家任荣誉会长。

2016年5月，世界顺商联合会正式成立，并于2018年更名为顺商联合总会，会员单位从成立时的58家发展到400多家，涵盖家用电器、机械装备、电子信息、纺织服装、精细化工、包装印刷、家具制造、生物医药等支柱产业领域，会员企业达22000多家。

会上，顺商联合总会第一届会长罗维满代表第一届理事会作工作报告。过去六年，顺商联合总会推动世界各地顺德企业家组建异地顺德商会，促成新西兰顺德商会、南部非洲顺德商会，国内有苏州市相城区顺德商会、云浮市顺德商会、北京顺德商会等成立，授予了七家境内外顺德商会"顺德经贸联络处"牌匾，这些商会成了顺商"走出去"和项目"引进来"的桥梁纽带，也成了对外经贸交流合作的重要平台。

六年来，顺商联合总会积极搭建海内外顺商合作平台，协助接待境内外顺商交流活动60多批次、700多人次，帮助海内外顺商积极参与国际经贸往来，在新的发展形势中取得新的竞争优势。

顺商联合总会自成立以来，已成为全球顺商的"娘家"。叶远璋说，今后会全力以赴把海内外顺商凝聚起来，继续传承、弘扬顺商优良传统，推动顺德经济社会的持续健康发展，这艘承载着顺商精神、顺商使命、顺商信念的大船定能乘风破浪、扬帆远航，希望广大会员企业坚持以科技创新为引领、主动适应新的发展格局，推动产业与新技术、新业态、新模式深度融合，在高质量发展中抢得先机、赢得优势，为持续拓展万亿顺德、千亿集群的产业版图贡献力量。

2023年，为扩大顺商在全球范围的影响力，顺商联合总会从各镇街总商会、区属重点领域商协会、上市公司、产业集群代表中吸纳了一批各领域标杆企业。同时，由区工商联主管和指导的商协会，也作为团体会员加入总会当中，拓展了顺商联合总会的覆盖面。

粤港澳大湾区是贯彻落实新发展理念着力打造的经济发展新平台，对顺德的改革开放与创新发展，具有重要意义和深远影响。

粤港澳大湾区拥有世界上最大的海港群和空港群，经济活力强，开放程度高。从顺德过去的发展经验来看，港澳乡亲、华侨华人以及粤港澳的合作，是撬动顺德改革开放和创新发展的一个杠杆，也是加快促进顺德工业化进程的助推器。在世界经济百年未有之大变局和历史性跨越的今天，粤港澳大湾区将是推进顺德扩大开放的一个重要平台，也是促进顺德创新发展方式提升的契机。

顺商联合总会是凝聚海内外港澳乡亲、华侨华人的"娘家"，不仅给顺德"走出去"创造积极良好的宏观环境，进一步加强对外拓展国际经贸往来的参与度，而且深度重塑顺德人际关系的朋友圈、工作群，为"引进来"创造有利条件，活跃与扩充对外合作的"顺商版图"，为顺德高质量发展注入塑造力、影响力和新活力。

顺商联合总会"以侨搭桥"，将更加扎实做好组织建设工作，既要充分发挥商会协会的桥梁纽带作用，也要充分激发会员企业的积极性、主动性，充分发挥海内外华侨华人、港澳乡亲以及著名侨乡的比较优势，实行更加积极主动的开放战略，形成内外联动的新格局。也就是说，让更多会员企业参与商会协会组织拓展工作，即发挥生力军作用，也由此分享发展机遇。这是顺商联合总会的重要举措，也是顺应大变局时代发展大势的必然举措。

第五篇

长袖轻舞飞花雨

　　顺德人的精明和智慧，如同具有忧患警醒意识的《清明上河图》，处处闪烁着市民大众的勤劳、勤思、勤奋。他们有天生的领悟力，总会孕育出一种突破意识和超前意识；他们的目光放得很远，不安于现状，期盼"终须有日龙穿凤，唔信一世裤穿窿"；他们的精神风貌是那么自信，步履是那么刚毅，把希望融进默默耕耘之中，任劳任怨，不辞艰辛，从而达成难以实现而又终将实现的目标。

第一章　珠宝世家

　　300多年前，顺德伦教就有许多家庭作坊靠"打金"为生，他们子承父业、师徒传承、走街串巷，奠定了伦教黄金珠宝重镇的基础。

　　何鸣石于1886年在伦教出生。他12岁跟随父亲去了马来西亚，而后继承父亲的金饰产业，并将生意越做越大，先后在马来西亚，以及香港、广州、佛山等地开设了不少分店。他率先将黄金珠宝产业进行连锁化、国际化经营，从而成为现代黄金珠宝产业的先行者。何鸣石在家乡伦教修建了中西合璧的宅第。该宅第现还保存完好，被称作"鸣石花园"，顺德政府现正规划将此处打造成黄金珠宝历史博物馆。

1934年，伦教人周芳谱在广州创立了周生生金铺，后来业务遍及粤港澳。1973年，周生生在香港上市，成为香港首家上市的珠宝公司。周生生这一名字的由来，除了老板姓周这一原因外，更因其有"周而复始、生生不息"的深刻内涵。

在周生生金铺创立4年后，13岁的伦教小伙郑裕彤前往澳门的周大福珠宝金行做学徒，后来，他继承岳父的金铺生意，将周大福做大做强、做优做精，做成有竞争力的品牌。

从上可知，国内有名的黄金珠宝品牌的源头均是顺德伦教，可以说，粤港澳大湾区黄金珠宝产业发端于顺德。

"原点"的回归

流光溢彩大湾区，耀眼生辉珠宝园。

2023年3月8日、9日，佛山全球黄金珠宝产业投资大会以及顺德伦教黄金珠宝创新生态城首期项目——金福盛黄金珠宝时尚产业园奠基仪式相继举行，成为大湾区珠宝首饰产业"金"艳全球的盛事。

作为与珠宝首饰有着百年渊源的顺德，从传统"打金"到珠宝首饰来料加工，再到产业链全面开花，从珠宝产业发展源头一路走来，承接过往的产业荣光，积极拥抱新时代、新变化，朝着打造湾区黄金珠宝集聚区这一目标向前进发。

佛山、顺德锚定高质量发展首要任务，成功引进投资300亿元的大湾区黄金珠宝创新生态城项目，进一步加快集聚黄金珠宝产业资源，打造千亿级黄金珠宝首饰产业集群；高标准、高站位、高质量谋划佛山伦教珠宝时尚产业园，以珠宝首饰、智能制造、数字经济为三大重点发展方向，全方位驱动黄金珠宝产业腾飞。

佛山全球黄金珠宝产业投资大会上，国内外龙头矿业公司及周大福、周生生、保发珠宝、周六福等行业顶级品牌前来参加，一批优质企业、机构纷纷签约进驻，这种繁荣其实是黄金珠宝行业对"原点"的一次回归。

一百年前，何鸣石在南洋、香港、广州、佛山等地开办金铺，创办国内最早的珠宝连锁店企业。

时间倒回到20世纪30年代初，在粤港澳享誉盛名的周生生、周大福金铺就出自顺德伦教，被称为中国两大著名的珠宝首饰品牌。

在改革开放之初，郑裕彤和周家三兄弟先后回乡投资设厂，此后，一直扎根在家乡发展。在龙头企业带动下，顺德黄金珠宝产业走上发展的"快车道"，历经30多年的发展，现已汇聚起周大福、周生生、周六福、金雅福、保发等多个珠宝品牌，加工生产制造类企业超过100家，设计、展示、销售相关企业超过200家，从业人员近2万人，毛坯钻进口加工量占全国总量近七成份额。

不过，顺德周边的深圳、番禺、四会乃至与顺德近在咫尺的南海平洲，珠宝首饰产业也取得了蓬勃的发展。比如深圳水贝，聚集着黄金珠宝产业法人企业近7000家，1万平方米以上专业批发市场10个，行业从业人员超过7万人，年营业收入超过1000亿元。而隔壁番禺的珠宝产业发展势头也不容小觑："十三五"期间，番禺珠宝进出口总值年均达到450亿元，其中2021年为465.8亿元。

相比之下，顺德珠宝首饰产业体量略小，数据显示，2022年，顺德珠宝行业规上工业总产值315.84亿元。顺德作为珠宝首饰行业最早发家的地方，此时向全球优质珠宝首饰企业发出"邀约函"，依然有着十足的底气。这种底气不仅来自百年的历史渊源、庞大的产业集群，更源于顺德珠宝首饰产业始终保持着何鸣石、郑裕彤、周家三兄弟身上敢闯敢拼的劲头，这种精神引领着伦教珠宝人在传承中求变、在坚守中创新、在发展自我中完成产业的转型升级。

伦教突围，为时未晚。

作为周大福在内地重要的生产加工基地，在激烈的行业竞争和不断变化的市场供求关系中，伦教周大福选择了完善产业链、提升自我竞争力的措施：一方面拥抱高科技，研发出钻石T-mark等技术，以及布局智能化自动化珠宝生产；另一方面积极抢占新零售市场，入驻各电商平台，与头部直播合作，接连出现168件足金手链、5000件珠宝上架秒售罄的案例，令人赞叹。

面对电商零售带来的变化，顺德周大福珠宝集团智力资本共享中心副总经理白志远说："我们还将在顺德伦教投入约1亿元，建设24小时无人物流中心，加快辐射7000多家门店的货品管理和配货效率。"

周生生早在2008年就开通了内地互联网销售渠道，成立电商部门，并与顺丰速运全面合作，电商的布局让周生生在电商销售中频频出圈，如今每天电商订单量数以千计。2022年"618"珠宝首饰类销售，周生生在京东平台排第一，在天猫平台排第二。

保发珠宝产业中心则在进驻之初就开始了全产业链的布局，致力打造集生产加工、展示交易、生活配套、教育研发及公共服务于一体的绿色智能旅游园区，主要面向珠宝首饰及相关企业，提供珠宝首饰设计、生产加工、展示、销售、电子商务、金融服务、现代物流、检测检验以及环保等服务。

随着产业链的不断完善，珠宝重镇"老树发新枝"，伦教再出发。

金雅福集团董事长、金福盛黄金珠宝时尚产业园董事长黄仕坤带着300亿元项目进驻顺德，他毫不讳言："公司曾在广东多个城市考察，最后选择在伦教投资发展，就是看中了这里珠宝产业基础好、发展势头强及整体区位优势突出，相信能带动更多优质的大湾区资源进入佛山。"

无独有偶，深圳市顺艺珠宝有限公司董事长郭礼淳也说，佛山、顺德良好的黄金珠宝产业生态环境，以及较为完善的产业链条，成为吸引其进驻的主要原因。

中国企业500强金雅福珠宝、驰名品牌周六福珠宝以及珠宝智造领域的专精特新企业代表广立进、西凡，高新技术企业代表顺艺科技、凯恩特珠宝、金质检等一批机构企业，集中签约进驻金福盛黄金珠宝时尚产业园，为佛山市黄金珠宝产业高质量发展构筑新优势、注入新动能。

黄仕坤说，黄金珠宝创新生态城的建造充盈着他的梦想。"我希望生态城里有最齐全的产业配套，上下楼就是上下游；是学院式的产业园，有最尖端的科技，是全国黄金珠宝产业科技的代言人；是融汇珠宝深厚文化底蕴的黄金文化博物馆，面向世界，张开怀抱；以黄金珠宝为动能，打造产、城、人、文高度融合的城市标杆，成为产业链条最完整、功能配套最完善、享誉全球的复合型黄金珠宝产业制造基地和大湾区黄金时尚产业金字招牌。"

风好正是扬帆时

著名经济学家、深圳市大湾区金融研究院院长向松祚说，在经济发展新形势下，黄金珠宝首饰行业的高质量发展，将成为激活消费、推动新消费强劲增长的重要力量，粤港澳大湾区、尤其是佛山要把握住发展机遇。

如何把握机遇？国际智能制造联盟专家委员会委员、联合国工业发展组织智能制造专家委员会共同主席杨军认为："搭载人工智能技术，未来的珠宝设计将沿着'智能珠宝'方向继续前进。"智能制造和人工智能，已经开始逐渐影响黄金珠宝首饰产业的各个生产流程，从产品设计，到制造工艺，都将被赋予明显的智能化特征。

《珠江商报》说，对于伦教龙头企业来说，更需要紧跟行业发展脉络，在新变化中抢抓新赛道。以周大福为例，其伦教的生产车间已引入了自动打磨机，灵活的机械臂可同时打磨四颗钻石，进行首饰吸取、零件移载，对古老的纯手工程序进行智能优化，不仅节省人力，还能保证质量。

在招商引资的时候，顺德也有意物色科技力量雄厚的企业。比如，金雅福早就布局建设数百人的数字化团队。在前端，通过模块化设计、VR

（虚拟现实）可视化将定制业务移至线上；在中端，搭建数字化定制管理系统、智能排产系统，降低成本、提高效率；在后端，通过数字化技术手段实现业务数据实时共享，提升供应链不同环节的响应速度和协作效率。

顺艺珠宝有限公司则凭借独门绝技在黄金珠宝首饰业内扬名立万。该公司研发独创的一款精密度达到μ级的自动化精密制造仪器，换刀时间是0.6秒，耗时相当于普通仪器的二十分之一，并且能同时合成多道工序，在用于珠宝产品制版时，只需输入程序和订单号就能自动操作，无须人员监管。

这些都是顺德珠宝首饰界加大研发投入、拥抱高科技的具体体现。北京黄金经济发展研究中心主任陶明浩认为，除了这两点之外，珠宝首饰行业要脚踏实地，政府层面也应该通过政策对行业进行大力支持。

在这方面，《促进佛山伦教珠宝时尚产业园黄金珠宝首饰产业发展扶持办法》《佛山市顺德区促进黄金珠宝首饰产业发展扶持办法》等市、区扶持办法均已出台，希望吸引更多国内外招商引资项目落户，力促黄金珠宝首饰产业腾飞。

刘智勇说，珠宝首饰行业已成为顺德的优势产业之一，形成了规模化、集约化、产品产业链条完整的庞大集群。

为推动产业向"微笑曲线"两端延伸，顺德积极培养黄金珠宝产业人才，其中顺德职业技术学院珠宝学院每年培养的珠宝设计、管理人才就超过200人。2022年，在顺德成长起来的周楚杰摘得世界技能大赛数控铣项目金牌，助力我国实现世界技能大赛数控铣项目"四连冠"。

枝繁叶茂根基厚

起家好比针挑土，玉经琢磨终成器。1886年，伦教人何鸣石生于羊额的一个富庶之家，12岁时跟随父亲前往马来西亚，后来继承父亲名下的金饰产业，在东南亚、香港、广州、佛山等地开设金铺与珠宝首饰连锁店，被认为是当时的"顺德首富"。

创业艰难百战多，不愁无处下金钩。1934年，周芳谱一家在广州创立周生生金铺，业务遍及粤港澳。多年后，周芳谱将金铺生意分给两房子女。周芳谱的侧室为伦教荔村人，其养育的周君令、周君廉、周君任三兄弟将所继承的业务发展壮大，成为今天广为人知的周生生集团。

1957年，周家三兄弟在香港注册成立周生生公司，后于1973年上市，成为香港第一家上市珠宝企业。

1993年，周生生首先在顺德容奇等经济发展较快的地方开设了多家金铺。两三年后，出于提升产品售后能力等方面需求，周生生选择了挂靠国营的金榜首饰厂，成为该厂的"第五车间"，并一直持续到2000年。2000年，周先生在荔村周氏祖屋原址附近投资建设周生生综合大楼，从此，进入快速发展轨道。

精诚所至，金石为开。1929年，周大福品牌创立。1938年，伦教人郑裕彤来到广州的周大福珠宝金行做学徒。周大福珠宝金行的老板周至元也是顺德人，并且是郑裕彤父亲的好朋友。郑裕彤勤奋聪敏，工作任劳任怨，很快赢得周至元的赏识，不但让女儿嫁给郑裕彤，还让他继承了周大福珠宝金行的生意。

1988年，香港周大福集团主席郑裕彤博士回乡投资设厂，总投资243万美元，建设了周大福集团在伦教的生产基地——年加工首饰2万多件、钻石1万多卡，产品主要用于出口的伦教首饰钻石加工厂。这个充满乡情的举动，成了伦教珠宝首饰行业起步之举。

1991年，伦教首饰钻石加工厂成为顺德571家"三资"工业企业之一，并荣获"出口先进奖"。这是现代伦教珠宝产业的重要发展时期，共有金属工艺及首饰业单位14家，职工1393人，产值6603万元。

2002年，周大福在伦教扩大生产基地。2008年，伦教珠宝首饰商会成立。郑裕彤捐资300万元，资助郑敬诒职业技术学校的珠宝首饰专业。

2011年，周大福珠宝集团有限公司在香港联合交易所主板上市。周大福在海内外拥有超过2000家连锁店，是最著名、最具规模的珠宝首饰品牌之一，并获得"中国驰名商标""中国500强最具价值品牌""香港十大名牌"等荣誉称号，产品销售额长期在珠宝首饰行业保持领先地位。

大鹏一日同风起，扶摇直上九万里。2012年，第三届珠宝设计大赛由中国珠宝玉石首饰行业协会（以下简称"中宝协"）和顺德区人民政府联合主办，被纳入广东省第六届省长杯工业设计大赛饰品专项赛。同一年，《关于促进珠宝首饰产业发展的扶持办法》出台与实施。

2013年，伦教正式确立"珠宝、旅游、文化"的发展路径，在推动珠宝产业发展方面大力抓产业规划、抓载体建设、抓企业服务、抓软件建设，力促珠宝产业从生产加工向研发设计、文化展示、互联网＋、商贸物流等"微笑曲线"两端延伸。

2014年，投资2000万美元、占地2.8万平方米的周生生佛山工业园投入使用。中宝协粤港澳大湾区珠宝创新发展中心正式落户伦教，倾力打造顺德国际珠宝展、中国珠宝首饰设计天工奖；周大福珠宝文化中心获评为国家 AAA 级旅游景区。

2018年，保发珠宝集团国内总部落成，建筑面积34万平方米，打造集生产加工、展示交易、生活配套、教育研发及公共服务于一体的绿色智能旅游园区。

2019年，由中国珠宝玉石首饰行业协会和顺德区人民政府共同主办，中宝协粤港澳大湾区珠宝创新发展中心和顺德区伦教街道办事处承办的首届中国珠宝创新创意峰会召开。伦教街道围绕"珠宝名镇，宜居伦教"的发展定位推动城市建设，伦教被认定为中国珠宝玉石首饰特色产业基地和广东省珠宝首饰技术创新专业镇，中华玉雕艺术大师陈義、樊军民、刘忠山分别在伦教开设工作室。

2020年，伦教举办"2020年珠宝时尚小镇首批珠宝玉石重点项目签约仪式"，分别签署了顺德珠宝智慧城框架合作协议和大湾区国际珠宝城规划项目框架合作协议。同时，中国玉石雕刻大师王俊懿大师工作室和伦教帝加产业带直播电商云园区揭牌；伦教珠宝时尚小镇入选广东省第三批特色小镇培育库，伦教要继续深化"珠宝名镇"建设，推动珠宝产业高质量发展。

"95后"的大城工匠

2013年，一个外地的普通少年刚刚初中毕业，在父亲的建议下，他怀着忐忑不安的心情，首次接触珠宝玉石加工。10年后的今天，这位少年已成为闻名遐迩的"珠宝加工大师"，多次代表中国出战世界技能类赛事，先后获得澳大利亚全球技能挑战赛第二名、第45届世界技能大赛珠宝加工项目亚军等荣誉，并被授予"佛山·大城工匠"称号。

他就是陈奇亮，一位已然获得世界技能大赛荣誉却不骄不躁的"95后"青年。在众多赞誉下，他默默回到小小的珠宝工作台，继续沉醉于每一件珠宝饰品的打磨，让宝石在一雕一琢间绽放更绚丽的光彩。

对于陈奇亮来说，来到顺德，走上珠宝加工道路是误打误撞的奇遇。初中毕业后，陈奇亮走进了广东省肇庆市四会中等专业学校学习，由于学校与顺德区郑敬诒职业技术学校实行联合办学制，他与同学们在入学第二年就转到了顺德，开始学习珠宝首饰加工技术。

毕业后，他选择留在顺德工作，入职周大福珠宝金行有限公司，不久，他被破格调入周大福大师工作室成为学徒，继续在专业领域里苦练深造。"当时觉得自己和前辈之间有很大差距，只能通过反复练习来提高。"陈奇亮坦言，除了完成师傅每天交代的工作，他会在下班后回到学校首饰专家工作室练习，常常一坐就是几个小时，直到晚上9时才回家。

在日复一日的钻研中，陈奇亮不仅打磨出一件件精美的珠宝饰品，也把自己"打磨"成一个具备较强实力的工艺师。

十年寒窗，一举成名。2019年，陈奇亮夺得第45届世界技能大赛珠宝加工项目亚军，在珠宝首饰行业引起轰动。比赛现场，选手们拿到了一道为古董商制作礼物的试题。"其实图纸已经有了基本结构，但在核心部分需要融入自己的设计。我想在这么大的国际舞台上，要向世界展示中华民族璀璨的文化，就想到了瓷器。"陈奇亮说，顺着这个思路，他将中国瓷器与古董商结合起来，细细雕琢出一个生动的故事：古董商在这个行业打拼了很多年，也收藏了许多古董，但最让他感到骄傲的是收藏了中国瓷器——一件宝石点缀的古董花瓶。

陈奇亮说，珠宝首饰是文化的载体，它不仅仅需要精湛的技术打磨，更需要青年发挥创造力，将自己对文化的理解融入作品之中，传承和弘扬中华优秀文化。也因此，在获得极高荣誉后，他也没有放弃对知识和灵感的追求，而是虚心地前往各地参观学习，逐渐培养自己的想象力和创造力。比如看到一片树叶，工艺师们不仅要看到表面的颜色和形状，还要看它细微的纹路和结构，慢慢联想到其他方面，再运用到设计上，从而为每一件珠宝作品赋予生动的灵魂。

作为一名新顺德人，陈奇亮来到这座城市已是第九年，他深刻感受到了城市对人才的重视和关爱。"顺德是一座温暖的城市，学校和企业给了我许多支持与帮助，顺德珠宝加工工艺的不断发展也为我们带来了许多思考，多项政策让我们的生活变得更好。"

与此同时，陈奇亮也积极回到母校，传授技能大赛经验和珠宝行业知识，他还会分享自己一路走来的心得和方法，鼓励同学珍惜学校提供的机会和平台，坚持练习，努力成为为顺德珠宝产业增添"光彩"的优秀青年。不少学子在他的影响下，坚定朝着珠宝产业顶尖目标前进。

陈奇亮说，青年是最富活力、最具创造性的群体，是整个社会力量中最积极、最有生气的力量，应该在城市的发展建设中主动作为，这不仅体现在为行业发展做出的贡献中，还体现在平时的社会生活中。"比如我现阶段的目标是完成手上的作品，创造有价值的珠宝艺术品；日常生活中也会多关心身边人，发挥青年力量和优势，为美好城市建设添砖加瓦。"

第二章 家具重镇焕发新活力

龙江镇作为"中国家具设计与制造重镇""中国家具材料之都""中国塑料建材产业之都"，有着全国同级别区域中首屈一指的产业规模，也有十分完备的家具产业链，被业界冠以"宇宙最强家具小镇"的称号，全镇家具从业人口近20万，整个产业链上下游产值超1000亿元。

"团蜂就是一个蜂巢，其中的创业团队就是一支支战队，大家各显身手，集团全方位为其赋能，看谁跑得最快。"广东团蜂科技有限公司（以下简称"团蜂科技"）董事长许瑞礼在顺德区龙江镇举办的以"科技成团，蜂创未来"为主题的发布会上说，公司不但要成为中小家具企业数字化转型的枢纽，还要打造家居行业创业的平台。

在企业采访的过程中，笔者经常听到一句话："年年说难，今年真的很难，尽管如此，撑一撑就过去了。"在发展道路上，困难和曲折肯定是不可避免的。大环境下，大变局中，需要修炼一套真功夫。要活下去，就要谋布局，谋突围，谋发展，凝聚更强、更有韧性的力量。

从前瞻性的计划，到水到渠成的机遇，许瑞礼胸怀大局，把握大势，积极主动求变，以科技举措应变，千方百计要把想法变成现实。

家具的突围之路

在龙江镇家具行业摸爬滚打20多年的许瑞礼，对龙江家具业的优势与短板可谓了然于胸："经过40余年的发展，龙江形成了全国最完整的家具产业链。龙江的家居建材很齐全,是全国最大范围的家居建材集散地,大大小小的家具零部件,基本上在龙江方圆30公里内都能买到。"

不过,许瑞礼心底也清楚,尽管龙江已经形成极具特色的家具产业带,却依然不可避免地面临着传统制造业人才流失、市场太过分散的难题。"未来数字化生产是家具行业的必由之路,这已经成为行业的共识。做好了不一定赚大钱,但做不好肯定要倒闭。"正是看到了行业的痛点,许瑞礼一直在思考,寻找一条适合家居企业数字化转型的突围之路。

团蜂科技发布了家居行业全链路数字化平台,重点项目团蜂家居社区服务中心亦首发上线。"数字化转型已经成为共识,关键是怎么转。"许瑞礼说,很多中小家具企业都是家族式或者单打独斗式经营,生产发展严重依赖个人能力,很多企业甚至对整体成本都不能做到精准核算,更不要说具体环节的运营情况。

"从采购到生产、销售,采取'人盯人'的战术,生产销售额不大,但人工成本却非常高,效率也得不到提升。"许瑞礼说,按照传统的做法,这样的中小企业如果开启数字化之路,大概率落入"花钱买软件、请人操作、成本上升"的恶性循环。这也使很多企业主对数字化望而却步。

数字化转型的一个重要目的,是降低成本,提高生产效率。团蜂科技从底层做起,建立软件开发团队。"软件一定要符合生产企业实际需求,另外前期免费使用。"许瑞礼说,家具产业数字化不能像家电产业那样做到全方位流水线生产,因为家具属于非标产品,各个尺寸都不一样。

针对这种情况,团蜂科技从软件端入口,厂家只要接入,就可以实现生产过程各个环节成本的透明化,从设计到生产的每个步骤都一目了然。而在采购端,团蜂科技打造的材料网App,只要轻点鼠标,就可以找到合适的供应商,且可以终生跟踪。

"如果你能真正解决中小企业的痛点问题,为企业降本增效,他们会主动加入这个资源池。"许瑞礼说,前期主要与集团的VIP客户和战略伙伴合作,利用好现有的资源和渠道,继续打磨完善产品模型。

团蜂科技在全国率先打造出线上线下相结合的家具养护平台，为家具维修行业搭建创新服务的崭新平台，提升家具技能人才专业技能和服务素质，促进家具产业集群"制造＋服务"融合发展，推动家具维修行业标准化建设。许瑞礼说，上线该项目是基于家具行业特点。家具是低频消费品，但家居养护则是高频的。"家具行业基本不存在售后服务的观念，很多销售都是一次性的。"

许瑞礼希望用社区店摄取未来的社区流量。"社区店核心业务还是家居养护，集团将通过技能、营销等培训，为店主赋能。"在团蜂社区广州番禺店，仅仅使用地面推广的形式，两天时间便注册会员521个，39.9元的服务引流成交28单，转化增值服务业务超过5万元。

团蜂科技的全链路数字化平台，同时服务生产商和消费者。许瑞礼说："我们拥有产业链的优势，全链路数字化平台将这种优势体现在消费端，让消费者放心、省心买。团蜂科技的终端家具店与社区服务中心是互通的，通过良好的服务模式和高性价比的产品，两者实现相互赋能。"

千亿产业链

2023年新春，顺德家具高质量发展大会举行，政企联动，搭平台、造氛围，聚焦行业转型升级、研发设计、品牌培育等议题，共话顺德家具产业高质量发展。

会上展播了《顺德家具四十年》的纪录片，讲述顺德家具的起家、引领、匠心制造，展示了顺德家具求新求变的精神、蓬勃向上的气势，以及顺德家具人再创一个黄金时代的信心。

"多年来，顺德家具人敢闯敢试，顺德家具产业迭代发展，集聚形成了综合实力强劲的顺德家具产业集群。"顺德家具协会会长、佛山市志豪家具有限公司董事长左建华致欢迎辞时说，在《广东省民营企业高质量发展倡议书》的指引下，在《佛山市顺德区鼓励家具制造企业做强做大扶持办法》的鼓舞下，顺德家具人要用好政策，做好企业，推动家具产业集群的质量变革、效率变革、动力变革，把自身发展融入大局大势，共同赢得高质量发展的美好明天。

在40年的发展中，顺德家具沉淀了哪些宝贵的经验？接下来如何推动家具产业进一步高质量发展？

佛山市精一家具有限公司董事长朱政臣说，企业的研发能力是产业高质量发展的核心内驱力，要走好专精特新发展之路。未来将聚力产品研发创新，连接全球优质资源，挖掘培育国内原创设计力量，推动顺德家具产业高质量发展，打造中国家居新锐品牌。

企业代表的分享为顺德家具高质量发展打开了眼界。风好正是扬帆时，面对产业发展的新形势、行业振兴的新使命、企业经营的新环境，左建华说，要做好引路前行的举旗手、行业高质量发展的引路标，积极推进家具产业智能化、数字化、科技化、规范化，提升效率，提高品质。

顺德家具高质量发展大会刚刚结束，顺德家具再添一地标力作。3月15日，居家每刻家居总部CTD项目在龙江镇正式动工，计划打造一个具有国际先进水平的智能化高端家居生态产业园。

广东居家每刻家居科技有限公司（以下简称"每刻家居"）是广东爱米高家具有限公司（以下简称"爱米高家具"）2022年新成立的合资企业，爱米高家具被评为2022年度龙江"十大家具企业""迈向全球品牌家具企业"。每刻家居也凭借自身的实力，迅速成为龙江镇的"新进规模企业"。公司旗下拥有四大品牌、五大产品系列，能满足不同消费群体需求。爱米高家具董事长蔡必占说，居家每刻家居将以整案落地为核心竞争力，从设计到落地，以极致配套性、极致颜价比、极致交付力为用户带来高品质的家居服务，实现全面突围。

龙江家具，共有11个专业材料交易市场，材料种类逾80000种。拥有规模以上家具生产企业229家，年产值约260亿元。龙江大力推动家具行业供给侧结构性改革，支持龙头家具企业增资扩产，先后有11个现代家具产业项目落地，这对提升龙江家具的产业形象，推动龙江家具加快向高端化、现代化发展有着十分重要的意义。

没有在龙江找不到的家具

2023年3月16日，在第43届国际龙家具展览会（以下简称"龙家展"）和第33届亚洲国际家具材料博览会举办之际，龙江家具向外界传递了一个强烈且积极的信号——聚焦经济发展，做大家具"蛋糕"，开创"全球家具，顺德时代"的新局面。

时隔三年，顺德龙江再次以全面开放的姿态举办家具行业盛事。众多来自国内和全球各地的家具业参展商、经销商、采购商如期而至，携重磅新品亮相，开拓市场，挖掘商机。

在急流勇进的家具产业江湖，大浪淘沙，洗尽铅华，留下的都是精英。龙江家具产业如何借助展贸机会，整合各方资源，激发家具企业的澎湃动能？这显然是摆在面前急待解决的问题。一切从龙江的实际出发，紧紧盯着影响和制约发展的短板及其根源，带着问题去研究、去提升，持续释放政策红利，锚定目标，真抓实干，以新作为推动新进程。

龙江因为家具"两展"的举办而热闹起来。五大展馆以及龙江展贸大道，连续三天共接待客商超40万人次，这样的人气，对于龙江家具人来说，是久违的，也是熟悉的。"没有在龙江找不到的家具。"跟国内其他家具展会相比，龙江的两大展会背靠全国规模最大的家具制造基地、最完善的家具产业链，历来就备受客商青睐，而众多的龙江新锐品牌和中小企业也一直把"龙家展"看作不可或缺的营销渠道。

作为参展"常客"，思库家具一系列设计时尚、性价比高的家具新品，吸引了各地客商前来咨询洽谈。"每年两届的'龙家展'，都能为我们品牌带来巨大的流量。"思库家具运营总经理杜衡说。

"多年来，'龙家展'孕育了非常多顺德家具品牌，众多家具企业的参与，也成就了'龙家展'今天的辉煌。"在顺德区家具协会秘书长聂熙睿看来，顺德家具行业有今天的影响力，"龙家展"搭建的展示平台功不可没。

龙江的展贸规模，有望继续升级。2022年6月，亚洲国际展贸中心在龙江奠基，瞄准家具产业链优势，定位世界一流展贸中心。世博汇项目二、三期投入使用后，与已经开业的一期项目相互配合，建设成连接全球资源的家居展贸平台、一站式的家居产业之城。

龙江将继续加强家具展贸长廊的商业、艺术和网红元素，打造面向未来的家具展贸大道，目标是建设具有全球影响力的家具展贸高地。

家具产业领头羊

2023年3月18日，达希家居带着筹备六年之久的全新高端家具品牌"木傲"，亮相第51届中国（广州）国际家具博览会。达希家居企业市场部总监秦丛松坦言，这是达希家居近年来参展规模最大的一次，公司对新品牌寄予了厚望，凭借多年来积累的过硬的原创设计实力，借势助力新品牌打开市场，推动企业发展再上新高度。

2023年新年伊始，龙江首次评选出"十大家具企业"。这十大家具企业是龙江家具创新发展的"领头羊"，他们直面挑战与难题，不断求新求变。

精一家具深耕办公家具行业十余年，持之以恒不断加大自主研发创新力度，每年投入研发费用超过2000万元，各类设计研发人员超过50人，并且与国际优秀的设计公司保持长期合作关系，先后荣获德国红点奖、德国设计奖等重量级设计奖项，是行业内申请专利数量最多的企业，2022年成为首家获得顺德区政府质量奖的家具企业。

虹桥家具在行业内站稳脚跟后，意识到家具行业存在着"冷门"的潜力市场有待挖掘。虹桥家具不断拓展细分领域市场，开辟了医科工程、机场工程、教育工程等新赛道，先后成功完成上海浦东国际机场、上海虹桥机场的家具整体配套项目，以及广州医科大学附属第一医院国家呼吸医学中心医养家具项目，取得了骄人的成绩。

美梦思成立于1984年，一直将坚持和创新作为企业的发展纲领。在企业接班人黄毅进看来，只有不断顺应时代发展、抓住市场需求，不断从产品、团队结构、商业模式和数字化转型等方面去创新和改变，才能让企业在激烈的行业竞争中实现突围。

家具是传统产业，但并非落后产业，龙江家具人对这一点有清晰的认知。2021年，龙江家具业产值及税收大幅提升，规上家具企业达到229家，同比增长49.7%；2022年，龙江家具规上企业总产值同比增长11.33%，在市场放缓的态势下，仍然保持逆势而上。

广东省家具协会会长王克认为，经过数十载的发展，龙江已成功打造了家具全产业链半小时经济圈，这在国内也是绝无仅有的。

王克说，智造是龙江家具未来发展的重要突破口，在家具产业高质量发展新征程中，龙江要抢抓佛山泛家居产业集群的机遇，发挥集体商标品牌价值，利用原材料开发、设计创新优势、生产制造优势，推动家居产业协同联动、融合互通、智能互联。

道阻且长，行则将至。

眼下，一些家具企业面临需求不足、利润下降、转型升级压力大的困难，稳定信心和激发活力变得更加迫切。

龙江镇党委副书记、镇长伍成亮说，镇委、镇政府将超越既往地关注、呵护家具产业，通过家具行业"D·BEST"计划，以设计、品牌、展览、超级总部、贸易等五大引擎为家具产业新一轮的高速发展拓展空间，并将家具产业发展全面融入龙江作为顺德西部公共中心的建设当中，全力打造"宇宙最强家具小镇"。

伍成亮认为，要及时准确了解企业的存在状况，从企业的实际需求出发，为企业提供更加精准的服务。

事实证明，政策措施的生命力在于接地气、可执行。越是直面困难、直面问题，就越能为企业带来获得感，形成工作合力，确保高效运转，进一步激发企业的信心和活力。

第三章　谁持彩练当空舞

2023年2月3日，位于杏坛镇麦村第二工业区的一块地块的公开交易，由广东美涂士建材股份有限公司通过竞拍成功摘牌，用作美涂士全球生态智能总部项目建设用地。

美涂士全球生态智能总部项目，计划建成集总部大楼、智能生产工厂、国家级研发中心、涂料博物馆、绿色生态园区等功能区于一体的先进涂料生产基地。

广东是中国涂料生产大省，顺德曾经被授予"中国涂料之乡"称号。全国有2万多家涂料企业，其中约有三分之二和顺德有关，许多技术人才、管理人才、营销人才都出自顺德。顺德涂料不仅门类多，且技术创新能力强，累计发明专利超过200项，先后参与了至少5项国家及企业标准的起草制定，有国家博士后工作站、博士创新实践基地，广东省企业院士工作站5家、国家认可实验室3家、广东省创新型企业4家。

赤橙黄绿青蓝紫，谁持彩练当空舞？顺德涂料是一面旗帜，在海内外迎风飘扬，展示中国涂料强大的感染力。

30秒喷涂一扇门

30秒能干什么？当人们走进位于伦教华南机械城的广东顺德迪峰机械有限公司车间内，眼前的国产首条三工位门窗自动喷涂生产线分外醒目。

这套机器30秒可以下线一扇门，比常规喷漆快120秒，助力家具企业生产"又快又好"。

迪峰机械创建于2010年，是一家集研发设计、生产制造、经营销售和出口贸易为一体的生产专业型油漆涂装设备的国家高新技术企业。公司利用国外先进涂装技术平台，针对不同客户油漆、基材、施工技艺和质量要求等特点，致力于具有独立自主知识产权的全自动化喷涂设备、平面涂装设备、智能喷涂机器人、砂光设备、油漆干燥设备及相关辅助设备的研发、生产及应用，以满足智能、环保、高效生产的需求，为客户提供零距离、全方位的技术支持、先进的工艺方案和完善的售后服务。

"公司的起点比较高，一开始就瞄准国外最先进的涂装技术，第一步实现国产替代，通过创新再做到领先，让中国的涂装技术与世界同步。"董事长李业军说，一个企业的基因非常重要，从诞生之日起，迪峰机械一直在不断地创新。"产品质量是我们赖以生存的基础，为客户创造价值是我们追求的终极目标，公司一直致力智能自动化涂装技术的研发与革新，通过不断开拓国内外市场，成为国内涂装设备的领航者。"

"在行业内，迪峰机械以敢啃硬骨头而著称，代表作就是国产首条三工位门窗自动喷涂生产线。"谈到这条生产线，公司技术研发负责人谢清很是自豪，他介绍，此前很多国内企业也在集成国外先进零部件，以图实现生产效率的提升，但效果往往不理想。

"结构设计决定了产品的性能，如果不能从源头上弄通弄懂国外先进产品的原理，做出来的产品只能是照猫画虎。"谢清说，迪峰机械的技术团队，摸透了国外产品的性能。"不但要知道产品是什么样的，还要知道它为什么做成这样。"站在更高的起点上，三工位门窗自动喷涂生产线利用自动扫描的先进技术，一举将喷涂一扇门的时间缩短到30秒，比之前的最快纪录缩短了两分钟，大大提高了生产效率，节约了人力。

谢清说，之前的设备产品除产品本身的性能外，很大程度上依赖于操作者的经验，但三工位木门自动喷涂生产线是一条真正智能化的生产线。

"过去三年对企业无疑是一个巨大的考验。"李业军说，2023年以来，市场回暖的迹象非常明显，公司订单也比较多，我们除了把握国内外的大势，也要掌握行业的趋势。

"顺德营商环境不断优化，各级政府一直坚持做好企业的后盾，在政策扶持、资源对接等方面帮助企业良性发展，倡导亲清政商关系，让企业减少了很多经营以外的负担和顾虑。"李业军坦言，顺德上上下下致力于为人才发挥才能打造平台，为企业引才留才创造了良好的外部环境。在自身方面，迪峰机械通过薪酬奖励、打造学习型团队等举措，不断提升员工的幸福感、获得感。

冲破行业国际垄断

20世纪90年代初，涂料化工行业在顺德崭露头角，华润、嘉宝莉、巴德士、美涂士、鸿昌、汇龙、迪邦、嘉乐士、华隆等国内早期一线涂料品牌如雨后春笋般涌现。

2000年，顺德的建筑涂料行业进入了卖方市场，业务扩张风生水起。也正是这一年，巴德富集团应运而生，落子建筑涂料乳液，成为房地产行业涂料的上游供应商。

国家高新技术企业、中国500最具价值品牌、广东省产学研合作示范基地、佛山市专精特新企业……在巴德富集团有限公司的荣誉墙上，一幅幅亮闪闪的奖状、一块块沉甸甸的奖牌，如企业深耕水性乳液行业的一道道足印，22年历程捧回意义非凡的"顺德区制造业100强"第7名的荣誉。

面对奖项，企业CEO龚洋龙很清醒，他说："这是对巴德富多年来坚守质量的嘉许，有力的激励与鞭策，时刻提醒我们要将顺德人踏实做事的精神传承下去。"而今，巴德富走在全国水性乳液细分领域的前列，实现销售额超百亿元的目标，但这还远远不够。"巴德富希望走向世界，向水性乳液领域世界第一发起冲刺，真正做到'顺德智造，中国骄傲'。"

2000年12月，顺德本土企业家梁千盛在"工业重镇"勒流创办了巴德富集团有限公司。"巴"代表着传承工匠精神，努力对标国际一流化工企业；"德"是希望全体巴德富人都要成为有德行的人；"富"是指全体巴德富人追求精神和物质的共同富裕。巴德富一直秉承着"学习他人，做好自己，收获幸福"的企业理念。

企业创立之初，建筑涂料水性乳液市场正面临着重重困难。当时，国内行业正被几大国际巨头垄断，很多乳液制造技术与原料被外资封锁，进而影响了本土涂料企业的发展，它们受制于进口乳液高昂的价格影响，成本压力十分沉重。

明知山有虎，偏向虎山行。抱着"敢为天下先"的气魄，巴德富毅然选择进入建筑涂料乳液行业，为涂料企业提供乳液原材料，决心打破外资垄断的市场，为涂料业发展杀出一条血路来。"我们办企业不仅想着盈利，更希望能为社会、为国家做贡献，即使阻力巨大，也动摇不了我们的决心。"龚洋龙说。

巴德富深知在乳液行业的发展首先需要攻克的是技术难关，于是专门成立创新产品开发团队，投入前沿研究开发工作。

功夫不负有心人。巴德富依靠率先研制推出的普惠通用型产品，仅用了6年时间便实现了全国销量第一。巴德富的崛起改变了"外资垄断"的市场格局，让涂料业有了更多的选择，帮助本土涂料企业产品成本回归到合理区间。

巴德富的快速发展，一是由于产品解决了市场痛点，二是由于跟上了房地产行业快速发展期的风口，同时，也离不开创业团队敢闯敢拼、艰苦奋斗的精神。回顾企业的发展历程，龚洋龙说："有时代的机遇，也有天时、地利、人和的因素。"

当时正兴起行业收购潮，不少外资向本土企业抛出橄榄枝，巴德富赫然在列。但巴德富"不卖"的想法坚定不移，因此摆脱国际巨头的狙击，夯实了水性乳液的隐形冠军地位。《珠江商报》报道，2009年，巴德富如愿巩固了建筑涂料用乳液产销量全国第一的地位，迄今为止，稳如磐石。

进入第二个十年，巴德富战略目标从"做大"升级到"做强"。

2011年起，巴德富围绕研发、生产、销售、人力、财经、运营等六大模块进行体系化建设，开始苦练内功、深入变革。"变革是很难的，尤其是刀刃向内'革自己的命'，而能在自身发展一路向好的情况下'革自己的命'就更难了。"龚洋龙说。

作为一家高新技术企业，巴德富聘请专业咨询公司进行战略梳理，提升产研销核心竞争力，并建设"广东省聚合物乳液工程技术研究开发中心""高性能建筑涂料用乳液研发中心""高性能防水涂料用乳液研发中心""特种性能乳液创新研究中心"等产品技术研究开发平台，增强企业科研能力。

巴德富过往在科研方面投入巨大，占到利润的近30%，正是在这种不计成本的投入下，才造就了巴德富过硬的创新研发能力。截至2021年，巴德富申请发明专利近200项，参与国家、行业、地方等标准制定45项。

人才引进与培育，仍然是巴德富实现"做强"的重中之重。巴德富跨界引入快消行业的人才，运用高维行业的先进理念，为企业的体系化建设赋能。巴德富狠抓管培生，从全国各地高校招聘应届毕业生，便于培养内部人才；同时加大对员工的培训，建立起全方位的人才培育体系，让人才在实践中学习与提升。

巴德富集团在人才储备、产品、规模、管理成熟度、赢利能力和风险控制六个维度获得了巨大提升，在全国东南西北设有八个生产基地，实现以最短半径、最快速度满足客户对于产品和服务的需要。2020年，巴德富战略目标全面实现，规模跃居亚洲首位。2021年，巴德富销售收入突破100亿元大关，正式向水性乳液领域世界第一的地位发起冲刺。

在企业成长的历程中，巴德富始终不变的，是对家乡顺德的情感。"作为一家本土企业，我们更希望围绕家乡的城市规划和定位，以勒流为集团总部，创造更多的社会价值，更多地回报顺德这片热土。"在巴德富

20多年的发展中，顺德区政府及勒流街道各级部门给予强大的支持，高效的办事效率、及时的关怀，更加坚定巴德富扎根勒流、扎根顺德的决心。

事实上，在顺德灿若星河的涂料化工企业版图中，巴德富集团有限公司是后起之秀，却在成立之初就宣告了自己的雄心——要向德国化工巨头巴斯夫看齐。

今天，巴德富集团正在实施"2235规划"，将进行横向、纵向拓展和相关化、非相关化拓展，实现集团式管控模式，以及业务的产业化运行。巴德富将力争投资或控股超20家上市公司，希望实现3000亿元销售额，达到1万亿元的市值。

让世界认识中国涂料

2022年11月20日，卡塔尔世界杯正式开幕。虽然国足缺席，但"中国制造""中国力量"以另一种方式闪耀世界杯的舞台，其中不乏顺德企业的身影。从美的多联机、柜机、屋顶机等核心产品被应用于本届赛事的八大场馆当中，到海信、万和、万家乐等利用足球影响力促进营销，顺德制造企业充分利用这次机会，打了一场漂亮的广告战和营销战，展示了"中国制造"的品牌实力。

卡塔尔属热带沙漠气候，即使世界杯被安排在冬季进行，白天气温依然能达到30多摄氏度。为了给运动员及观众提供舒适的环境，卡塔尔世界杯球场配备了降温系统。

以世界杯主赛场卢塞尔体育场为例，这里是卡塔尔地标性的体育建筑和世界杯遗产，2022年世界杯赛事的开幕式、揭幕赛、决赛和闭幕式都在这里举行。体育场需容纳四万多来自全球各地的观众，不仅需要实现场馆内稳定、可靠的中央空调解决方案，更需要低碳、绿色的设备以符合本届赛事的可持续目标。

卡塔尔世界杯是全球首个倡导"碳中和"的世界杯赛事，场馆的建设和运营随处可见绿色、智慧的秘密科技，其中就包括配套既能适应卡塔尔当地炎热的气候，又能在复杂空间内实现精准冷热温湿控制，还能保证节能低碳的系统和解决方案。其中，美的多联机、柜机、屋顶机等核心产品均被应用于世界杯的几大场馆当中。

此外，这些产品也被应用于安检中心、媒体中心、场馆附属设施等多个场景，为运动员、志愿者、媒体、观众提供全方位、更舒适的空气体验。仅是为世界杯场馆的100个安检中心，美的集团就提供了2500套美的空调。

与传统的体育场建设项目相比，卢塞尔体育场节约了40%的淡水，聚四氟乙烯材料构成的屋面膜结构，在保护球场免受风沙侵袭的同时，为球场草皮的生长提供足够的光线。

卡塔尔乃至中东区域的多处重点地标类建筑、公共建筑内外墙、室内涂料都采用美涂士涂料。美涂士拥有113项中国发明专利、12项艺术涂料创新技术，产品出口112个国家和地区。美涂士借助世界杯提升市场知名度，在世界杯期间举办多场线上线下营销活动。

世界杯在全球范围内享有广泛的影响力和观众基础，对于企业布局全球化有着重要的作用，成为各大品牌青睐的营销阵地。

2022卡塔尔世界杯的官方赞助商中共有四家中国企业，海信集团是其中之一。海信集团旗下的海信、容声等品牌在赛场上亮相，容声冰箱抢抓官方赞助商的优势打出一系列组合拳——立足科技创新，推出世界杯冠军产品容声WILL559/562精钢匀温冰箱，推出"爆冷赛事竞猜、冷门心愿圆梦、挑战吉尼斯世界纪录"等面向市场的交互式营销等。

"长期且可持续的品牌出海，使我们与海外经销网络有了稳定的合作与连接。"海信家电集团党委副书记、工会主席鲍一说，海信家电持续加强海外终端开拓和升级，海外市场占比、海外市场自主品牌占比两大指标逐年提升。

万和电气在本届世界杯赞助了德国队。万和电气方面认为，德国国家男子足球队凭借扎实的足球实力、先进的战术打法等在世界赛场上闻名，专业严谨、精益求精地训练，才创造出历史上八次进入决赛、四次夺得冠军的辉煌业绩，万和与德国国家足球队牵手，能够将两者的铁血意志与专业严谨传递给世界，引领着中国厨卫电器登上更为广阔的世界舞台。

作为阿根廷国家足球队中国区赞助商，万家乐对卓越品质、技术创新也有着同样不懈的坚持与追求。世界杯比赛期间，万家乐在线上线下开展"巅峰盛宴，欢乐万家"主题营销活动，不仅推出明星燃热产品和厨卫套系巨惠活动，还有阿根廷国足官方定制礼品、世界杯相关好礼回馈用户。

面对市场不确定性加剧的当下，企业更需要建立全球品牌形象，体育营销成为不错的手段。在卡塔尔世界杯给全世界球迷呈现一场场精彩比赛的同时，看不见硝烟的营销大战也在绿茵球场内外展开，顺德以全球化、品牌化发展的姿态闪耀在世界杯的舞台。

顺德牵头制订团体标准

卡塔尔世界杯开幕前，国内首个《室内建筑用无机涂料》团体标准发布会暨无机涂料技术研讨会在广州举行。会上正式发布《室内建筑用无机涂料》团体标准，该标准由顺德涂料商会牵头组织编制修订。

室内用无机涂料一直缺乏产品评价标准，市面上的无机涂料产品质量良莠不齐，严重影响了企业良性竞争和行业健康发展。为了解决行业发展的燃眉之急，在顺德涂料商会的牵头组织下，广东产品质量监督检验研究院国家涂料产品质检中心与顺德职业技术学院以及巴德士、嘉宝莉等企业积极参与无机涂料标准编制修订工作，于2021年底正式发布了国内首个《室内建筑用无机涂料》团体标准。经历半年的使用与反馈，2022年6月完成第一次修订。

广东产品质量监督检验研究院高级工程师冯艳认为，这项标准是国内首个规范室内建筑用无机涂料性能指标的团体标准。此标准有效地区分无机涂料与传统合成树脂乳液涂料，高分子有机物含量限定为≤5%，创新提出更准确测试方法——化学分析法，更加准确贴近无机涂料的特点。同时，此标准增加了无机涂料燃烧性能的取样和制样方法，排除制板方式及底材对检验结果的影响，提出扣除基材损失，增加了针对涂料产品的评价方法，让无机涂料燃烧性能检测有法可依。

采九州之精华，纳四海之元气，《室内建筑用无机涂料》团体标准采用了GB/T 23984—2009《色漆和清漆 低VOC乳胶漆中挥发性有机化合物（罐内VOC）含量的测定》标准，将VOC方法检出限量由GB 18582—2020的2g/L提高到0.2g/L，突出了无机涂料环保的特性。此外，此标准的耐水性、耐碱性等指标要求均严于JG/T 26—2002《外墙无机建筑涂料》、GB/T 9755—2014《合成树脂乳液外墙涂料》、GB/T 9756—2018《合成树脂乳液内墙涂料》要求，突出无机涂料的优越性。

顺德涂料商会会长方昕说，室内建筑用无机涂料以其耐水、耐候、耐碱性及使用寿命长等优势，具有优异的环保性能和很高的科技含量，所以在制定无机涂料团体标准的过程中，为了提升标准的市场竞争力，顺德涂料商会及其他共同起草单位始终坚持扬长避短，发挥"高、新、快"的原则。"团体标准只有与行业和企业实际相结合，满足最高水平的技术要求，才能最大限度地发挥其优势，引领行业的发展。"

广东产品质量监督检验研究院顺德基地部长海凌超指出，这项团体标准填补了国内相关标准的空白，具备创新性、先进性和实用性，其正式发布与推广应用，将进一步提升无机涂料产品的整体质量和行业技术成熟度，有效规范市场秩序，保障消费者合法权益，促进行业高质量发展。

顺德区市场监督管理局副局长杨西学对团体标准的制定给予肯定："好的产品必须有好的标准，标准才能引领质量，涂料行业已经从传统型向创新型发展，该团体标准的发布，也是对涂料行业创新的又一次肯定，具有很大的象征意义。"

"醉"美园区

2023年3月29日，美涂士全球生态智能总部动工仪式在杏坛镇麦村工业区举行。该项目采用光伏屋面系统，实现全厂区态势全面感知，将打造成全智能化、生态化的"醉"美园区，并网发电后，25年内将为顺德带来约10亿千瓦时的清洁能源。

美涂士全球生态智能总部项目，将建设涵盖中央研究院、国家级技术研发中心、美涂士培训学院、财务管理中心、IT管理中心、运营管理中心、营销中心等"七大功能"的美涂士总部大楼，建设新型专精特新水性涂料先进材料生产基地，打造工业4.0数字化车间、智能化工厂示范基地，同时整个园区重点彰显健康、环保理念，契合杏坛水乡特色，打造绿树成荫、绿水环绕的绿色生态园区。

《珠江商报》说，美涂士总部项目致力打造零碳产业园，整个生态厂区采用美涂士自主创新的集光伏发电和屋面防水于一体的美涂士光伏屋面系统，总装机容量约为10兆瓦，并网发电后，预计每年将带来2000万千瓦时的清洁能源，在25年周期中，将为顺德带来约10亿千瓦时的清洁能源，可节约标准煤约100万吨，减排二氧化碳约110万吨、二氧化硫约13290吨，成为美涂士光伏屋顶发电站的样板工程。与此同时，美涂士与华为合作打造全智慧园区，实现全厂区态势全面感知，构建统一指挥枢纽，实现厂区安全智慧化、厂区管理智慧化、厂区服务智慧化。此外，整个园区设有29景，实现十步一景、移步换景，展现园区生态之美、健康之美、科技之美。

广东省政协常委、美涂士董事长周炜健说："我们要打造一个不是涂料厂的涂料产业园，打造全智能化、生态化的'醉'美园区。"生产线将实现全部密闭和全智能化。"在美涂士的园区里面，将闻不到任何异味，只有扑面而来的花草气息和清新空气。"

作为2023年顺德首个面积最大、投资最多的本土企业增资扩产项目，美涂士总部项目落户杏坛，不但展现了杏坛良好的营商环境，展现了本土优质企业扎根乡土、深耕顺德的信心和决心，更是杏坛布局先进材料产业集群、打造"两新两高两智"现代产业高地的强心针。

乐敬业，诚为本。在周炜健等众多的企业家的内心里，办企业的意义不仅仅是做生意，而是在干事业，由此衍生一种事业感、一种使命感，就是造福社会、创造美好生活。从事业感、使命感的角度，企业家清醒地认知自己，提升自己。要不断创新，接纳与拥抱新思维，去应对新挑战，企业才有发展动能，才能保持发展的潜力。

第四章　世界美食之都情意浓

"世界美食之都"是由联合国教科文组织"创意城市网络"授予的称号，该组织是世界创意产业领域最高级别的非政府组织，获得此项殊荣的城市，都是具有独特的饮食文化内涵的名城。

截至2023年11月，全球已有10座城市被联合国教科文组织授予"世界美食之都"称号，其中6座是中国的城市，分别为成都、顺德、澳门、扬州、淮安和潮州。随着城市对特色美食资源、文化、产业的协调推进，打造"美食之都"正在成为城市发展的新思路。

顺德之最在于美食

顺德人好食、善食且识食，不但懂得怎样食得好，而且懂得怎样制作。朋友之间的来往，常常以饮食作为话题，津津乐道饮食的味道和制作的厨艺技法。他们对味觉似乎有一种天生的本能，懂得如何分辨色、香、味的差异；他们对饮食的要求，如同皇帝般诸多挑剔，似乎人人都有一条

"皇帝脷"。

顺德人这么懂得饮食，其实是在严厉的家风管教下调教出来的。厨艺的真正提升和传统名菜的传承，主要在于千家万户日常生活的实践，真正的厨师源于普普通通的家庭，源于传统节日的聚会饮宴，源于民间的悄无声息的历练。

在顺德，有一首家喻户晓的童谣是这样唱的："鸡公仔，尾弯弯，做人新抱甚艰难！早早起床都话晏，眼泪未干入下间，下间有个冬瓜仔，问安人老爷煮定蒸，安人又话煮，老爷又话蒸，蒸蒸煮煮唔中安人老爷意，大揸拉盐又话淡，手甲挑盐又话咸，三朝打烂三条夹木棍，四朝跪烂四条裙。"[①]在这首童谣里，安人、老爷的挑剔近乎苛刻，他们口味刁钻，要求烦琐。一个冬瓜仔能做出什么菜式来呢？但他们不愿意屈就于平淡无味的菜式之中，坚持要精心制作，如果不能做出几样款式来，则又打又骂。这也从一个侧面所映了顺德人对饮食怀揣的虔诚态度，以及他们在饮食方面的情怀和追求。

在过去，春祠夏禴，秋尝冬烝，一年到晚祭祀不断。每逢时节，家家使出浑身解数，精心制作祭祀祖宗的酒席。至于酒席的款式，不同节令有不同的要求，不同地域有不同的特色，而许多名菜，就是家宴的传统菜式。"时常孝顺知亲恩，无时不敬感天地。"这是世世代代充满仪式感的传统礼教，这是对天地神祇的敬畏和对祖辈先贤的追思。正是这种不忘根系、端行修德的家庭戒律的洗礼，让顺德人家长年累月去研究烹饪，从而形成了良好的饮食习惯。

顺德之最在于美食，美食之最在顺德。顺德精妙的厨艺来源于民间，植根于千家万户。顺德人家的子弟，从一懂事就养成自己动手煮饭炒菜的

---

① 新抱：媳妇。晏：晚、迟。下间：厨房。安人：婆婆。老爷：公公。大揸：一大撮。
拉：抓。——编注

习惯，他们在家人的言传身教中、在长辈的严厉管教之下，早早学习各种各样菜式的制作。在这过程中，有时做错事情——把菜炒焦了或者调错味道，从而遭受家人和长辈的打骂，甚至"三番四次跪下来认错，跪到几条裙都烂了"，才有可能练就扎实的烹饪技巧。

容桂大快活酒楼是顺德名列前茅的老字号餐饮品牌店，创始人叶志光潜心研究烹饪技艺。在他看来，顺德的传统名菜，似乎都是一些平常菜式，但调料十分讲究，强调原汁原味，尽量用盐和糖，以甜提鲜，以咸提香，吃鸡要品鸡肉原味，吃鱼要尝新鲜鱼味，全凭"皇帝脷"的感觉调出极为鲜美的味道，让人"食到舔舔脷"。

在充满人间烟火味的顺德，如今预制菜融入传承创新的烹饪技巧，从而成就"寻味顺德"的一流厨艺，成就顺德美食之都的传奇佳话。

"顺德味"征服全国的胃

2023年2月1日晚，在央视《探索·发现》栏目《家乡至味2023》节目中，容桂七姐面店创始人七姐和儿子一起制作云吞面，共同讲述了三代顺德人对美食传承与坚守的故事。

2月6日，央视《消费主张》栏目播出《家乡的年味：广东顺德》，栏目组走进顺德的大街小巷，品尝顺德特色年菜。报道提及，顺德全民皆厨，在户籍人口不到1万人的勒流黄连，就拥有本土和外地的厨师超500人，足迹遍布国内外。

顺德之所以频繁在央媒"霸屏"，除了骨子里的文化基因这一原因外，还因为这里有令人难忘的"顺德味道"。

顺德饮食文化源远流长，拥有粤菜重要发源地、"世界美食之都""中国厨师之乡"等金灿灿的名片，无论高楼华堂，还是街头小铺，抑或百姓餐桌，对美食的追求早已内化为顺德人生活的一部分。2016年，一部

《寻味顺德》美食纪录片让顺德饮食文化和顺德菜在全国"走红",也使得顺德在全国近3000个县级行政区中脱颖而出,知名度"蹭蹭蹭"上升。

"顺德味道"深入人心,在于坚守、出新。容桂七姐面店第三代传人杜卓斌将家族好手艺传承下来,征服众多街坊味蕾之余,更让远方游客在一碗面中找寻到地道的顺德味。在他的打理下,七姐面店逐步走上年轻化、连锁化、标准化、品牌化道路,以"七姐靓面"的崭新品牌形象出现在大众面前。

传承而不守旧,顺德美食版图不断扩大。2022年,顺德餐饮企业数量达3万家,餐饮从业人员超10万人,顺峰山庄、聚福山庄、龙的酒楼等36家美食店拥有"中华餐饮名店"美誉。

顺德美食的"出圈",提升了这座城市的"能见度"。就在2022年,顺德上榜广东省全域旅游示范区第五批名单。以美食为媒,顺德大力推动文商旅融合,华侨城欢乐海岸PLUS、容桂渔人码头、北滘总部商圈等可体验、可感知、可消费的创意新体验场景火速崛起为全新的"流量入口"。

以华侨城欢乐海岸PLUS为例,2022年被评为"国家级夜间文化和旅游消费集聚区",至2023年2月累计客流量已达3200万人次。在2023年的春节假期,华侨城欢乐海岸PLUS更是以7天接待客流超90万人次的好成绩,刷新了开业以来新纪录,有效带动顺德文旅产业新发展。

兔年新春过后,欢乐海岸PLUS二期项目奠基动工,建成后拟与顺峰山公园、"寻味顺德特色小镇"等文化旅游资源进行整合,全力打造"粤港澳大湾区城央度假区""国家级旅游度假区""国家5A级旅游景区"三大文旅名片。

世界首台预制菜微波炉

2023年3月28日,中国预制菜产业生态联盟在顺德成立,将以标准为引领,打通预制菜标准体系、产品研发、设备定制、市场营销等全产业链，冲刺万亿级产业赛道。格兰仕同场发布 II 代预制菜微波炉和预制菜"无人零售＋智能烹饪"一体化解决方案。

2022年我国预制菜市场规模达到4196亿元，预估未来国内预制菜市场将以20%的速度保持高速增长，在2026年市场规模将有望突破万亿大关。

中国预制菜产业生态联盟应运而生，该联盟是由格兰仕联合广东省餐饮服务行业协会及广州酒家、陶陶居、西贝餐饮、喜市多、国联水产、蒸烩煮、日冷食品等预制菜产业链上下游代表企业发起成立，以产、研、销为重点，以标准为引领，通过资源共享、信息互通、技术互联、优势互补，打通预制菜标准体系、产品研发、设备定制、市场营销等全产业链。

作为发起单位之一，格兰仕被广东省餐饮服务行业协会授予"预制菜智能烹饪设备'链主'企业"荣誉称号。继2022年9月发布了世界首台预制菜微波炉，格兰仕后续又发布 II 代预制菜微波炉，以及预制菜"无人零售＋智能烹饪"一体化解决方案。

格兰仕 II 代预制菜微波炉搭载智能餐厨解决方案，配置智能扫码感应区与智慧触屏，在感应到预制菜包装上的条形码信息后，微波炉能识别食材并自动匹配相应烹饪时间与火力，用户一键即烹即享小龙虾、花胶鸡、鳗鱼炒饭等美味。用户亦可自行设置烹饪偏好的火力时间，按自己喜好DIY独特风味的预制菜。

格兰仕集团副总裁、预制菜智能烹饪设备专委会执行主任邹能基说，格兰仕在持续发力预制菜智能设备的同时，希望通过联合上下游相关龙头企业及专业机构，建设高质量的生态集群，打通预制菜产业做大、做强的痛点、堵点，让八大菜系、中国美味原汁原味飘香世界。

正是塘头稻熟天

2023年3月3日，首届中国国际（佛山）预制菜产业大会暨2023广东（佛山）预制菜产业博览会在潭洲国际会展中心拉开大幕，来自国内国外预制菜产业链上超800家企业参展。一时间，各色美食争妍斗奇，恰似那百花竞放的烂漫春光。

在首届中国国际（佛山）预制菜产业大会新闻发布会上，广东省农业农村厅二级巡视员罗惠兰对预制菜产业进行宏观展望："再造一个万亿预制菜蓝海大市场。"罗女士所说的"再造"，是指在传统的产业之外再造一个"新的万亿产业的大市场"，而这个新的万亿大市场正是预制菜产业，它是一片新蓝海。

"预制菜第一展"之所以选择在顺德举办，一方面是因为，与美食之都的人间烟火味脉气相连，珠联璧合。另一方面是因为，顺德首开先河，是佛山乃至珠三角中餐预制菜的策源地。

根据中国烹饪协会《预制菜》团体标准的定义，预制菜是"以一种或多种农产品为主要原料，运用标准化流水作业，经预加工（如分切、搅拌、腌制、滚揉、成型、调味等）和/或预烹调（如炒、炸、烤、煮、蒸等）制成，并进行预包装的成品或半成品菜肴"。依据这个定义，顺德人打了一个"时间差"，赢得了敢为人先的优势。别人还在彷徨观望时，顺德欣得食品有限公司率先行动，先人一招推出精心研制的保鲜"鱼皮角"系列产品。

1985年，顺德厨师区建恩创办欣得食品有限公司（以下简称"欣得食品"）。他秉承对美食的执着、食材的精选、口味的讲究、质量的严谨，推出传统美食"鱼皮角"，通过加热烹饪，令速冻鱼皮角成为回味无穷的菜肴。一招鲜，吃遍天。欣得鱼皮角迅速在粤港澳打响品牌，成为家喻户晓的畅销美食。

30多年来，欣得食品由初始的单一品种发展成为鱼皮角系列、云吞系列、肠粉系列、粤式点心系列等100多个品种，产品遍布大湾区各个城市，远销美国、加拿大、澳大利亚、新西兰等海外市场。肠粉在广东是最为常见的早餐食品之一，晶莹剔透，滑嫩可口。欣得食品的肠粉预制菜系列，分别有牛肉、猪肉玉米、叉烧、海鲜四种口味，无须解冻，去除包装袋，取出料包，待锅中水沸后，蒸约8分钟，或用微波炉加热约3分钟，最后加入味料，一份妙不可言的肠粉即可食用。

欣得食品的成功实践，为预制菜行业提供了榜样的力量。敢字当头、摸着石头过河，这是一条遍布激流险滩的河，但欣得食品老总欧建恩蹚过来了。他依靠创新乘势而上，无中生有，创造了顺德美食又一个佳话。

今日之世界，在产业经济的汪洋大海里，从基础产业到高科技产业，还有蓝海吗？极少！如果能自己造出一片蓝海来，那将意味着什么？那将意味着一个新的生态系统的形成，意味着掌握话语权，为这个新的生态系统制定规则和标准，意味着整个社会将产生诸多创业就业的新机会。

《珠江商报》报道，预制菜产业从源头食材的收获、运输、加工、仓储，再到餐饮食品企业的采购、研发、生产，再到后期的包装、冷藏、物流、售卖，涉及面非常广，直至到了终端消费者的手中，还要解决如何让消费者快速"还原"菜品原貌、吃到原汁原味的美食的问题，这条产业链延伸的长度实际上已经紧紧地和制造业绑定在一起了，它已经远远不是预制菜生产企业单一环节的事情了。这么长的产业链，改变的不只是传统的餐饮业的格局。

美食之道，是顺德的传家宝，坊间素来有"厨出凤城"之说。"工业制造"是顺德的起家之业，尤以生活电器为要，而生活电器中又以厨房电器的与时俱进、推陈出新、创意不绝为代表。预制菜产业的迸发，可以说是顺德"美食之道"与"工业制造"的联姻，正所谓"金风玉露一相逢，便胜却人间无数"。

中餐之美，举世闻名。中餐之复杂，同样举世闻名。是故，尽管在川粤湘鲁苏浙徽各大菜系面前，汉堡包、炸薯条、比萨饼只能称作"小吃"，中餐却无法像它们一样轻轻松松覆盖全世界。如今，在万物互联、智慧生活的大时代背景下，中餐美食把复杂的厨艺留给专业的厨师，把专业的美味送到消费者的厨房，不但让越来越多的国人可以足不出户便轻松尝遍全国美食，吃到"大师的菜"，还可以让世界人民尽享中餐美味。

善于吃螃蟹的地方

预制菜展会集展示、交易、传播等功能于一体，为扩大客户合作共赢提供新思路、新机遇、新挑战。

大会开幕当天，达成了五大签约：中国太平洋财产保险广东分公司、省农业供给侧结构性改革基金等机构的"金融活水助力预制菜产业发展签约"；河北省美客多食品集团、新疆博湖县博斯腾湖生态渔业等企业的"南北合作、东西协作签约"；广东预制菜产业北美发展中心、深圳市伊玛拉雅商旅文化交流有限公司等机构的"国际合作签约"；顺控集团、盒马鲜生等企业的"采购商合作签约"；"横琴到哪儿"等平台和企业的"预制菜创新创业大赛成果转化签约"。

《珠江商报》报道，开幕式上重磅签约不断，展位上的交易更是热火朝天。广东品珍鲜活科技有限公司"御鲜锋"品牌带来了近50种爆款产品参展，不仅吸引了省内外供应商前来洽谈，也得到了许多街坊的热捧。广东懿嘉食品科技有限公司的展位同样人头攒动，产品不到半日就得重新补货。广东懿嘉食品科技有限公司CEO马贞说，此次展会效果很好，省内外客商对顺德预制菜非常感兴趣，不少采购商已达成初步合作意向，此外，通过现场烹饪预制菜供客商和消费者试吃，打破了人们对预制菜的固有印象，让大家重新认识到预制菜是一种健康、美味、便捷的食品，只需短短几分钟就能品尝到来自"世界美食之都"顺德的美味。

更多合作共赢的机遇从展馆内"溢出"到顺德预制菜企业的工厂。

佛山市新雨润食品有限公司（以下简称"新雨润"）相关负责人说，展位销售十分火爆，每天销售额超过5万元，还接待了不少企业类专业客户。"每天都组织好几批意向企业参观团到我们的工厂参观。"在新雨润的展厅里，各种荣誉、称号的牌匾占据了一面墙："广东省重点农业龙头企业""佛山市农业龙头企业""国家高新技术企业""佛山市老字号""佛山市专精特新企业""中华美食地标产品典型案例""佛山市农村电商基层示范站"……

新雨润总经理何丽梅说，公司始创于1991年，一直注重从原料选定、制作监控、销售业绩、品牌效应、客户体验等多维度、多指标把控产品，其中黑椒鸡扒更是获得了广东省"粤字号"农业品牌认证，是顺德首款获得此项认证的预制菜产品。"未来，我们会继续严格把控品质，打造更多的明星产品。"

新雨润起步早，市场嗅觉异常灵敏。随着"宅经济""懒人经济"的兴起，预制菜仿佛一夜之间爆红起来。新雨润敏锐地察觉到了新的商机。何丽梅说："自2022年下半年开始，我们已经接到了很多国外订单咨询，为了能抢占预制菜'出海'的先机，2022年我们新建并投入使用预制菜加工和冷藏保鲜车间，办理好进出口相关资质备案以及完成了ISO22000、HACCP等出口资质质量体系认证。"

机会总是留给有准备的人。在首届中国国际（佛山）预制菜产业大会上，广东预制菜出海产业联盟成立。联盟先后促进了北美、新西兰、法国的采购商与新雨润对接。"大会为我们搭建了一个很好的对接平台，不久的将来，新雨润的预制菜产品将走出国门，远销海外。"何丽梅说。

第六篇

让"最友好"成为顺德特征

顺德是一个以多元文化和开放包容著称的地方,充满活力和热情。

顺德人请客吃喜宴不收礼,这是对人友好的一种表现。不管是婚宴、寿宴、满月酒、新居入伙酒,都不收红包礼金。主人家收到红包后,在红包折个角就退回给宾客,代表"受礼"了。不分亲戚或是朋友、外地人或是本地人,一视同仁,不分彼此,最重要是大家捧场和高兴。

有句顺德话叫"牙齿当金使",意思就是说:讲话算数,诚信是金。承诺下来的事情,说得出,做得到,言必信,行必果。"诚者,天之道也;思诚者,人之道也。"顺德人热情好客,对待每一个人都是平等的,无论你是谁,来自哪里,他们总是愿意为你提供帮助和支持,公平竞争,友好合作。

顺德人有个特点:喜欢与人分享他们的嗜好和爱好,喜欢与人分享他们的文化和传统,让每个人都感受到最友好的氛围。

第一章 诚邀天下客

在繁忙的乐从镇裕和路上，车辆川流不息，道路两旁，鳞次栉比的高楼大厦呈现一派现代化气息，升腾着生机与活力。

2022年，佛山新城进驻企业达到2193家，同比增长42%，纳税超亿元大楼增至6家。全省首家金融司法协同中心、蒙娜丽莎智能家居中心等一批引领性、总部型项目相继落户，总部经济、楼宇经济逐步成为乐从经济的新发展引擎。

诚邀八方来客，喜迎四海之宾。在"岭南水、佛山芯、国际城"的前瞻定位下，佛山新城呈现出新亮点、新格局、新机遇。

乐从诚意

佛山新城位处大湾区科创版图中的三龙湾科技城的核心，也是佛山握指成拳的"掌心"，更是顺德北部都会中心的核心区域，其区位优势不言而喻。多年来，企业数量持续保持35%以上的增长态势，一批龙头企业和"中"字头企业的分公司加速聚集。

按照区委确定的打造"北部都会中心"的战略目标，乐从充分发挥好城市形象最现代、区域融合最前沿、轨道网络最密集、市场主体最聚集、商务活动最频繁、优质教育最密集、高水平医疗最密集、公园绿地最密集"八大优势"，将佛山新城、乐从老城区、北围片区作为新一轮高质量发展的主阵地、城市发展新引擎。

瞄准广深科创金融资源外溢、国内头部企业进驻佛山的机遇，乐从主动对接广东自贸区佛山联动发展区、三龙湾科技城、佛山潭洲国际会展服务集聚区等重大战略平台建设，站在湾区看新城，加速构建佛山高端制造业金融服务集聚区、顺德全球跨境电商集聚区、数字化转型基地等产业平台，聚焦总部经济、金融、信息技术、电子商务等现代服务业，加快打造更具现代化高端城市形象的佛山三龙湾科技城城市客厅，将佛山新城打造成高端产业进驻佛山发展的第一站。

"我们将持续优化营商环境，拿出最好的地块、最贴心的服务、最实际的支持，充分展现招商引资的乐从诚意。"乐从镇副镇长李彬说。

乐从镇经济部门把招商引资工作分为新城、中部和北围三大片区，明确片区长和具体工作负责人，着力打造一支"懂产业、懂政策、懂市场"的招商队伍。

在项目落地保障方面，政府服务向前靠，实施项目负责人制，落实好项目引进到落地的"一条龙"服务。全面掌握土地、规划、环评、施工许可、投资进度等信息，明确工作责任、时间节点，通过全镇重点任务、重点项目平台进行调度，提高落地实效。同时，联动和争取市、区部门支持，着力解决企业发展过程中的落地建设、开工运营等实际问题，第一时间对接、第一时间协调、第一时间解决，切实为企业加速发展减压赋能。

前海人寿佛山分公司于2012年获批开业，成立以来业务持续稳健增长，呈现出十足的发展潜力。前海人寿佛山分公司负责人宁炎升说，自制定进驻佛山新城的规划以来，政府给予了充分的关心和指导，包括建设迁址过程中遇到的问题，员工进驻后的交通、办公需求等等都帮助解决。进驻后，政府多次提供区域政企交流的平台，让公司快速融入对接资源。

如果说，政府的扶持政策和精细化服务提升了招商"软环境"，那么，不断提升的城市品质就是"硬实力"，为企业的发展注入了信心。宁炎升说，当初公司选址佛山新城，就是看中新城的片区优势及巨大的发展空间。首先，佛山新城的交通枢纽地位越趋明显，在运营以及在建的轨道交通有佛山地铁1号线、3号线和广佛环线等，也有"五横七纵"路网格局。其次，佛山新城坐拥各项顶级城市配套，如世纪莲体育中心、佛山图书馆、佛山市妇幼保健院等早已就位，片区的商业服务氛围也日益浓厚。

作为佛山市委、市政府高规格、高标准规划打造的城市新中心，佛山新城聚集市一级的"九馆六中心"，拥有优质医疗教育资源、15分钟广佛都市圈，城市功能配套不断优化。

李彬说，乐从会进一步优化交通路网，配合推动广佛环线首通段开通运行，美化绿化重要节点，提升城市颜值；推动佛山新城公共配套迈出新步伐，加快佛山一中顺德学校、佛山市中医院新城院区落地建设；激活城市消费动能，推动爱琴海购物公园全面开业，让花海、十亩地晚风市集点燃"夜经济"新引擎，做好大型场馆文体活动引流，让城市生活既有"面子"更有"里子"。

想企业所想，急企业所急

项目为王，一切围绕项目转，一切盯着项目干。一大批与民生息息相关的基础设施和保障项目正有序推进，一大批带动能力强的产业项目为顺德经济再次腾飞蓄力赋能。

从重点项目所处的领域，可以看出顺德推动项目落地快、开工快、见效快的成效。位于顺德高新区的顺德中集智谷二期厂房已竣备交付。在项目建设过程中，顺德相关部门提前介入，指导开展规划设计，实现高效报建，并通过开通绿色通道，受理办结了桩基础施工申请，使项目较原计划提前两个月动工。

顺德中集智谷已吸引了一大批广州、深圳、东莞的优质企业落户，二期项目引进了企业44家，主要以电子信息技术、高端装备、智能家电、新材料四大主导行业为主。

距离顺德中集智谷不到3公里，申菱环境高新区智造基地已正式投产。申菱环境作为专业特种空调龙头企业，集成了自身在低碳、建筑环控以及数字智能等方面的最新技术，打造智慧数字低碳园区。

为推进申菱环境高新区智造基地快速落地投产，顺德区各级各部门成立复工复产保障专班，顺德高新区管委会设立企业服务专员，一对一提供行政审批、规划建设等方面咨询与辅导，加快行政审批等手续，确保了申菱环境高新区智造基地项目在一年内封顶。如今，这个数字低碳园区新标杆成了顺德先进制造业军团中的又一员猛将。

项目现场就是考场，项目进度就是尺度。

《珠江商报》报道，2022年，顺德全年出让工业用地超过去三年总和，启动提质增效改造项目52宗，优先保障本土企业增资扩产需求。顺德重点项目中涌现了不少"含金量"较高的增资扩产项目，如乐普电机产业园总部基地、敏卓微特电机数智化工厂、小熊电器智能小家电制造基地（二期）项目、盈峰环境顺德产业园二期暨行政总部项目等。

在勒流街道龙洲公路旁，一排排现代化的厂房格外显眼，这是国内环卫装备龙头企业盈峰环境的顺德产业园，它将进一步整合盈峰环境的科技资源与创新成果，并专注于新能源装备、环卫机器人、环境治理与生态修复装备、互联网＋环境系统新建项目的研发与制造，致力于打造出一个综合性、全球化的智造基地。

广东敏卓机电股份有限公司董事长兼总经理邱意想说，公司于2017年在北滘镇成立，至2021年营业收入增长已经翻了20倍，此前租用了数个分散的厂房，物流管理非常困难。政府部门在得知企业有增资扩产需求之后，主动对接解决用地需求，促成项目快速落地开工。

2022年，顺德新引入超亿元项目136个、总投资1051亿元，黄金珠宝创新生态城、美的数字科技产业园等百亿产业项目成功落地。各个重大项目建设进入冲刺阶段，捷报频传，鼓舞人心。

蓄势勃发

顺德区聚焦打基础、惠民生、补短板，全面加大基础设施投资，优化投资结构，综合运用定期调度、重点督查等一系列措施，千方百计争项目，全力以赴建项目。除了产业项目之外，顺德还积极推动一批与民生息息相关的基础设施和保障项目建设。

2022年12月20日，潭洲隧道项目正式动工，将建设一条国内最大最宽、单孔跨径最大的内河沉管隧道，届时将连接起北滘镇和陈村镇，为顺德融入粤港澳大湾区建设"提速"。

作为省、市重点项目，潭洲隧道将引入中交一航局技术团队，对标深中通道，采用世界级技术、标准进行建设，助力推动三龙湾交通一体化。《珠江商报》报道，截至2022年12月，顺德在建省、市、区重点交通项目共30余项，包括顺德大桥、港口路改造（一期）、银桂路、碧桂路南国路全互通立交等工程。其中，顺德大桥被誉为"佛山第一跨"，容桂侧高塔已于2023年10月封顶，预计2025年上半年完工通车，进一步加强大良、容桂城市组团的联系。碧桂路、南国路全互通立交提升工程于2023年3月31日实现全线通车。

一个个重点项目建设现场热潮涌动，一批城市品质提升项目加快实施：德胜体育中心全面封顶，准备开展装修和外环境、周边配套道路建设，预计在2024年年底完工；顺德高新区文化展览及服务业综合体动工建设，拟打造为集商业、办公、展览、文化活动及剧场等多功能于一体的综合体……

重大基础设施项目托起城市高质量发展底座，让顺德城市颜值更高、气质更佳。

项目建设的背后需要资金保障。为此，顺德加大资金配套和支持力度，加强财政资金、政府专项债、政策性开发性金融工具等多元资金对重点项目的保障。

2022年以来，顺德已获得三批新增专项债券资金。其中，提前批和第二批已于2022年10月底全部支出完毕。顺德区政策性开发性金融工具（基金）项目通过国家发展改革委审核的项目数为佛山第一，已签约投放的项目数与基金投放金额均居佛山第一，并且均已开工建设。

项目一：2022年，纳入省、市重点项目107项，总投资3350.51亿元，年度计划投资311.23亿元，项目数量、总投资、年度计划投资均位列佛山之首。

项目二：截至2022年11月30日，顺德区省、市重点建设项目共完成投资约425.54亿元，完成年度计划的136.73%。107个省、市重点项目中，产业项目75个，占比达到70%，总投资1944.09亿元。

项目三：2022年，全年新引入超亿元项目136个、总投资1051亿元，顺德全力做好项目服务保障，推动项目建设提速。

项目四：20个新交地项目实现"拿地即开工"，项目数量居佛山首位，"博京电气"项目为佛山首个"摘牌即发证"工业项目。

项目五：顺德区政策性开发性金融工具（基金）项目通过国家发展改革委审核的项目数为佛山第一，已签约投放的项目数与基金投放金额均居佛山第一。

杏坛速度

2023年，春节后上班第一天，顺德区杏坛镇在德冠中兴科技园举行重点项目现场会，德冠两条BOPP生产线正式启装，美涂士等重点企业签约落户杏坛，吹响了高质量发展号角，标志着杏坛坚持"制造业当家"迈出新步伐。

由广东德冠薄膜新材料股份有限公司（以下简称"德冠"）旗下子公司投资的德冠中兴科技园，主要建设功能薄膜生产线和新材料创新中心，研发和生产自主创新的无胶膜、标签膜等产品。

你能站多高，就能看多远。一年前，这里还是一片空地。如今，三座厂房拔地而起，承载该企业"再造一个德冠"的雄心。

德冠两条BOPP生产线正式启装，这两条BOPP生产线均从德国引进，每条生产线长154米、宽22米，是业内最先进的BOPP自动化生产线，两条生产线及配套设备投资超3亿元。

德冠副总裁何文俊说，项目建设时曾遇到许多困难，而最终得以高质量、高标准快速落成，被佛山市列入"社会投资重点项目建设红榜"，获得"重点项目建设标兵"的荣誉称号，是政企双方协同作战、共同努力的结果。

《珠江商报》报道，拿地之初，杏坛镇政府专门为本项目成立了产业招商"三人小组"，以经发办、自然资源所、城建办为主体，专门协助企业完成动工前的各项工作，加快审批流程，为项目动工建设争取了宝贵的时间。

动工之后，"三人小组"发展成为"德冠中兴科技园项目企业服务工作群"，工作群由杏坛镇党政人大领导班子、机关各办所干部、水电气能源供应单位主要负责人组成，他们为项目建设提供了多次现场指导，使得投产所需的水、电、气、排污等配套工程无缝衔接，园区道路兴建特事特办，日常安全文明施工监督到位，并适时提供五方预验收服务，为基建工程、生产线启装、投产提供一站式服务，减轻了企业投资项目的负担。

何文俊说，德冠将在园区里建设企业创新中心，继续加大技术和创新力度，同时全面提升企业的管理水平与经营能力。实现产能规模、营收规模、利润规模的突破与持续增长。

2022年，是杏坛镇经济高质量发展厚积薄发、全面提速的一年，全镇规上工业总产值达836.8亿元，工业投资52.6亿元，工业技改47.6亿元，11个超亿元项目落地，总投资额度108.5亿元，实现历史性的新突破。此外，2022年度杏坛新增"小升规"企业共100家，认定高新技术企业共177家，成功申报省级"专精特新"企业共50家，多项产业数据位居顺德前列。

除德冠外，悍高、阅生活基地平顶，康宝华腾厨电城、威和新材料科创产业园、新纺智慧园、诚顺创展工业园、智富园四期等项目完成主体封顶，威王、常捷实现"拿地即开工"，重点项目建设跑出杏坛加速度。

第二章 拿地即开工发证

顺德人办事讲究效率，不喜欢慢吞吞的节奏。讲究效率可以减少时间的消耗，减少精力的消耗，减少在人际关系上交涉的消耗，将时间和精力用在实干、巧干上。

关于顺德人的时间观念，有很多谚语：

执输行头，惨过败家①

担凳仔，霸头位

行得快，好世界；行得嚤，甩鼻哥②

人争一口气，佛争一炷香

春争日，秋争时

平时唔烧香，急时抱佛脚

这些谚语很务实，充满情趣，又颇有哲理，表现出顺德人厚重的文化内涵。顺德有一句流行语："霸头市，卖个好价钱"，表现出一股商业精神。"霸头市"源于长篇小说《石破天惊》③中记述的一个真实的故事：容桂有一个地方距离水闸很近，俗称坝头。不知道什么时候开始，这里形成圩市，大家顺口叫它坝头市。每逢圩日，附近的乡民从午夜开始争相把农副产品搬到圩市，霸占有利位置，趁着早市卖个好价钱。这坝头市的"坝"与"霸"是同音字，做生意讲究抢占先机、捷足先登，"坝头市"也就变成了"霸头市"。由此，"霸头市，卖个好价钱"渐渐深入人心。

---

① 执输：落后于人、失去先机、失败吃亏。行头：走在最前头。——编注
② 嚤：慢。甩鼻哥：没鼻子。——编注
③ 吴国霖：《石破天惊》，花城出版社，2014。

率先完成数据要素市场化配置改革

"企业投资最怕速度慢,左等右等错过了机遇。顺德高效率审批和专业化服务,让我们感受到本地营商环境的优越性。"佛山市银星智能制造有限公司副董事长张国栋说。

"拿地即开工"的难点在审批环节。为此,顺德构建起"标准地+审批代办+分阶段施工许可+容缺审批"全链条标准流程,让企业"等地期"变预审期,让部门"接力跑"变"并排跑",实现施工许可证的快速办理。

开办企业便利与否,是衡量营商环境的一个重要指标。针对市场主体准入准营衔接不畅,审批环节多、来回跑等问题,顺德逐一攻关解决,不断创新举措,开办便利化改革,务求企业以最短时间、最小成本、最便捷方式进入市场。

顺德持续深化企业开办便利化"1210"改革,其中"12"是指12项企业开办新举措,"1"是指实现企业开办"一次办好""领照即开业","0"是指开办企业"零成本",实现常态化企业开办"一件事"0.5个工作日内一次性办结,为27834家新设立企业提供免费刻制印章服务,节省企业经营成本超1892万元。

重磅产业项目进驻的背后,是顺德频出"实招""硬招"持续优化营商环境、全方位推动制造业当家的生动实践。

让数据流动起来,创造更大价值。2022年8月9日,顺德率先开展数据要素市场化配置全流程合规与监管规则体系探索,首批公共数据资产以市场化交易方式销售给企业,让"数据流"真正变成"价值流",标志着广东省数据要素流通实现了从制度设计到落地实施的重大突破。

数据作为数字经济的"血液",只有加快流动才能产生价值,从而催生新业态、新模式和新优势。改革中,顺德打通公共数据运转流通的各个环节,将数据要素市场化全过程细分为"汇聚、授权、治理、开发、评估、登记、运营、撮合、流通、监测"10个阶段,主动作为、多方协同,攻克互信、确权、定价、安全和监管五大难点问题。

数据市场的发展涉及数据所有权和使用权的明确、敏感信息和隐私保护等数据安全问题,也包括复杂的利益分配问题。"互信难"是此次顺德推进数据要素市场化配置全流程改革的首要关卡。为此,顺德探索出了一条"政府主导规则,各方形成合力,共同从数据中获益"的新路子。

由政府背书,解决数据可靠性问题。顺德区政务服务数据管理局授权区属全国资企业顺科智汇公司作为公共数据运营服务商,并报省政务服务数据管理局备案。同时,选取行业内具有丰富数据应用经验的企业——广东德信行信用管理有限公司、广东美云智数科技有限公司两家公司作为数据经纪人,撮合数据产品开发方与市场购买方,解决数据交易双方信任问题,达成数据交易流通。

顺应数字产业蓬勃发展的大势,顺德区政务服务数据管理局相关负责人说,顺德将着力搭建更好的数据要素供需对接平台,充分发挥海量数据规模和丰富应用场景优势,进一步加强数据要素各项细分领域的规范,激活数据要素潜能,做强做优做大数字经济,增强经济发展新动能,构筑竞争新优势。

企业开办一件事

良好的营商环境,既是招商引资的"强磁场",也是区域形象的"金名片"。对于营商环境来说,先人一步、快人一拍的改革,同样是成功的秘诀。一子落而满盘活。引擎轰鸣、人流穿梭、奋战正酣,顺德大地上涌动着发展的热潮。

重大项目是检验营商环境的试金石。顺德立足打造国内一流营商环境,不断深化工程建设项目审批制度改革,坚持项目为王,以"拿地即开工"为目标,积极打通项目落地"堵点"和服务链条"断点",探索出

"标准地＋全程帮办＋分阶段施工许可＋容缺审批"的全链条标准化流程，持续推动项目"拿地即开工"走向常态化。

2022年12月20日，盈峰环境顺德产业园二期暨行政总部项目正式启动建设，产业布局涵盖环卫装备、环卫机器人、环卫一体化服务、固废处理、环境监测、智慧环境管理等环保产业链各项领域。项目建成后，将助力企业在引领行业智能化、低碳化发展的征程上焕发生机，同时为顺德智能制造高质量发展注入动能。

"环保产业是顺德的战略性新兴产业，盈峰环境则是环卫装备和服务领域的头部企业，无论是业务领域还是发展方向，都与顺德的战略发展方向高度契合。"盈峰环境董事长兼CEO马刚说。该项目从拍地到动工仅用时60天，是顺德持续优化营商环境、引凤来栖的生动实践。

工程项目审批制度改革稳步推进，越来越多的工程项目抢滩进驻。2022年2月，作为市重点项目的伦教银星项目和容桂联柏项目在政府交地前即顺利取得施工手续；3月，大良华润置地项目从摘牌到动工用时仅7天；5月，北滘星帕项目实现"摘牌即发证、拿地即动工"；11月，均安伟博科技园项目在摘牌当天取得施工许可证并进场动工；同月 28 日，均安幸福连城项目也于摘牌后即取得桩基础条形码并进场建设……

既来之不易，又水到渠成。2022年，顺德已有26个新摘牌工业项目"拿地即开工"，占当年摘牌并交地工业项目的50%，项目数量居佛山首位。其中"博京电气"项目为佛山首个"摘牌即发证"工业项目；社会投资项目全流程平均审批用时18.25个工作日，为佛山最短。一座座各具特色的厂房，或稳步生产、有序运转，或加紧建设、调试设备；一个个谋求跨越的举措，带来激动人心的力量；一张张宏伟的蓝图，在实干中显现出清晰的脉络。

在抓住重大项目这一"压舱石"的同时，顺德努力构建"小事家里办、大事门口办"的政务服务体系，出台"真金白银"政策为企业松绑、为群众除障，稳步推进"家门口办"改革，把政务服务做到群众心坎上。

2022年，顺德深化"家门口办"2.0改革，陆续在大良、容桂两个镇街新设改革试点，以"人工＋自助"的形式为企业和群众提供网办辅导申报、代收代办和自助办服务，同时在银行试点上线"企业开办一件事"主题服务，实现打印营业执照、免费领取四枚印章和创业大礼包等业务一站式办理，为广大企业和群众提供了便利的服务新体验。

春江水暖，见微知著，政务服务完善与否，群众最有发言权。2022年5月23日，在顺德农村商业银行大良科创支行，佛山市希冷供应链管理有限公司相关负责人一站式领取了营业执照和四枚免费刻制的印章，并收到顺德创业大礼包。"以前创立公司，需要跑政务、税务机构，还要去银行开立银行账户，如今只需跑一趟银行，就能办好，连营业执照和公章都可以在银行领取，真的太方便了。"

顺德已设置226个政银合作网点，基本实现205个村（社区）、大型商业区、工业园区全覆盖，并铺设超600台自助终端机，累计发生业务量48万余宗。

党的二十大报告指出，紧紧抓住人民最关心、最直接、最现实的利益问题，坚持尽力而为、量力而行，深入群众、深入基层，采取更多惠民生、暖民心举措，着力解决好人民群众急难愁盼问题。在深化"家门口办"改革的过程中，顺德打好便民惠企政策"组合拳"，为企业、群众、政府搭建"连心桥"。例如，推进商事登记、税务等领域超500项事项"政银通办"，为企业群众提供网办辅导申报、代收代办和自助办服务；推出覆盖医疗卫生、文体教育、职业资格等领域35项"秒批秒办"政务服务事项；推出"粤商通"顺德专区，现已上线406个高频事项，涵盖设立变更、社会保障等30个主题领域；推出便民服务"客厅办"，在佛山率先开辟"电视＋政务服务"新模式，上线预约购药和社保查询、办件进度查询等8项便民服务，畅通服务群众"最后1米"。

甘当"店小二"

"行得快，好世界。"快一天就多一天胜算，早一天就多一天效益。

2022年第一季度，顺德多个制造业项目"落地快"，开工跑出"新速度"，在变局中革新思维，创新思路，打开格局。

2月18日，银星项目在伦教街道世龙工业园区内开建，这也是顺德"拿地即开工"的代表项目。"作为项目总负责人，我深深感到项目落地顺德，是非常正确的选择。"佛山市银星智能制造有限公司副董事长张国栋对"顺德速度"赞不绝口。

张国栋来自深圳，他对顺德进行初步洽谈后，迅速开展一系列现场考察、协议协商。3个月不到，银星智能就已成功落地顺德。"从优越的区位优势到良好的人文环境，尤其是高效、低调、务实、真心实意帮企业、不给企业添麻烦的政府服务理念，都让我们感到一见如故。"张国栋说。

3月2日摘牌，3月8日取得配套市政工程施工许可证，3月9日签订《土地移交书》正式移交……"站城共融 品质城芯"顺德大良驹荣北路TOD地块移交暨项目动工仪式，实现"拿地即开工"。

全国各地普遍通过绿色通道、特事特办才能实现"拿地即开工"，而顺德构建了一套"拿地即开工"标准化流程，适用于所有产业项目。让流程说话，不用托人情，是非纠纷有尺量，让企业办事简捷，让人放心、顺心和舒心。

2021年12月，顺德区出台《佛山市顺德区重大工程建设项目"联审联验"改革工作方案》《佛山市顺德区工业建设项目和高新技术项目"拿地即开工"改革工作方案》，建立"一次辅导、一次对接、一次联审、一次出证、一次联验"五个"一次"的联审联验模式，加速重大项目建设。

在银星项目报建前期，顺德区行政服务中心指派专业代办工作人员与企业进行对接，了解项目信息及进度要求，引导企业先进行"分阶段施工许可"事项准备，各审批部门全力配合，指引企业步入审批"快车道"。

随后，在企业基本确定施工图纸后，顺德区政务服务数据管理局随机联动相关部门，进入正式审批环节，召开项目审批联席工作会议，加大容缺审批力度，于会议当日核发了施工许可证，该项目在2月15日正式交地，并于2月18日举行项目动工仪式，实现"拿地即开工"。

一流营商环境，是一座城市的核心竞争力。

软环境提升须以"硬功夫"发力。为解决企业"办事难、办事慢、办事繁"等问题，营造方便快捷、公平普惠、优质高效的营商环境，顺德区政务服务数据管理局、区行政服务中心推进窗口综合改革，让企业"少跑腿"。《珠江商报》报道，顺德区一门式综合服务窗口坚持"互联网＋政务服务"。截至2022年年末，区综合窗口共纳入事项超700项（含"一照通"主题事项100个），不断提升政务服务水平，实现"一窗通办"。同时，窗口服务效能强化在线咨询辅导、在线预审等服务措施，企业、群众等候办理时间压缩至10分钟以内，部门审批时间平均压减80%以上。

顺德区政务服务数据管理局推出"创业大礼包"，申请人从提交资料到领取营业执照、公章和税务UKey等审批结果仅需2小时，实现企业开办全流程审批0.5个工作日办结，让企业开办"一次办好、零元成本""领照即开业"。

顺德区住房城乡建设和水利局当好"店小二"，助力重点产业项目快速落地。2022年2月25日，联柏科技集团有限公司联柏智造园（一期）基坑支护土方开挖和桩基础工程顺利取得建筑施工许可证，成为容桂街道首尝"头啖汤"、实现"拿地即开工"办证的第一个工业项目。

广东联柏科技集团有限公司是国内智能家电研发制造的排头兵，坚持以数字化管理和智能制造为驱动，在容桂街道建设数字化智能制造生产基地——顺德联柏高端智能家电制造中心项目。

"头啖汤"却不是特例

作为广东博京电气有限公司的董事长，余方文没想到"带方案出让"这一决定直接让项目动工时间提前了大半年。

5月9日，顺德区均安镇2022年产业项目集中动工暨重点招商项目现场，余方文站在工地上，随着桩机一次次有节奏的锤击声，他如沐春风、喜不自胜，这是企业崛起的交响曲，这是时代奋进的号角。

在佛山，博京项目创造了两个纪录，一是佛山首个"摘牌即发证"的工业项目，二是佛山首个交地当天即取得四个核心证照的工业项目。

深化"放管服"，打造"顺心顺意"营商环境，顺德在"拿地即开工"基础上，进一步梳理优化审批流程环节，推出"交地即动工"标准化服务模式，并在全省率先推动普及。

博京项目饮了"头啖汤"，却不意味着是特例。为了让"拿地即开工"更具有复制性和推广性，顺德选择从交地阶段切入。

首先是有温度的服务提前介入。

项目尚在洽谈期，就有招商部门、审批部门及行政服务中心已共同提前对接企业，协助企业做好各方面建设准备工作。同步，顺德无偿向企业提供计划出让的工业用地评估数据，并提前做好土地平整清理工作，确保以"标准地"模式进行供地，为企业推进项目快速落地节约时间和成本。

其次是专业代办服务为项目抢时间。"交地即动工"，难点在于审批。因此，改革的关键在于流程的提速。

为此，顺德构建起一支约30人的专业工程代办队伍，协助企业开展申报材料准备工作，为企业提供上门代收代核资料、代办审批手续等服务，提升项目申报材料准备效率和审批一次通过率，帮助企业"快速通关"。

再次是强化多级联动协同。

一方面建立由区部门、各镇街、代办团队及企业组成的联动工作队伍，实时互动处理项目推进相关问题，另一方面召开项目审批联席工作会议,集中解决项目审批报建过程的难点堵点。

要进一步提高效率,顺德还加大容缺受理力度,以便企业能快速通过审批。顺德区公布的可实施容缺受理的工程审批事项共30项,可实施告知承诺事项共13项。

有了标准化的流程,也就进一步凝聚了合力。

无论是这次博京项目,还是此前联柏、银星项目的落地过程中,区镇紧密协作,实现技术环节前置,大大压缩审批时间,为项目开辟出落地的捷径。"项目的进度比想象中要更快。"博京总裁助理赵海东很是兴奋。

在营商环境的打造中,政府服务的速度和温度,正是招商竞争的关键。长期跟踪并观察顺德政务服务的中山大学政治与公共事务管理学院副教授郑跃平认为:"同时通过部门的联动,协同进行机制优化,为广东全省的工程项目审批制度改革树立了一个示范。"

企业有活力、有天赋、有闯劲,政府接地气、敢担当、善作为,形成全社会敢想、敢干、敢创新的你追我赶之势,抢抓机遇,突围发展,努力开创高质量发展新局面。

第三章 企业的"最强助攻"

"秋风杨柳雕金缕,冷露芙蓉落芳渚。"顺德诗人孙蕡的诗句,让人感受冬暖夏清、惠风和畅的舒适环境。

乐从镇大墩村韶年园旁,一位身穿粉色上衣的村民坐在一张粉色的椅子上,悠闲地晒着太阳、吃着苹果。大墩村党委委员冯颖斯当起了"导游",带着客人游玩大墩村,在每一个转角都能遇见令人惊喜的景致。

韶年园是大墩村第一个改造的"四小园",是大墩村人居环境整治的重要成果之一。

"如果把顺德比作一家公司，人民群众就是公司的股东。我们所有的汗水、辛劳、努力，都是让公司发展更好更快，让股东们更满意、更幸福，让我们的未来更有希望、更加美好。"在顺德区第十七届人民代表大会第三次会议闭幕式上，顺德区委书记刘智勇打了一个这样的比喻。

而城乡品质提升就能带给"股东们"最直接的获得感和幸福感。2022年，顺德以"小切口"带来"大变化"，通过提升城乡品质，让人民群众感受到幸福就在身边。

善邻园

乐从镇大墩村韶年园原先是多块闲置地，不仅被违建墙体阻隔成一个个卫生死角，还遍布长满白蚁的破烂木材，堆满了破旧的瓶瓶罐罐，杂草丛生、枯木纵横、蛇虫鼠蚁出没，脏乱差惨不忍睹。2022年1月，大墩村抓住城乡品质提升契机，把韶年园所在的闲置地清理出来，整体规划改造，平整地块，铺上水泥，把路块开通相连，种植草坪，将近千平方米的闲置地改造成小花园。

"韶年园的环境由多年生绿植与时花相互搭配，达到四时有花、四时有景的效果，打造成一个景点。"冯颖斯说："我们改造好韶年园后，发现村民都很喜欢这样的小公园，喜欢在小公园这里散步。考虑到我们村还有很多闲置地，我们就将这些闲置地都清理出来，开始逐个改造提升。"

于是大墩村又有了善邻园、屋润园、悦和园、水车公园……行走在大墩村犹如走进了一幅绵绵不断的水乡画卷，移步换景。其中，水车公园更成了大墩村乃至佛山新城的新晋网红打卡点。

改造之前，水车公园所在的滦川湖沿岸有很多违规瓜棚、乱堆放的建筑垃圾，经过"三清三拆三整治"后，河岸形成了一个视野开阔的初步景观。冯颖斯说："在以水美城、以水兴城，打造岭南水乡的战略目标指引下，我们村把庙后断头涌打通，将溇川湖、整村河道和东平水道连接到一起，形成了三川归源、活水自流的格局，开始了水车小公园的建设。"

大墩村把河岸做成绿化地，重新设计以往留存下来的石墩，安装新的水车，再对湖上原来的危桥进行升级改造，拆除腐朽木头，按照桥身原先的构造，利用钢板和玻璃进行还原，再着以红色，成为一座亮眼的红桥，并依据聚龙里的地名以及开展河涌整治时从湖底挖到的两块写着"聚龙社"的石匾，为红桥取名"龙桥"。冯颖斯说，2023年还将继续提升公园旁的龙舟基地，丰富公园的传统文化内涵。

冯颖斯说，在大墩村的"四小园"群整改提升过程中，村民都非常支持。善邻园的建成就是最好的例证。善邻园原先是个旧房子，屋主几十年前已经移民，房子长期无人居住，日久失修倒塌了，又因无人管理最后变成了一块杂乱地，堆积着建筑垃圾和各种花盆杂物，长满野生树草。

大墩村在农村人居环境整治行动中对其进行清理平整，简单铺上砖块。后来经过村妇女主任的几经转折，村里和移民多年的屋主联系上了。在征得屋主同意后，大墩村把这块闲置地改造成小花园。"屋主只提了一个意见，就是请我们保留这陪伴他长大的龙眼树，作为对故乡的一个念想。这棵龙眼树有七八十年的历史，是屋主祖辈栽种下来的。于是我们以龙眼树为中心，种植花境草坪，突出高低层次，错落有致，改建成了人人喜爱的'善邻园'。"冯颖斯说。

屋润园的建成也得到了村民的支持。屋润园为"一园两景"，由休闲园和景观园组成。休闲园是一块整治后的空地，平常村民群众可以在上面纳凉小憩、休闲聚会。旁边的老屋屋主也十分支持环境整治提升，同意村里在外墙进行彩绘，成为屋润园的背景墙。有趣的是，墙上原本就有一个烟囱灶，要怎么处理烟囱灶才能起到美化提升的作用呢？经过多次设计修改，大墩村决定复原旧时农村烧柴煮饭的生活模式，把灶保留下来，以灶画灶，把墙绘改成农村人家做饭的场景。画中人在画中灶里做饭，屋里人也用里面真实的灶做饭，相互映衬，趣味盎然。

2022年，顺德区城乡品质提升攻坚队联动各镇街、村居及相关职能部门，整改城乡品质相关问题近7万个，从细微处着手，整改"小问题"，改善人居环境"大民生"，给群众带来了实实在在的获得感和幸福感。

城乡品质提升让大墩村蝶变成为一个"网红村"。对村民们而言，身在其中，城乡品质提升带来的幸福感看得见、摸得着。"有史以来，我们村都没试过这么干净美丽，还变成了'网红村'。"独乐乐不如众乐乐，如今的节假日村民还喜欢约亲戚朋友来村里玩，在"家门口"当起了"导游"。"他们个个都赞我们村很靓。"

小公园

直面短板，把曾经的脏乱差变成如今的小公园，在顺德还有更多的"标兵"。如杏坛镇罗水社区在2022年第一季度佛山农村人居环境整治专项检查中位列暗检村第三名，杏坛镇光辉村位列第二季度佛山农村人居环境整治专项检查明检村第四名，各获市、区、镇奖励资金300万元。

2022年，顺德共建成"四小园"1833个，完成12个生态宜居美丽乡村示范片建设，整治黑臭河涌27条，建设生态碧道超94.46公里，完成51个重点道路景观提升和绿化提升、重点道路标志标牌整治、高速公路立交和出入口升级改造及绿化提升、桥梁立体绿化提升、桥下空间利用等建设项目，启动老旧小区改造超过103个，完成"街心公园"项目200个和"美城微改造"项目20个。走在顺德大街小巷，市民与游客总会与"小美好"不期而遇。

从2021年起，按照顺德区委、区政府的部署，从相关部门以及各镇街、村居抽调骨干集中办公，组成区城乡品质提升攻坚队，区、镇、村三级联动，合力攻坚城乡品质提升项目，工作局面迅速打开。

在2022年，在顺德区、乐从镇两级的资金、资源支持下，上华村推进了环中心岛的内河涌整治、"三线"整治、美丽田园建设等一批城乡品质提升工程，区、镇、村三级力量拧成一股绳，把上华村"翻新"了一遍。

美好的人居环境不仅带给村民强烈的获得感和幸福感，还增强了村民对党委政府的信任感和认同感。村民陈焕胜在夸赞上华村城乡品质提升成果的同时，更对上华村的党员干部赞不绝口："多亏我们的干部领导有方，上华村才变得这么美。"

位于广珠西线高速顺德收费站附近的智谷湿地公园项目，便是多部门协同作战的经典案例。

项目负责人梁晓欣说，公园于2021年12月初确定设计方案，12月11日正式动工，多部门协调联动、通力合作，如顺德区城市管理和综合执法局每天安排专业人员现场指导绿化施工工作；顺德区交通运输局负责协调解决项目资金保障和协调广珠西线高速公路公司的施工审批难题，使得项目在短短40天内基本完成，充分体现了城乡品质提升的"顺德速度"。

在最大限度保留现有植被与水体资源的情况下，通过重新整合水体岸线，在驳岸重要景观节点处融入以古老麻石砌筑的埠头，结合沿岸的水杉、石榴、老榕树等极具岭南气息的元素，并穿插一条河石嶙峋的旱溪，在有限的空间里最大限度地塑造了一个小而精的岭南水乡文化生态公园。

在公园的林木景观打造过程中，区城管执法局、大良综合执法办公室等相关负责人和绿化专业人员一起精挑细选苗木、标明选定苗木的对应种植位置，通过精准把控，确保苗木种植效果，以一树成景的高标准打造高品质的景观效果。

公司"回家"

"让居住者心怡、往来者心悦"是顺德对城乡品质的追求，体现了"民之所盼、政之所向"。2022年，顺德城乡品质提升以"小切口"带来

"大变化",这些"小美好"带来的"大幸福",把全社会参与城乡品质提升的积极性都充分调动了起来,进一步巩固了共建共治共享的城乡品质提升新格局。

群众对城乡品质提升从"要我改"变为"我要改",产生了极大的内驱力。如勒流街道东风村"不等东风",主动作为,发动村民共建深水公园。号召得到209名村民的积极响应,筹得15万元用于建设小公园。公园建设还争取到广东德胜社区慈善基金会28.5万元资助,加上勒流街道和东风村两级财政支持,共投入70多万元。集众人之力、精心建设的东风村深水公园更是获得2022年度顺德区城乡品质提升"美丽公园"优秀项目奖。

杏坛镇古朗村也"大变样"。2022年初,古朗村借顺德区开展美岸行动的契机,镇村合力发动党员群众开展古朗大涌美岸示范点项目工作,只用了10天时间,就取得沿途村民百分百同意搬迁拆迁的成效,并在2022年大年初八进行沿岸商铺的拆除工作。古朗村党委书记梁耀华说,拆除建筑实现零赔偿,村民支持力度之大可见项目乃民心所向。古朗村还对原来的旧石板路进行改造,新铺设的石板也全部由热心乡贤捐赠。

企业也成为城乡品质攻坚的"最强助攻"。2023年1月,广东联柏科技集团有限公司"回家",在容桂设集团总部。总部还没开建,企业首先在穗香村捐资建设社区口袋公园,造福居民,为城市添绿,积极参与城乡品质提升。又如位于杏坛镇高赞村的广佛江珠高速一更涌大桥桥下空间提升项目,项目由佛山市棠文物业管理有限公司投资600多万元参与建设,将原本桥下的"灰色空间"变成了周边群众的"乐活空间"。项目于2022年初开始施工,现已建成2个标准篮球场、1个五人制足球场、4个羽毛球场、A区停车场(提供车位约280个),已对外开放。"我们很喜欢来这里锻炼,这样改造很好。"高赞村民德叔说,寒假期间经常带着孩子们一起来这里做运动。

自己的家园自己管

"来，来，坐下开会。快点，不然一会下雨了。"左滩村党委委员、沙中党支部书记邓俭兴大声地朝巷子里吆喝了几句。

听到吆喝后，沙中村小组长黄保英从巷子里走出来，身后跟着两名村民代表，另两名村民代表则从家里拎着四把椅子快步走过来围坐一起。随后，一位牵着孩子的阿姨、坐在摩托车上的村民以及另外几名村民也围了过来。每个人在会议签到表上签名之后，泰宁里改造提升收尾工程议事协商会议就开始了。

这样的议事协商会议在左滩村十分常见，看似随意，实则有板有眼、有条有理地解决了村里大小实事以及不少的啰唆事情。

事实上，左滩村推行的议事协商区别于现行的议事监事会制度、"三重一大"党群议事机制等，议事单元更小，事项更加具体细致，参与群体更加广泛。

《珠江商报》报道，泰宁里改造提升收尾工程议事协商会议讨论的议题就是泰宁里石凳错乱的凳座是否需要统一整理、巷口的小房子墙面是否需要购置花盆或其他装饰品进行美化、现阶段工程已超出预算该如何处理、改造完工后的日常保洁和管理怎么办。沙中党支部书记、村小组长、村民代表围坐一起，大家围绕议题逐一提意见及建议，寻求共识，安排人员分工。

很快，与会人员达成了第一个共识——能省钱、自己动手的，就自己做；必须要专业人士跟进的，就分工合作，邓俭兴货比三家后寻找性价比最高的团队合作。

大约20分钟后，豆大的雨点稀稀拉拉地落下来，这加速了会议的进程。"好，大家都没意见，那就这样议定啦。"邓俭兴环视一圈与会人员，宣布散会。全体与会人员达成了共识——凳座需整改，黄保英找工人协助；墙面需美化，村民阿容负责设计及后期维护，社工协助购买物资；超出的费用向左滩村"幸福基金"申请或申请股份社提留资金；后期管理将通过给村小组公园管理员加工资，让公园管理员把泰宁里一并"管了"，一定要把泰宁里打造成左滩村农村人居环境提升的示范巷。

这时，运送绿化泥土的三轮摩托车"突突"叫着开进了巷子里。邓俭兴、黄保英带着几个村民一起，把泥土从三轮车上一铲一铲地装进巷子边上的空花盆里，准备栽种绿植，美化环境。豆大的雨点越下越密，大家铲土的动作也飞快。在雨变大之前，众人已经把泥土分装完毕，各自回家了。临走前，黄保英还在纠结泰宁里的"外套"颜色。"有的村民说这些颜色不够好看，想要清新脱俗的色调，下次再找时间议一议，看看是不是要换一种颜色。"

大家的事情大家议，议定后，大家一起撸起袖子加油干，这正是左滩村议事协商的魅力。在左滩村党委书记邓奋雄看来，议事协商是一种自下而上的乡村振兴推动方式，实现了事项分流，是党群议事制度和村民自治制度的有益补充，使村民自治有了现实平台和着陆空间，通过议事这种相对容易参与的方式，循序渐进，从说到做，逐步引导村民有序有策地参与，同时还增强了村民的主人翁意识，达到了"自己的家园自己建""自己的家园自己管"的良好效果。

春风十里柔情

议事协商是左滩村在乡村振兴大背景之下，摸着石头过河、创新基层治理的探索成果。

时光倒流回到2018年9月，顺德区公布第一批生态宜居美丽乡村示范片。左滩村成为"甘竹滩示范片"的重要组成部分，迎来了发展新机遇。邓奋雄带领的左滩村两委班子清醒地认识到，村子才经历过一个从乱到治而后兴的过程，大到如何提高集体经济可持续发展的动力，激发村民"自己家园自己建自己管"的使命感和积极性，小到如何维护好乡村公共卫生和环境美化，都是需要两委班子和村民共同破解的难题。

"当时，左滩村得到了上级的第一笔乡村振兴扶持资金。左滩的乡村振兴项目应该是村民想建设的，而不是村委会想建设的。所以我们就探索推行议事协商。涌口生产队旧址改造活化项目可以算是我们第一个议事协商案例，成功了。"邓奋雄难掩兴奋之情。

严格来说，涌口生产队旧址改造活化项目是一个参与式规划的成功案例。2019年初，左滩村启动涌口生产队旧址改造活化项目，通过参与式规划的模式，引导群众参与到改造活化项目中，使得村民意愿在改造设计方案中得到充分的体现。"整个过程中，我们发现，这种自下而上的工作方式成功概率更大。"邓奋雄说。

《珠江商报》报道，2019年，在广东省德胜社区慈善基金会资助下，左滩村党委加速了基层治理的创新探索进程，把"参与式规划"的经验总结"升级"成为"和议协商"项目。

议事协商议什么？村党委班子通过收集村民意见，反复讨论和严格把关，对村民关心的事项进行分类分流，属于"三重一大"的提交村两委班子会议、村民代表会或者议事监事会研究解决，其他的事项则按照轻重缓急和管辖范围，整理出一份"议题清单"，涵盖河涌安全管理、公厕管理、停车位管理、出租屋管理、公共绿化管理、道路修整等，涉及村民生活的各方面，"议题清单"发回各村小组的议事协商团队进行协商解决。

谁来议？左滩村在20个村民小组成立议事协商会，作为议事的基本单元，成员由党员、村小组长、股东代表、村民代表、乡贤、村居工作人员及社工等构成。

怎样协商？昔日村里开会吵吵闹闹，跑题，甚至进行人身攻击，一两个小时下来，除了吵闹，还是吵闹，议而不决。这样的情况如何避免？区别于罗伯特议事规则等复杂的流程，左滩村村党委只规定了"三条基本原则":对事不对人,聚焦议题,限时发言。左滩村委会还邀请了专家给村民开展议事协商培训,资助方德胜基金会理事也到左滩村实地走访指导,让各个村小组的议事协商会成员学会议事,必须落实解决办法的方案以及人员的分工,提升议事能力,做到议而决,决而行,行必果。

左滩村通过议事协商破解了一个个发展难题。其中,停车规划和耜耕田成了左滩人津津乐道的经典案例。《珠江商报》报道,2017年,左滩村一块集体土地的出让分红让村民的口袋鼓起来了,村民纷纷盖房买车,随之而来的是建筑垃圾乱堆放、乱停车等问题,这些亟待解决的问题,村委会不可能大包大揽全部解决,关键在于调动村民共同参与,营造"自己家园自己建自己管"的良好社会氛围。

根据议事协商的原则,议事分轻重缓急。停车问题首当其冲。村民的汽车买回来了,车位怎么划分?谁来管?是否收费?沙中小组、沙南小组、荷花池周边的冲口、冲尾、大冲口三个村小组以及元南、冲边两个村小组组成4个停车规划议事试点,组内协商议定解决。

尽管进度不一,但4个试点涉及的7个村小组陆续按规范划好停车位,停车较之前规范了很多,其他村小组看到成果后纷纷效仿。停车规划议事协商拓展到19个村小组,经过80多场次议事协商会,已经完成了16个村小组的停车规划。

闲置地脏乱差的问题成为下一个议事协商的议题。左滩村党委副书记余小婷说,这是左滩村用议事协商推动农村人居环境整治提升的一次成功探索。村民在村委会联动社工搭建的议事平台上议定:闲置地的耕种收成均由村民自主处理,但条件是耕种"田主"需要提供社区公共服务,以服务置换使用权。大家还给这种闲置的管理方法起了一个"田园风"名字——"耜耕田"。耜耕田推开后,村里原本堆满建筑垃圾、杂物的闲置地变成了瓜菜成畦的菜地,有的还成了"观光点",还可以组织"亲子游"农家乐体验活动,为村小组带来一定的经济收益。

第四章 在水一方，八面来风

水是城市的灵魂。顺德坚持以水美城、以水兴城，高标准建设容桂水道金凤凰广场段碧道、桂畔湖·青云湖碧道、桂畔海慢行游径、潭洲水道碧道等一批省市级碧道试点，总长度超过200公里。建设成效显著，顺德区被广东省河长办列为2020—2021年度万里碧道建设激励县区。

来到顺德，一幅水木清华的岭南水乡画卷正徐徐打开，湖水荡漾，绿树成荫，有的一家老幼在绿草如茵的草坪上度过惬意的休闲时光；有的恩爱情侣骑着自行车在树荫下甜言蜜语；有的三五成群在生态碧道上慢跑与行走，尽情地享受大自然恩赐的滨水美景。

以水兴城，风生水起

顺德境内河流纵横，水网交织，主要河道有16条、段，总长756公里。主要河流依地势从西北流向东南，河面宽度为200—300米，水深5—10米。主要水道有西江干流、平洲水道、眉焦河、南沙河等，有利于通航、灌溉及养殖。

顺德宛在水中央，千百年来，顺德人练就了逆流而上、踏浪而行、乘风而动、激流而跃的胆魄与智慧。顺德人利用河流水网为纽带，傍水而居，依水而建，因水而兴，以水为财，一步步走向世界。

1985年6月26日，顺德容奇海关在德胜河南岸成立。

1986年10月7日，国务院批准顺德容奇港为对外开放口岸，开辟顺德至香港直通客运航线。

1987年12月18日，经国务院批准，容奇边防检查站开始运作，来自珠海拱北边防检查站的百余名官兵，成为顺德边检史上第一支主力军。

顺德海关、顺德边检的成立与运作，进一步促进了顺德的发展。顺德水路到香港约2小时，顺德高速、城轨到澳门、横琴约1小时。顺德经济发达的背后是50多万海外乡亲对家乡建设的支持，他们常年来往于港澳、海外与顺德之间，不但带来信息、技术和资源，还带来了机遇和发展动力。

顺德蓬勃的港口经济，无论是在改革开放的初期，还是在由高速度发展迈入高质量发展的今天，都具有举足轻重的战略地位。时至今天，顺德口岸拥有顺德新港、勒流港、北滘港、和乐港、容奇港等港口，百物辐辏、商贾云集，成为顺德外贸的重要枢纽。

在集装箱码头上，货轮正在忙碌装卸，一个个集装箱被轻巧地抓取吊运，有的被整齐地堆放在码头场地，有的被精准地装载到货柜车上，货柜车穿梭来往。2022年，顺德外贸进出口总值2689.5亿元人民币，比上年同期增长8.4%，占同期佛山市外贸总值40.5%，表现强劲，增速创下新高。

近年来，外贸形势复杂多变。面对困难局面，顺德积极研究对策，开出一剂剂良方：其一，深度参与"湾区一港通""顺德新港/北滘港—蛇口组合港"物流一体化改革，直接共享一线海港152条物流航线资源，覆盖全球六大洲，极大促进大湾区内进出口货物的高效流通。其二，创新推出了"新造集装箱监管模式"，助力新造集装箱扩容"出海"。其三，深化企业集团加工贸易监管模式，充分利用成员企业的生产设备、人员、场所，实现生产效能最大化，进一步提高企业市场竞争力。

一条条精准之策走心落实，一船船产品货物扬帆远航。顺德企业主动融入"双循环"新发展格局发展机遇，稳定顺德外贸基本形势。

创新发展，最终还是靠自己，有没有自强不息的骨气与志气？有没有励精图治的智谋与策略？是否敢于担当，是否敢于挑战，是否敢于亮剑？

随着粤港澳一体化进程提速，顺德人正以全新姿态，与大湾区产业链、供应链进一步接轨，与粤港澳交通圈、生活圈进一步融合，对标追赶，砥砺前行，以顺德的繁忙、以顺德的速度、以顺德的果断，从今日的深厚健步走向明天的宽广。

问渠那得清如许

文海河变得越来越美。以往岸边的违建棚屋和杂草消失不见了，取而代之的是葱茏的树木，与清澈的河水组建而成一道道舒心畅意的风景。仙涌村民李俭彪正在检查布置龙舟，准备端午节赛龙夺锦活动。他哼着儿时的歌谣，仿佛回到儿时的文海河。这个情景，让人想起顺德知名作家朱文彬创作的《水乡谣》，温馨、浪漫、写意、融洽：

千年的水啊，千年的乡
碧澄澄的轻舢啊，摇曳生姿的影
你在我沉醉的梦里依洄，依洄……

梦里的水啊，梦里的故乡
你是我梦里绽放的花蕊啊
你是我躁动灵魂的——依归
在你温润的怀里依偎啊
在古朴明媚的山水里把心放飞
没有疲惫，没有伤悲，只有幸福的泪

文海河两岸，雨后春笋般崛起中集智城、顺联智造城、申菱控股等智造产业园及上市企业，一股蓬勃的制造业活力在这个鲜花盛开的小镇不断涌动。

迈入"以水兴城"战略实施的第三年，治水如何顺势而为、借势而进？2023年，陈村将以全面提升河涌水质为重点，开展联围治水工程，以构建10分钟亲水生活圈为目标推进河涌美岸建设，以片区统筹为抓手集中力量打造滨水魅力城市，推动城市高质量发展。

每到周末，潭洲村村民利家俊总会带着孩子到家附近的儿童乐园玩耍。在潭洲木趣森林公园建成之前，他往往要跑到很远的地方，才能找到一个孩子喜欢的公园。他开心地说："现在不用了，家门口就有公园。"

公园所在的潭洲村前街涌西段岸边，曾经是村民讨厌的杂乱之地。陈村镇建设工程管理中心工程师周惠珊说："为了响应群众亲水美岸的呼声，2022年，我们对前街涌开展清岸工作，利用清出来的空间打造一个推门见绿、出门见水的社区公园。"

如今，在这个设在绿树丛中、大地艺术草坪里的儿童乐园，孩子们可以在洁白的沙地上搭建沙堡，在自然起伏的草坪上奔跑嬉戏，而流动的艺术地形，搭配保留自然地形驳岸、草坡、乔木的河道景观区以及局部增设的亲水平台，也构建出一个开阔明朗、具自然生态、童趣盎然的滨水公园，成为市民业余生活好去处。

潭洲木趣森林公园的蝶变正是陈村治水成效的生动缩影。作为首个以最快速度完成清岸行动的镇街，河清景美、白鹭齐飞的岭南水乡魅力逐步重塑。无论是土生土长的本地人，还是迁居而来的新陈村人，无不感受到这个小镇正变得更宜居、更漂亮。

半城半绿、三江环绕，是陈村与生俱来的生态优势，170条河涌织成的水网，更构成了陈村居民的生活基底。如何用好生态优势，让居民生活得更幸福？陈村用行动来作答。

"我们已全域开展排水单元雨污分流、管网完善、内涝整治、河涌清淤、生态修复等21项子工程，并争取完成排水单元督导区域雨污分流改造攻坚工作。"陈村镇副镇长黄剑斌说，南顺联安围水体综合整治项目已全面动工，计划2023年完成项目60%的工程量，争取两年内整体完工，实现水生态长治久清。

按照"自然、简单、生活"的三美原则，陈村也将立足区级联围水景观提升工程，开展龙舟公园二期、鸡肠窖河慢行廊道等特色滨河文化节点建设。同时，推进"一村一亮点"特色改造，力争2023年完成10条村级河涌美岸工作。为使各村居充分参与，陈村还制定了美岸专项资金扶持管理办法，以7∶3的比例对村级美岸工程进行专项扶持，并针对各村居美岸方案予以指导，再提交镇以水兴城办会议审核讨论通过，保证美岸实施的科学性和合理性。

随着治水行动的全面铺开，有了生态"打底"，越来越多的优质项目、企业、人才纷至沓来。

"陈村是一个风水宝地，水秀、花美，还有优惠政策。"在陈村镇制造业高质量发展大会上，富联智谷华联世纪工程咨询股份有限公司董事长查世伟带着富联智谷项目落地。这个百亿级数字经济产业园引入中关村合作运营，剑指都市工业新标杆。吸引着查世伟的，不仅仅是陈村的制造业基础，还有当地高品质的城市环境。

水到之处聚繁华。在广佛全域同城化的背景下，随着佛山地铁2号线、广州地铁7号线西延顺德段相继开通，陈村的区位优势、交通优势进一步凸显，越来越多的资源要素向这里汇聚。

一江春水绿如蓝

2023年，陈村重点围绕"三个片区"打造以水兴城示范样板。其中包括立足广隆工业区，借助启动文海河龙舟公园二期等建设工程，以水为脉串联沿线智造产业园、上市企业，打造污水零直排工业园区，构建高品质生态科创走廊；打通三龙湾绿芯区域水系，深入挖潜水乡文化内涵，丰富水文化表现形式，构建传统与现代深度交融的水道研学动线、水上运动，打造以治水带动农文旅深度融合的景观廊道。

同时，陈村加快潭洲水产城融合发展示范点建设，围绕潭洲水道和20多条内河涌打造一批滨水精品带，推动首都师范大学顺德适子未来学校、滨水公园等公共服务设施建设落地，打造以治水带动产城融合发展的示范长廊。

不仅如此，陈村还将探索河涌水岸的生态空间市场化利用机制，变生态资源为生态产业，激发市场资本投资创新动力，提高水域及两岸等生态空间的利用效率；同时通过不断提升水岸城市配套与服务，实现生态宜居与产业兴旺的有机统一。

如今，穿过广隆工业区的文海河两岸联围治水工程，正有条不紊进行中，沿岸重点项目将涵盖雨污分流、市政污水管网完善、污水排口整治、河涌清淤以及水环境提升工程等。工程力图从内、外源污染，生态修复、景观营造等多个维度对母亲河进行系统治理，重塑水体环境。

一个产城融合的绿美陈村，正向未来招手。

顺德城市日新月异的显著变化，让每一个市民及前来顺德观光游玩的人们可视、可感、可亲、可赏，并发自内心地由衷认可。

其中，潭洲水道两岸在设计理念上围绕"舞动潭洲，生态碧道"的概念，以岭南园林、雕塑建筑等艺术装饰构建"上僚古道""科技潭洲""水缘锦绣""君兰乐享""浅水花岸""朝气蓬勃""玉带飘香""画舫乌篷"八大景观节点，打造绿色生态河岸和滨水交通连廊，体现岭南水韵与滨水活力。

容桂在"以水兴城、以城聚才"的工作部署下，建成公园115个，打造不少于10个新型阅读区域，先后建成景区创意书店"艺书房"、滨水景观"容驿公园书吧"、展馆阅览空间"展馆书阁"、城市客厅"文艺书局"等6处新型文化空间，人居环境得到进一步提升，凝聚出更浓厚的文化氛围。

伦教拆除沿岸旧厂房，通过河道河流"清四乱"腾出河涌两岸空间，并结合水环境提升改造，拓宽加固围堤，修复加固河岸，改造提升陈旧渡口。与此同时，配套建设碧道、游径、停车场、水文化广场、休闲大草坪，增加沿岸亲水景观，再现岭南水乡风貌。

乐从大墩村的新晋网红打卡点水车公园和龙桥，以古村风貌、小桥流水浓缩的水乡之韵，不仅成为顺德本地居民观光赏景的好去处，也成为湾区人们争相前往参观游玩的打卡点。漫步其间的人们，大概很难联想到此刻悠然信步或健身的场地曾经是一片淤泥堆积的滩涂。如今风光如画的水车公园,改造前是违规瓜棚、乱堆乱放物料和建筑垃圾的闲置地。乐从星星点点装扮这座工业城市,充分利用宅前院后、街头巷尾闲置的"边角料"土地,以"绣花功夫"打造小生态板块——让城市变得更美好的"四小园",以小切口带动城乡风貌大提升。

大良新滘为人们打造了可亲可憩、可游可赏、开放共享的绿色滨水空间,亲水驳岸、慢行栈道配套有健身、乒乓球场等康乐设施,两岸绿树婆娑,河涌碧波荡漾,处处是愉悦的风景。

《顺德区以水兴城建设行动方案(2022—2025)》的发布实施,为水环境治理之路指明了方向,定下了目标。以水兴城,既是生态战略,也是城市发展战略。顺德是一座由一千多条河涌组成,水域面积占总面积三分之一的城市,是名副其实的水乡。水是顺德的命脉,也是顺德奔腾向前的灵魂。蓝天碧水、岸绿水清的城市不仅美丽动人,而且还能吸引、聚拢更多的优秀人才。

比如,位于龙江的城区中心小学锦屏校区,在"公园里的校园,校园里的公园"设计理念下,对外通过开放融合的方式,与临近校区的龙江人民公园和谐融合;对内则因地制宜、因势利导,结合"童心教育"的办学思想,建有儿童击剑馆、游乐场、森林图书馆、研课室、活动室、管道游乐设施等。龙江这所小学的旧貌换新颜并非个例,在顺德加快学校新建、着力推动旧校"焕新行动"的春风中,越来越多的优质教育资源正在惠及这座城市的居民。

又比如,均安镇现已建成的镇内公立医院——社区卫生服务中心,是典型的在人口老龄化大背景下,将公共医疗与社区卫生服务功能二合一建设的"医联体"范本。这种立足公益及普惠性的医养结合新模式,打通了"医办养"的服务链条。

城市善待人民,人民善待城市。坚持人民至上的顺德高质量发展,未来一定会更加美好。

滨水碧道"黄金带"

2023年首日，容桂42公里环岛马拉松引起广泛关注，300多名市民近距离感受了容桂环岛沿途美丽的生态风光，直呼"河岸风景令人惊喜"。水清岸绿，鸥鹭齐飞，一河碧水倒映出容桂高质量发展的勃勃生机。

容桂建设42公里环岛生态"翡翠链"，正是顺德"以水美城、以水兴城"的生动写照。自2022年初打响治水大会战以来，顺德治水管水兴水取得了一系列成果：全面推进清岸行动为治水打开了连片空间；"一镇一品"打造了一批美岸示范项目；第一批南顺联安围和群力围、石龙围两大试点联围动工；从"要我治水"到"我要治水"转变，构建全民参与、共治共享的治水新格局……

河涌交错、鱼塘密布、水网纵横，是顺德生生不息的根脉，也是顺德最宝贵的财富。治水是延续顺德文化风情的上善之举，环岛42公里生态"翡翠链"，"百里芳华"乡村振兴示范带，珠玉一般镶嵌于城市的"四小园"，不断做加法的优质教育资源，"医联体"医养服务中心，以高科技为内核的智能"物业城市"……顺德城市品质大提升的背后，一以贯之的是顺德全面建设高质量发展先行示范区，坚持以人民为中心，坚持人民至上的初心。

2022年，顺德累计拆除涉水违建超200万平方米，基本完成清拆任务。如今，踱步在顺德滨河林荫道路旁，沿河视野开阔。一条条清澈的河流缓缓流淌，河面碧波荡漾，两岸郁郁葱葱。

一边是清岸还河，一边是美岸兴城。顺德坚持高品质、高标准、低成本的要求，充分利用清岸腾出的滨水空间，打造一镇一品、一河一景，通过建设滨水公园、亲水栈道等项目，逐步形成一批亲水生活圈样板，让河流两岸成为高质量发展的"黄金带"。

大良美岸示范项目位于新滘社区。沿着河岸一路前行，可见共享绿地、亲水驳岸、慢行栈道，水清景美的河岸生态景观带给市民提供了休闲漫游的好去处。在伦教街道三洲社区,乌洲涌河道两侧杉树林立。伦教美岸示范项目"乌洲拾光·水乡情怀"依托这一自然形态,保留延续河岸林木资源,还原河道蜿蜒柔和的自然驳岸。项目周边邻近千里驹故居、红豆公园、678文化街等多个景点,结合"百里芳华"乡村振兴示范带伦教段和乌洲古村落改造,以水系为脉络、以河道为纽带带动乡村振兴,打造具有水乡风情的文化生活圈,吸引不少市民前来打卡。

作为北滘镇的美岸示范项目,黄龙村黄涌河一河两岸景观工程要打造具有岭南水乡特色的生态水岸游线,真正实现还水于民、还岸于民。从拆除违建到新建美岸工程,一派岭南水乡特色水岸景象重现在眼前,一幅水清岸绿的生态画卷也在顺德大地徐徐展开。

河畅其流,水复其清

潺潺流水,生生不息,每一条河涌都流淌着城市治水的不凡记忆。在顺德,群众切实享受到水环境治理的红利,主动参与河涌的整治管护,全民参与、共治共享的治水新格局正逐步打开。

2022年3月,容桂在全区率先组建起"水清岸绿"护水先锋队、志愿队,28支队伍覆盖全街道26个村居。万名党员发挥先锋模范作用,深入宣传爱河护河、节约用水的行为规范和政策措施,广泛发动群众以主人翁精神投身于治水、节水行动。

在北滘镇桃村,坚持巡河已成为村党委书记、村委会主任李健章每天必做的事情,这有助于他及时发现存在问题,并快速解决。在李健章看来,要坚持以环境转变村民观念,让"清岸还河"成为群众的自觉行动。

在桃村推进河涌治理的过程中,村干部和村集体股份合作社的股东们积极参与其中,大家结合村内实际情况和村民需求,为治理方案的制定提供了不少"灵点子",还在工程施工过程中紧跟进度、做好监督,确保项目按时保质完成。在村干部的宣传发动下,村民们更是知晓了清岸美岸行动的目的和意义，支持拆除违章建筑。如今，村民已形成了维护水生态的自觉，侵占河道、乱扔垃圾等行为几近消失。

《珠江商报》报道，陈村在清岸行动中，总结出了"党员先行、先易后难、以点带面"的三大工作策略，将拆违从"要我拆"逐步转化为"我要拆"的群众自觉。以合成社区为例，社区党员干部带着设计图纸走进居民家中，宣传政策法规，讲解美岸提升方案，把河涌整治后的美好蓝图摆在居民面前。社区还多次召开议事协商会议，与居民探讨建设方案，开诚布公答疑解惑。

用心用情走好群众路线，合成社区的清岸工作顺利开展，辖区鱼栏涌再现一泓清水的景象。"河岸美化后，环境变好了，水质也提升了，居民闲暇无事都会来到涌边散步、锻炼。"合成社区居民欧耀泉说。现下，已经退休的欧耀泉主动担当志愿者，负责鱼栏涌岸边花草的养护工作，为治水贡献一份力量。

顺德巧做治水文章，激活乡村振兴"源"动力。在均安镇首个美岸示范项目新华迳口大涌改造上，均安创新性推出"新华迳口大涌美岸示范项目大家谈"社区营造活动。从意向方案的编制到施工图的敲定，再到施工现场的协调，乃至日后的管养维护，均安都将社区营造这一重要抓手贯穿始终。通过社区议事的形式，均安广泛听取当地群众意见，商定项目细节，提前化解隐性矛盾，让民生项目回归生活需求，更接"地气"。

"美岸项目能够提升河涌水质，改善村居环境，是一项造福百姓、惠及子孙的大好事，我们当然全力支持。"新华社区兴仁村村民良伯笑着说。改造后的新华迳口大涌，生态原貌得到保留，现在已陆续有年轻人选择回迁至兴仁村。

打赢打好治水大会战，顺德总结过去治水经验教训后，提出联围治理的治水新理念。顺德把12个堤围的区域分为七大联围，以联围为单元，科学规划上下游、左右岸、干支流、水里岸上流域综合治理，从根本上解决以往"就水治水"、效果欠佳、易黑易臭等问题。2022年9月30日，包含南顺联安围和群力围、石龙围水体综合整治工程在内的首批试点联围工程项目正式开工建设,工程范围总面积达74.51平方公里,涉及陈村镇、北滘镇。项目主要内容包括雨污分流改造、扩建污水处理厂、河涌疏浚、断头涌连通、内涝点改造等。

例如,北滘碧江工业区市政管网建设工程通过在工业园区、厂区出口预留接驳井,为园区内部雨污分流提供基础条件,减轻工业园区治污压力;陈村水环境可再生资源处理站对河道和管网底泥进行无害化处理,不仅能减轻底泥对环境的污染,更能对其加以利用,实现经济高效、变废为宝;陈村勒竹公园雨污分流项目建成后可让雨水直排河涌,经过自然沉淀,雨水还可用于景观绿化、浇洒道路,能够缓解城市水资源短缺的状况,是开源节流的有效途径。

在联围治理中,顺德探索试点联围工程EPC+O模式,即施工图设计、采购、施工及运营一体化的总承包模式。在施工阶段,运营单位也同步进场,有利于工程效果和水质达标,有效解决过往"重建轻管"的问题。试点联围工程设计施工总承包及运营维护招标工作已完成,各参建单位正全面推进项目现场施工。

中国市政工程华北设计研究总院有限公司高级工程师倪安霜认为,顺德将"联围"作为基本单元,按照"先试点后推广"的原则,分步实施全域水体综合整治工作,这在全国其他地方是极为少见的。

在首批试点联围工程项目取得较为显著成果的基础上,顺德科学合理铺排第二批联围(南顺第二联围和容桂联围、胜江围)、第三批联围(第一联围等区域)治理建设时序,确保水环境质量稳步改善。

绿水青山就是金山银山。顺德把治水作为生态文明建设的重要抓手,坚持以长远眼光和全域视角,着力写好美城兴城文章,绘水清景美画卷,造幸福宜居生活,打造最友好的制造业强区。

后记

顺德经验的多维挖掘

　　《何以万亿——高质量发展的"顺德经验"》终于完稿了，这本书的顺利出版，源于广东人民出版社汪泉老师的策划。

　　2023年2月，汪泉老师参加顺德区作家协会新春年会，他一见到我和王茂浪，开口就问："今年有什么打算？"我俩笑着答道："您有什么好提议？"汪泉老师说：全省高质量发展大会早几天在广州召开，省委书记黄坤明在讲话中指出，在新春开工第一天召开全省高质量发展大会，就是要牢记总书记殷殷嘱托，擂起新时代聚力推动高质量发展的金鼓，奏响广东奋进新征程走在前列、当好示范的强音，以新担当新作为奋力实现广东现代化建设新的跨越。顺德是经济强区，你们应该谋划一下。

　　说到这里，汪泉老师拍了一下我的肩膀，接着说："这个是重要题材，你与茂浪要好好把握。"随后，我们一起磋商写什么、怎样写。按照汪泉老师的提议，我们在很短的时间内完成了选题和内容大纲，题目想了好几个，最终采纳了汪泉老师的主意，定为《何以万亿——高质量发展的"顺德经验"》。

报告文学作品不仅仅是报告，而是行业知识、写作技能、思想深度等多方面的综合体现。作品中涉及很多人不太熟悉的专业知识和经济数据，写起来并不容易。这对我们来说，是一种挑战，也是一种历练。在写作过程中，有幸得到汪泉老师的悉心指导，对相关专业知识和经济数据的描述，巧妙地加以融合与调整，力求呈现出多层面的价值和意义。

本书稿的书写过程是一段难忘的经历，藉此之际，对汪泉老师的无私付出表示衷心的感谢！

我回想起与茂浪兄采访时的情景，企业家们在回顾发展历程的言语间，饱含着对顺德这片热土的诚挚真情，更让我们深切体悟到企业家们对高质量发展的那份焦虑、急切和渴盼。

顺德有着独特的岭南水乡品格，亦有着独特的精神风貌。它的引人关注，不是偶然的；它的属性内涵，更不是稍纵即逝的；它的实践与经验，隐现在历尽艰辛的奋斗中。这里有清晰的探索足迹，有连贯的发展脉络，有各种思想观念与现状的碰撞，更有前车之鉴的历史教训和可歌可泣的辉煌壮举。

在采访中，不管是土生土长的创业人，还是来自外地的企业家；不管是老一辈的"开荒牛"，还是"顺二代"以及新一代的"弄潮儿"，他们对顺德制造业心存敬畏，与压力、竞争、劳累和焦虑结伴同行，在精心制造各种各样产品的同时，孕育着恢宏、精深、玄妙的精神财富。

能有机会深入接触和采访众多的企业家，语重情深地写作一本关于顺德的书籍，是我们的荣幸，也是我们的冲刺。几个月来，我们全方位立体扫描，多维度纵横透视，通过一点点挖掘的细节、一段段搜罗的故事，一个生猛鲜活的顺德形象逐渐丰满起来。

顺德企业家是一个令人尊敬与佩服的群体。他们带着各自的乡音、信念和梦想，日夜奋战在顺德各个产业的岗位上；他们兢兢业业、夯实基础、奋发图强；他们同根连心、抱团发展、聚力攻坚；他们并没有"等一等"而贻误时机，并没有"歇一歇"而错失机遇；他们有着坚定的文化自信，在危机中孕育先机，于变局中开拓新局。

对于顺德生龙活虎的企业群体，无论是专家媒体，抑或是民间草根阶层，都曾经有过不少精彩的描述。

在顺德产业版图中，不仅有皎洁的月亮，也有无数钻石般的星星，它们汇聚成璀璨的银河，"星汉灿烂，若出其里"。

在顺德制造业基地上，不但有美的集团、碧桂园两艘航空母舰，还有许多巡洋舰、攻击舰和潜艇，还有数不胜数的鱼雷快艇、冲锋舟等，劈波斩浪，勇敢向前。

在顺德产业群的生态环境里，既有像枝繁叶茂的参天大树般的大型企业，也有像小草一样成长的中小型企业。小草的生命力十分顽强，它不畏寒冷，不畏艰难，即使在沙漠恶劣的环境下，仍坚韧不拔，茁壮成长。独木难成林，百川聚江海，万物需要相互依存。树苗长成大树，需要土壤水分的滋润，需要小草培植的根基。岁月刻画着年轮，一圈圈的年轮记录着生态环境升级改造的沧桑。

企业创新发展，既是一场你追我赶的角逐，更像是一场旷日持久的接力赛，这个环节跑得慢一点，那个阶段跑得快一点，也许是环境和气候的使然，又也许带有偶然性和特殊性。现象与本质、必然与偶然，以客观事实为依据的经验，离不开自然形态之下某一个发展过程的分析和总结，从过往的工作中找到经验教训，追溯其原因，经一事长一智，这对未来具有深远的启示意义。

企业创新发展过程中，难免遭遇挫折、悲剧，甚至大败局。或许出于偶然，或许出于疏忽，或许出于误判，或许出于不可逆转的突发事件，种种原因发端于错综复杂环境的影响。积极向上的人，看到的是问题背后的机遇；消极无为的人，看到的是问题背后的风险。一场突发性的灾难，既可以使一家企业遭遇弥天大祸，也可以使一家企业凤凰涅槃，浴火重生。路是走出来的，犹豫和畏缩是一个结果，大胆去做又会是另一个结果。关键在于精神信念，在于工作经验，在于经营定力。

经验不是万能的，但没有经验却是万万不能。我们每一天每一项的工作，都离不开经验。经验本身具有广泛性、典型性和多样性，其内容又相当复杂，不可能控制在特定的条件下归纳总结，也不可能放之四海而皆准。

对顺德经验的多维挖掘，是为了追溯与整理，为了总结与发展，在过去、现在与未来之间，搭建更多的连接，串联更多的认知，理性地、客观地再作了解和判断。无论是思想、观念、言说、洞见，还是酸甜苦辣的生产管理经营实践，让更多的人得到更多的剖析与解读，才是真正意义的和衷共济、风雨无阻，才是值得珍惜的坦诚相遇、经验分享。

我们在采访整理资料的时候，既深度聚焦制造业的转型升级、更新迭代，也将目光转向人们关注的热点话题；既重视大型企业的典范，也没有忽视中小企业的个案；既增添了对陌生的企业和新鲜面孔的描摹，也增加了对多维元素的挖掘。顺德经验的精髓，在于不盲目依赖经验，不过于追求形式，不逃避抱怨困难，不迷信仗常规。这些特征，正恰恰是企业家的精神境界，只要他们还在路上，就意味着不断探索，意味着改革创新，意味着创造令人信服的物质价值和精神力量。我们能够做到的事情，就是如实地把所见、所闻、所思呈现出来，换一个角度描述不一般的顺德。

在采访、调研、收集资料的过程中，我们得到了众多企业与相关部门的大力帮助，一些政府部门、商协会、企业、村委会提供了相关的资料。与此同时，我们吸纳和参阅了《南方日报》《珠江商报》《南方都市报》《广州日报》《佛山日报》《羊城晚报》等众多媒体的报道，在此，向相关部门领导、新闻媒体记者表示最诚挚的感谢。

在写作过程中，一定存在一些纰漏或疏忽之处，也有更多的顺德企业、人和事未能详细呈现，甚至可能存在挂一漏万的情况，恳请经历者、读者给予斧正与批评，以便据以修改。

吴国霖

2023年10月 于顺德